RUDY RUCKER
WEISSES LICHT

RUDY RUCKER
WEISSES LICHT

ROMAN

SPHINX VERLAG BASEL

Aus dem Amerikanischen von Udo Breger

Die Handlung dieses Romans ist frei erfunden. Keine Personen, ausser den historischen und literarischen Figuren, repräsentieren lebende oder tote Persönlichkeiten.

Dieses Buch wurde während eines von der Alexander-von-Humboldt-Stiftung finanzierten Studienaufenthalts in Heidelberg geschrieben.

Für Silvia, Lee und Susie

CIP-Kurztitelaufnahme der Deutschen Bibliothek

Rucker, Rudy:
Weisses Licht: Roman / Rudy Rucker.
[Aus d. Amerikan. von Udo Breger]. –
Basel: Sphinx-Verlag, 1981.
(Edition dreiundzwanzig)
Einheitssacht.: White light ‹dt.›
ISBN 3-85914-405-7

1981

Originaltitel: White Light
Charter Communications, Inc., New York
Umschlagbild: Gered Mankowitz
Umschlaggestaltung: Thomas Bertschi
Gesamtherstellung: Ebner Ulm
Printed in Germany
ISBN 3-85914-405-7

Inhalt

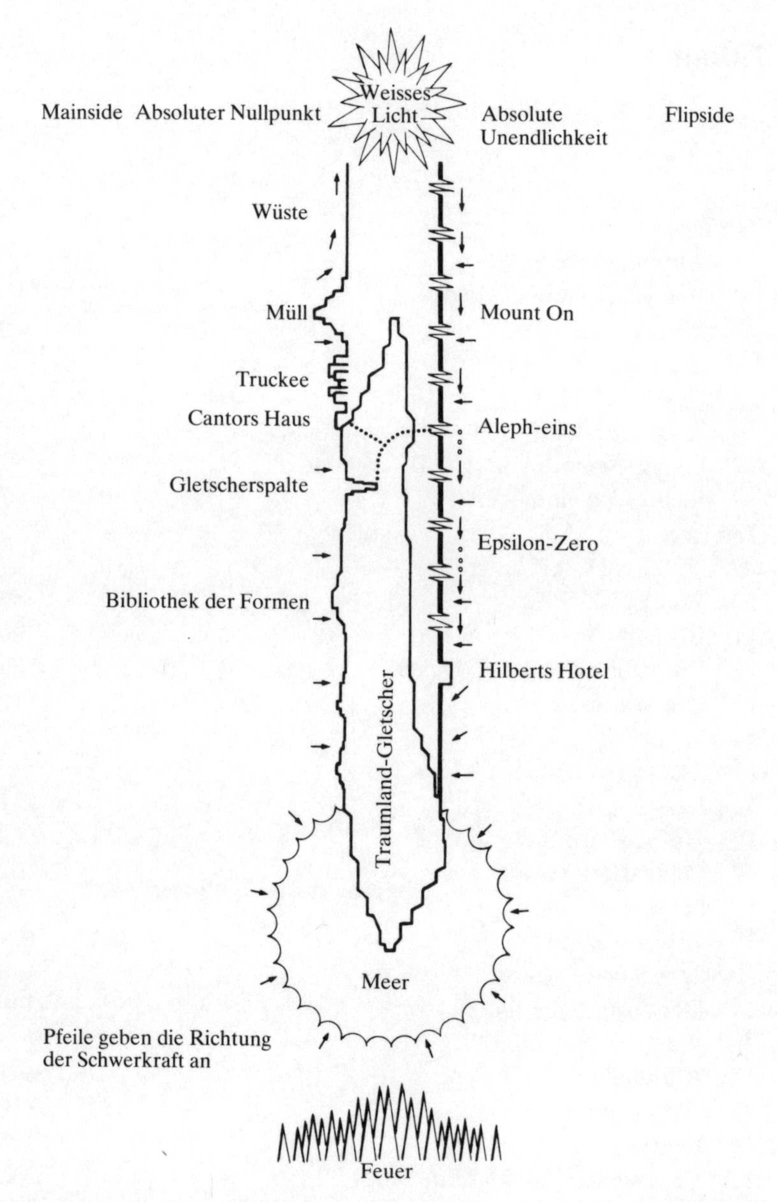

Dieses Diagramm wurde der Broschüre «Cimön und wie man dorthin gelangt» von F. R. entnommen (Verlag unbekannt).

Teil eins

«Einen Geist gesehen zu haben, ist nun auch nicht alles, und es gibt Totenmasken . . . eine auf die andere gestapelt, bis hoch hinauf in den Himmel.»

Neal Cassady

1 Auf dem Friedhof

Dann regnete es einen ganzen Monat lang. Ich fing wieder an zu rauchen. Sphärisches Rauschen/Information . . . ich war draussen auf der Strasse und hatte einen Hut auf dem Kopf.

Mittwochnachmittag. Ich ging die Center Street hinauf in Richtung Friedhof, oben auf dem Temple Hill. Der Regen hatte alle anderen Leute vertrieben, so war es still und friedlich. Ich stand unter einer mächtigen alten Buche, deren Stamm sich vielfach geteilt, dann wieder ineinander verschlungen hatte, was ihr ein gnomenhaft geheimnisvolles Aussehen verlieh. Der herabrinnende Regen liess ihre glatte graue Haut noch glatter erscheinen; Falten und Runzeln an ihrem Leib, ihre eigene Zeitskala, glänzten schlüpfrig und nass.

An diesem Ort, unter einer Buche auf dem Friedhof, eingelullt von unablässigem Regen, dachte ich über das Kontinuumproblem nach. Georg Cantor, der Vater unseres Landes – Cimön –, hatte es 1873 ans Tageslicht gefördert. Beim Versuch, es zu lösen, hatte er den Verstand verloren.

Das Tageslicht flackerte unstet, und ich konnte spüren, wie Geister mich bedrängten. Wird er wohl seine Seele verkaufen, um das Kontinuumproblem zu lösen? wollten sie wissen. Lass uns die Lösung sehen. Lass uns die Seele sehen.

Anfänglich war es schwierig gewesen zu sagen, ob der Deal wirklich über die Bühne gehen würde. Vier Jahre vorher hatte ich die Gelegenheit gehabt, das Weisse Licht über das Kontinuumproblem zu befragen. Das war an einem Memorial Day, während des Vietnam-Krieges, gewesen, an dem es Leute mit dürren Hälsen und Fahnen gegeben hatte . . . puh! «Und was ist mit dem Kontinuum?» hatte ich in vollem Ernst gefragt und dabei mit drei spitzen Fingern einen Bleistift gezwirbelt. «Entspann erst mal, du bist noch nicht soweit!» hatte die Antwort gelautet – oder mehr das Gefühl, dass die Antwort eh in einer Form ausfallen würde, die sich mit symbolischer Logik nicht schriftlich fixieren liess.

Doch ich hatte beharrlich weitergearbeitet, hatte mein inneres Auge trainiert, damit ich die meisten jener klaren, aber flüchtigen Lichtblicke fassen und benennen . . . den Gedanken in einer eleganten Formulierung, in einem Zauberspruch kodieren konnte, um den Gedankenblitz abrufbar zu machen. Ich war bereit, bereit auf dem Friedhof, im Regen und hoffte, die Schatten zu überlisten.

Auf dem Temple Hill gab es einen Grabstein, der mir besonders gut gefiel. Emily Wadsworths Nachruf (1793) lautete: «Vergesse nie, auch du musst sterben.» Ich fand das erfrischend . . . dieses Emporsprudeln menschlicher Intelligenz, unvermeidlicher Existenz. Ich hatte diesen Stein erst vor wenigen Monaten entdeckt, hatte die Inschrift gelesen und mich glücklich gefühlt; aber dann! Ein schwarzes Pünktchen Fliegendreck verwandelte sich in eine Fliege, hob in spiralenförmigen Bahnen vom Stein ab und flog auf mich zu: *Wenn ich auf dir lande, wirst du sterben* . . . Ich rannte, was ich konnte.

Aber jetzt war ich wieder da, stand am fliessenden Baumstamm der Buche, betrachtete die Rutschen und Leitern, den Mittelgang meines Verstandes; ich glaubte (warum nicht), dass die Geister sich anschickten, mir die Lösung des Kontinuumproblems zugänglich zu machen. Die Muster nahmen zunehmend fantastischere Formen an, und ich liess nicht locker, gab ihnen Namen, rasch und ohne unterzugehen, hielt mich bei steigender Flut unbeirrt über Wasser . . .

Der Regen hat zugenommen, merke ich nach einer Weile. Ich blicke mich nach einem trockenen Plätzchen um und entscheide mich für ein kleines Mausoleum in der Nähe der Wadsworthschen Grabstätte. Ich laufe hinüber und drehe am Türgriff. Doppelte Türen, Glas mit schmiedeeisernem Gitterwerk. Die erste Tür gibt nach, ich trete ein. Dann kommt eine ganz normale, in den Boden eingelassene Holztür. Ich reisse sie aus den Angeln und renne eine Treppe hinab. Noch mehr Türen, ich schlage sie hinter mir zu. Treppen, Türen, schwarzes Licht . . . ich renne schneller, hole auf. Schon höre ich den Sarg, wie er mit nur wenigen Schritten Vorsprung die Stufen hinunterrumpelt und stöhnt; ich mache einen Satz! Und lande mittendrin; roter Satin, verstehen Sie, eine geronnene Ejakulation . . .

«Aber das hat doch mit Mathematik nichts zu tun, Herr ...?»

«Rayman. Felix Rayman», erwidere ich. Männer mit dunklen Anzügen und Weste. Goldene Uhrketten, blitzblanke, spitze Schuhe. Der Internationale Mathematikerkongress, Paris, 1900.

David Hilbert begibt sich ans Rednerpult. Er spricht über allgemeine mathematische Probleme und lenkt das Referat auf eine Liste von dreiundzwanzig seiner persönlich bislang ungelösten Probleme.

Er ist von kleiner Statur, trägt einen Spitzbart und beherrscht einen ausgezeichneten Redestil. Der erste Punkt auf seiner Liste dreht sich um das Kontinuumproblem; was meine Aufmerksamkeit aber erregt, ist diese einführende Bemerkung: «Wenn uns die Beantwortung eines mathematischen Problems nicht gelingen will, so liegt häufig der Grund darin, dass wir noch nicht den allgemeineren Gesichtspunkt erkannt haben, von dem aus das vorgelegte Problem nur als *einzelnes Glied einer Kette verwandter Probleme erscheint.*»

Ich suche die Gesichter von Klein oder von Minkowski in der Menge ... ich bin sicher, dass sie anwesend sind. Aber die Gesichter sind undeutlich, und Hilberts Deutsch ist auf einmal unverständlich geworden. Ein Erdklumpen löst sich von der Decke und fällt mir auf den Kopf. Ich stehe auf und gehe.

Die Ausgangstür führt in einen finsteren Gang. Die Katakomben von Paris. Ich gehe weiter, eine Kerze in der Hand, und etwa alle zwanzig Schritte verzweigt sich der Gang. Ich gehe links, links, rechts, links, rechts, rechts, rechts, links ... der einzige Wunsch, der mich beseelt, ist, bloss nicht in ein starres Schema zu verfallen.

Gelegentlich passiere ich kleine Kammern, in denen Gebeine aufbewahrt liegen. Die Mönche haben aus Oberschenkelknochen Zwischenwände errichtet, Klafter fettigen Brennstoffs fürs Fegefeuer; und die kleineren Knochen haben sie einfach hinter diese Wände geschmissen. Die Oberschenkelwände sind mit Totenschädeln dekoriert, so in die Stapel eingelassen, dass sie Strukturen bilden – Schachbrettmuster, Landkarten, Kreuze, lateinische Wörter. Mehrere Male sehe ich meinen Namen.

Nach mehr als zweitausend Abzweigungen in die Tiefe des Labyrinths ist mein Verstand geläutert, und ich kann mich an jede einzelne Wendung, der ich gefolgt bin, erinnern. An jeder neuen Abzweigung bin ich sorgsam darauf bedacht, jede noch mögliche Regel zu brechen, was die Wahl meines weiteren Weges angeht. Wenn ich in alle Ewigkeit weiterwandre, kann ich vielleicht einen Weg beschreiten, für den es keine endliche Beschreibung gibt. Und wo werde ich dann sein? Die Totenschädel wissen es.

Ich puste meine Kerze aus und setze mich in eine der Totenkammern und lausche. Ein kaum wahrnehmbarer, unangenehm süsslicher Geruch liegt in der Luft und ein stilles Rieseln von Staub, ausgehend vom unmerklichen Zerfall der Gebeine. Im Labyrinth, in der Stadt des Todes ist es ruhig, ganz ruhig. «Wir schlafen.»

Vielleicht schlafe ich auch. Hier unten lässt sich's schwer sagen, aber es kommt mir vor, als habe ich die unendliche Reise durch Tunnel und Gänge beendet; dass sie enger werden und ich flexibler; und dass ich einen Weg zurückgelegt habe, der sich nicht beschreiben lässt.

Als der Trip zu Ende ging, war ich ein Elektron, das sich auf einer Nervenfaser entlang bewegte, das Rückenmark hinauf und ab ins Gehirn, mein Gehirn. Regen schlug mir ins Gesicht, und ich mühte mich, aufzustehen. Aber mein Körper wollte und wollte sich nicht rühren. Er lag einfach so herum, der Oktoberregen kühlte ihn aus.

2 Wie ich dorthin gelangte

In einem leblosen Körper wach zu sein, war mir keine gänzlich neue Erfahrung. Während der letzten zwei Wochen hatte ich die merkwürdigsten Nickerchen gemacht. Nickerchen, aus denen ich wie gelähmt erwachte und mich dann durch eine Schicht aus Illusionen um die andere hindurchkämpfen musste, bevor ich überhaupt in der Lage war, mich zu erheben. Dieses hatte einen Tag vor dem Friedhofserlebnis einen Höhepunkt erreicht.

Ich kam gerade frisch von der Universität und hatte einen Job als Dozent für Mathematik an einem staatlichen College in Bernco, N. Y., angenommen. Irgendein Narr oder Misanthrop hatte das College mit dem Akronym SUCAS belegt. Ich war der erste Head, der am SUCAS lehrte und fühlte mich absolut fehl am Platz. Abends zankte ich mit meiner Frau und knallte mir über Stereokopfhörer *Exile on Main Street* von den Rolling Stones rein. Tagsüber schlief ich sooft es ging in meinem Büro auf dem Fussboden, Asphaltplatten, weich mit dem Wachs aus den vierziger Jahren.

Selbstverständlich würde es meinen sogenannten Studenten oder Kollegen von eigenen Gnaden nicht sonderlich bekommen, sähen sie mich auf dem Fussboden liegen und pennen, also verriegelte ich meine Tür. Ich schlief unruhig, beseelt von der Furcht, es könne jemand einen Nachschlüssel benutzen und mich hier überraschen mit im Schlummer vollgesabberten Wangen. Häufig genug sprang mein Verstand auf «hellwach» beim vermeintlichen Geräusch einer Faust, eines Schlüssels oder einer Klaue an der Tür, und dann mühte ich mich minutenlang, meinen Körper in die Senkrechte zu bringen.

Der Kollege, mit dem ich das Büro teilte, war Stuart Levin; er hatte bereits zwei Jahre länger als ich am SUCAS gelehrt. Vor ungefähr acht Jahren hatten wir uns als Studenten flüchtig kennengelernt.

Was ich an Stuart damals immer bewundert hatte, waren seine

Poster von Mao und D. T. Suzuki. Der grosse Vorsitzende war an die Schranktür geheftet, Suzuki mit Klebstreifen an der gegenüberliegenden Wand befestigt. Der feiste Vorsitzende winkte eingebungsvoll mit dem Arm, und der dürre alte Japaner war in ein Zen-buddhistisches Mönchsgewand gehüllt und sass entspannt auf einem Felsbrocken. Stuart hatte ihnen Sprechblasen neben das Gesicht gemalt. Der Vorsitzende herrschte ihn an: «Hast du heute schon GESCHRIEBEN, Stuart?!» und der Mönch starrte wie in weite Ferne und brummelte vor sich hin: «Heute Schwein, morgen Speck.»

Stuart traf ich am ersten Vorlesungstag in unserem Büro. Acht Jahre waren verflossen, und er sah merklich gealtert aus. Dünner, das Haar gestutzt, dazu die obligatorische Standardausgabe von einem Dozentenbart.

«Du wirst dich in acht nehmen müssen mit dem, was du hier sagst, Rayman», war das erste, was er mir erzählte. Ich trat vollends in das Büro und blickte mich erst einmal um, während er weitersprach und dabei die Wörter stossweise hervorpresste. «Habe diesen Sommer gerade erfahren, dass meine Anstellung nicht verlängert wird.» Mit einer nervösen Halsbewegung lenkte er seinen Blick auf mich . . . vorwurfsvoll, vermutete ich.

«Willst du damit sagen, dass sie dich bereits gefeuert haben?» fragte ich Platz nehmend.

Stuart nickte eifrig mit dem Kopf. «Aber sie geben einem ein ganzes Jahr, um einen neuen Job zu finden . . . ich schicke jetzt 1200 Briefe raus.» Er reichte mir einen vom Stapel auf seinem Schreibtisch. Gleich in der dritten Zeile entdeckte ich einen Druckfehler.

«Was machst du überhaupt hier?» fragte ich. «An einer Provinzuniversität Mathematik unterrichten . . . was ist da Besondres dran? Wie steht's mit deinem Zen-Sozialismus?»

Sein Lächeln glich einem Sprung in einer Felswand. Er trug den Kopf eines Mannes, der das Zweifache seiner Statur ausfüllt. «Das war Bernadines Idee. Sie sagte, wir sollten das System von innen her unterhöhlen. Also beschloss ich, in Mathe zu promovieren. Wenn sie einen entmenschlichen wollen, benutzen sie Zahlen anstelle von Namen, stimmt's? Statistik anstelle von Seelen. Also studierte ich Statistik, aber die einzige Dozentenstelle, die ich finden konnte, war dieser Job hier in der Prärie; und der geht mir jetzt auch noch flöten.» Seufzend liess er sich in einen Sessel fallen. «Ich hab' mir nie vorgestellt, dass es mal so beschissen armselig mit mir ausfallen könnte.»

Nach diesem ersten Tag sah ich nicht mehr viel von Levin. Er hatte so ein Vorgefühl, dass auch nicht ein einziger seiner 1200 Briefe mit Interesse oder gar Sympathie aufgenommen werden würde, und er verbrachte seine ganze Freizeit mit den Hausaufgaben aus zwei Abendschulkursen für Rechtswissenschaften.

Ich hatte es umgehen können, meinen Studenten zu verraten, wo sich mein Büro befand . . . so konnte ich mich die meisten Nachmittage friedlichem Müssiggang überlassen, der lediglich von meinen Schuldgefühlen April gegenüber getrübt wurde. Kam ich nach Hause, lag April stets ausgestreckt auf der Couch und sah fern, wobei sie den Ton abgestellt hatte. Schweigend lag sie da, bis ich zu ihr ging und mich nach ihrem Befinden erkundigte. Die Anwort war immer dieselbe. Sie war schrecklich sauer, alles hing ihr zum Halse raus, es langte ihr bis obenhin: das Provinznest, das ständige Baby-Business, das Einkaufen im schäbigen Supermarkt, Probleme mit dem Auto, mit dem, was die Nachbarsfrau heute gesagt hatte, und so weiter und so weiter.

Das hörte sich um vieles schrecklicher an als mein Leben, obwohl ich so etwas natürlich niemals eingestehen konnte. Statt dessen legte ich grosse Betonung auf meine Tätigkeit als Forscher (ziellos), auf Unterrichtsvorbereitung (eine Stunde pro Woche war bei weitem ausreichend) und Fachschaftsmeetings (nach dem ersten Meeting hatte ich mir bereits geschworen, dass es für mich kein zweites gäbe). Donnerstags hatte ich keinen Unterricht; ich blieb dann normalerweise zu Hause und beschäftigte mich den Tag über mit unserem Baby Iris, um mein Schuldbewusstsein ein wenig zu entlasten.

Aber diese Schuldgefühle waren eigentlich nie allzu beklemmend, wenn ich mich in meinem gut geheizten Büro mit dem weichen, gewachsten Fussboden aufhielt. Bis zum Mittag hatte ich den Unterricht für den Tag absolviert und nachdem ich mein Sandwich runtergeschlungen hatte, setzte ich mich für gewöhnlich an meinen Schreibtisch, um mich der Mathematik hinzugeben. Mein Lieblingsgebiet war die Mengenlehre, die exakte Wissenschaft des Unendlichen. Ich unternahm den Versuch, mich durch ein paar wichtige, neu erschienene Artikel hindurchzuarbeiten. Ich hoffte, einen neuen Einstieg zu Cantors Kontinuumproblem zu finden, einen Ansatz auf die Frage, wie gross die unendliche Menge von Punkten im Raum ist.

Hier draussen in Bernco war ich von anderen Mengenlehretheoretikern isoliert, und es war sehr schwierig, die Abhandlungen allein zu studieren. Es dauerte nie sehr lange, bis mich ein Gefühl von wohliger Müdigkeit und Hoffnungslosigkeit überwältigte und ich mich auf dem Fussboden ausstreckte – und mir einredete, es geschähe nur, um besser zu entspannen und somit irgendeine komplexe mengentheoretische Konstruktion besser visualisieren zu können.

Mit der Uhr gemessen währten meine Schlummerpausen zwei, drei, manchmal sogar vier Stunden. Aber die geistige, die innerliche Zeit meiner Nickerchen liess sich nicht mit Systemen aus Zahnrädern und Ankern messen. Meine Pausen waren in Lichtjahren, Kilogramm, Quantensprüngen, Hypervolumina messbar . . . Raum und Zeit waren während dieser Herbstnachmittage aufgebrochen, gemischt wie ein Kartenspiel, allein mit dem Rattern und Zischen des Heizkörpers und dem allmählichen Abnehmen des grauen Tageslichts.

Wacht man innerhalb seiner Träume jemals auf? Es ist so, als ginge der Traum weiter wie sonst, nur merkt man plötzlich, dass man in Traumland hellwach ist. In gewöhnlichen Träumen bewegt man sich einfach so wie ein Betrunkener nach dem Blackout. Aber in selteneren Augenblicken besonders deutlichen Träumens wird man sich seiner selbst bewusst und beginnt, die Vorgänge im Traum zu kontrollieren.

Diese Momente einer merkwürdig düsteren Klarheit dauern selten lange an – denn während man durch Traumland zieht, erwarten einen tausend falsche Abzweigungen, von denen eine jede zurückführt zum Traumwerk, zu seherischer, aber seelenloser Manipulation von Hoffnungen und Ängsten. Sobald ein Traum einen vollständig fesselt, setzt die bekannte Hypnose ein, und die Augenblicke von Luzidität sind vorüber.

Im Laufe meiner Nickerchen in Bernco war ich auf eine Methode gestossen, diese Intervalle luziden Träumens zu verlängern. Der

Trick bestand darin, nichts anzustarren und den Blick locker auf meinen Händen und meinem Körper ruhen zu lassen. Solange ich in Traumland meinen Körper zusammenhalten konnte, konnte ich bei Bewusstsein bleiben. Manchmal war es mir sogar möglich, mich zwischen den hellen Schatten zu bewegen, bis ich genau den Traum ausfindig machte, den ich wollte.

Im Oktober setzte ein bizarrer Nebeneffekt ein. Während der luziden Traumphase hatte mein Verstand sich daran gewöhnt, in einem selbst erzeugten Astralkörper in Traumland umherzuwandern. Aber jetzt hatte ich in zunehmender Häufigkeit Mühe, in meinen physischen Körper zurückzuschlüpfen. Ich kam auf dem Fussboden meines Büros ausgestreckt wieder zu mir, war aber nicht in der Lage, die Augen zu öffnen, unfähig, mich überhaupt zu rühren. Die Geräusche aus der Halle kamen verzerrt, schwollen an und ebbten ab, und ich lag da, gelähmt, und quälte mich ab, die Kontrolle über meinen Körper zurückzugewinnen.

Am Montag, zwei Tage bevor ich den Gang zum Friedhof machte, setzte eine neue Phase ein. Ich wachte völlig gelähmt auf, und indem ich mich zu bewegen suchte, löste sich mein astraler Arm von meinem physischen Arm. Ich lag beim Fenster am Boden, der grösste Teil meines Körpers in träges Fleisch gesperrt, aber der eine Arm war frei. Ich tastete umher und fand das Heizungsrohr. Es war heiss, tat aber nicht weh. Auf der Rückseite des Rohrs fand ich eine Stelle, wo die Farbe abgeblättert war, eine Stelle, die sich wie ein gezackter Sichelmond anfühlte.

Just in diesem Augenblick betrat Levin das Büro, und ich wachte auf. «Komm schon, Felix; es ist Zeit, nach Hause zu gehen», sagte er, indem er seine Bücher zusammensuchte. «Du hast soeben eine klassische Fachschaftssitzung verpasst. Wir haben eine geschlagene Stunde lang darüber diskutiert, ob man über eine Änderung von Punkt drei der Fachschaftsordnung abstimmen solle oder nicht. Ungemein anregend, sage ich dir.»

Nur unter grössten Mühen brachte ich es fertig aufzustehen; es war, als kletterte ich aus einem zwei Meter tiefen Grab. Erst am darauffolgenden Tag, am Dienstag, erinnerte ich mich des seltsamen Traums. Als ich versuchte, hinter das Heizungsrohr zu fassen, war es zu heiss. Indem ich meinen Blick aber vom Fussboden aus die Wand hinaufstreifen liess, konnte ich gerade noch einen bröckligen Sichelmond aus abgeblätterter Farbe ausmachen. Er schien aber in eine Richtung zu weisen, die der, an die ich mich erinnerte, entgegengesetzt war.

Als ich mich am Dienstagnachmittag in Schlaf sinken liess, hatte ich entsetzlich wirre Träume. Schliesslich wachte ich auf, wieder einmal völlig gelähmt. Wie vorher schon mal löste ich einen Arm, dann beide Arme. Behutsam tastete ich nach meinem Brustkasten und verschränkte die Arme. Die astralen Arme stützte ich auf die Erde und versuchte, den übrigen astralen Körper aus meinem physischen Körper herauszudrücken. Begeistert spürte ich ein Nachgeben, und meine Arme stiessen durch den Fussboden. Ich tastete ein wenig herum . . . Drähte, ein verbogener Nagel . . . zog meine Arme dann zurück und beschloss, etwas anderes zu probieren.

Dieses Mal liess ich meine astralen Arme hin und her schwingen, um ordentlich Schwung zu kriegen, und dann rollte ich in einem heftigen Wirbel aus meinem Fleisch heraus. Ich lag am Boden und sah meinen schlafenden physischen Körper. Ich war mit meinem astralen Körper vollends ausgestiegen, war ein nacktes Spiegelbild meines physischen Körpers.

Eine unendlich sich dehnende Minute lang tat ich gar nichts. Das Zimmer sah ganz normal aus, bis auf ein paar teigige Klümpchen, die in Fensternähe herumschwirrten. Mein physischer Körper atmete weiter. Ich entspannte ein wenig und blickte mich im Zimmer um, in der Hoffnung, irgend etwas ganz Bestimmtes zu beobachten, anhand dessen ich später die ganze Sache nachchecken konnte. Ich musste einfach wissen, ob das alles in Wirklichkeit passierte oder nicht.

Mir fiel ein, dass jedes Einrichtungsstück im Büro ein kleines Metallschildchen mit einer SUCAS-Inventarnummer trug. Vom Anfassen her konnte ich mich erinnern, dass es solch ein Schildchen auf der Unterseite meiner Schreibtischschublade gab . . . aber ich hatte es mir noch niemals angesehen. Ich beschloss, die Nummer zu lesen und zu versuchen, sie mir zu merken.

Also kroch ich zu meinem Schreibtisch rüber, ein Auge stets auf meiner schlafenden Hülle. Eine schreckliche Angst stieg in mir auf, dass mein Körper ohne mich sterben könnte. Aber ich war fest entschlossen, die Nummer zu sehen und herauszufinden, ob dies mehr war als nur der Traum eines Ausgeflippten.

Als ich den Kopf unter den Schreibtisch schiebe, passiert irgend etwas mit meiner räumlichen Wahrnehmung. Wo ich so was wie einen Kubikmeter Beinfreiheit erwarte, finde ich einen dunklen Korridor, der sich durch die Wand und weit darüber hinaus erstreckt. Ein schwach scharlachrotes Augenpaar bewegt sich durch den Korridor auf mich zu, und ich vernehme ein schwerfälliges Atmen.

Ich blicke rasch unter die Decke, das Unterteil meiner Schreibtischschublade. Da, das Metallschildchen. Mit ängstlichem Blick auf die sich nähernden roten Augen strecke ich meinen Hals, höher und höher, und lese das Schildchen.

Sechs Zahlen, aber jedesmal, wenn ich sie lese, verändern sie sich. Die Konturen meines Büros verschwimmen, und ich weiss, dass ich vor lauter Angst tot umfallen werde, wenn ich dieses Ding, welches da auf mich zukommt, noch einmal angucke. Ich krabble zurück zu meinem Körper und bringe es irgendwie fertig, mich hineinzurollen. Ein schwarzes Wesen mit ledrigen Flügeln kriecht unter meinem Schreibtisch hervor. Ich versuche aufzuschreien, bin aber wieder mal wie gelähmt . . .

Mit einem Satz wachte ich auf. Es war halb vier, Dienstagnachmittag. Ich zog meinen Mantel an und eilte durch den strömenden Regen nach Hause.

3 Die Zahl des Biests

Mittwochmorgen verliess ich unser Mietshäuschen in einem Zustand suizidaler Depression. Eine neuerliche Auseinandersetzung mit April. In letzter Zeit hatte sie sich beklagt, sie bekäme nicht genügend Schlaf, also hatte ich mich heute aus sorgenvollem Schlummer gerappelt, als Baby Iris um halb sieben nach der Flasche schrie.

Die Freude des Babys, als es mich erblickte, belohnte das frühe Aufstehen immerhin. Sie begrüsste mich mit weitgeöffnetem, lachendem Mund, und ich konnte ihre zwei Zähne sehen. Sie liess die Krippenumrandung fahren, um mir mit beiden Armen zuzuwinken und fiel dabei zurück auf ihr Windelpaket. Ihre Strampelhose war pitschnass, also wickelte ich sie neu, wobei ich die gurrenden Laute, die sie von sich gab, mit leiser Stimme nachahmte.

Als Iris frisch angezogen war, stellte ich sie auf das Tischchen vor ihrem Spiegel und hielt meinen Kopf neben ihren. Ich fragte mich, wie Köpfe wohl wachsen. Mein Gesicht überraschte mich – ich hatte überhaupt nie darauf geachtet, was für ein Zombie ich eigentlich war. Aber Iris störte das nicht im geringsten. «Ba-ba, Da-da», sagte sie, begleitet von ihrem pausbäckigen Lachen.

Während ich sie in ihren Babystuhl setzte, begann sie zu weinen. Ich zerquetschte eine Banane und wärmte etwas Brei. Als alles bereit war, fütterte ich ihr das Zeug, rasierte ihr Wangen und Kinn mit dem Löffel nach allen zwei, drei Happen. Es dauerte nicht lange, bis sie an ihrer Flasche nuckelte, und ich konnte mit den Vorbereitungen für mein eigenes Frühstück beginnen. Am Abend zuvor hatte ich kaum etwas gegessen, und jetzt zitterte ich fast vor Hunger.

Ich war gerade damit beschäftigt, mir ein Spiegelei zu braten, als April in die Küche trat. «Ich hoffe, du hast ihr in diesem Anzug keinen Bananenbrei gegeben», sagte sie. «Es ist so schwer, die Flecken da rauszukriegen.» Ich biss die Zähne zusammen und wendete mein

Spiegelei. Das Dotter ging kaputt. Ich fluchte und liess das Ei im Abfalleimer verschwinden.

«Warum bist du bloss so gereizt?» fragte April kurz angebunden.

«Geh wieder ins Bett», knurrte ich und schlug ein neues Ei in die Pfanne.

«Ich weiss nicht, warum du den Tag so missmutig anfangen musst», jammerte April. «Das hier ist *meine* Küche, und wenn ich frisch und munter bin und mir zum Aufstehen zumute ist, dann tue ich das auch. Dir würde kein Stein aus der Krone fallen, wenn du wenigstens einmal nett zu mir wärst. Gestern abend hast du nicht ein einziges Wort zu mir gesagt.»

Um ein Haar wäre ich damit rausgeplatzt, dass ich aus meinem Körper gepurzelt und beinahe eine Beute des Teufels geworden wäre, aber da ging auch das zweite Eigelb entzwei. Ich rührte es fahrig in der Pfanne um, schob es auf ungetoastetes Weissbrot und spülte das ganze Unglück mit einem Glas Milch hinunter. April hatte diesen gewissen Ausdruck im Gesicht, der anzeigte, dass sie wirklich todunglücklich war. Ich dachte, ich sei im Begriff etwas Nettes zu sagen, aber alles, was rauskam, war: «Ich glaube, ich muss heute etwas früher zum Unterricht, April.» Mit einem Mal hatte ich nur noch eines im Sinn – nichts wie raus. Damit begann ich, meine Siebensachen zusammenzupacken.

«Das ist ja wieder mal typisch», ereiferte sich April. «Zuerst verdirbst du mir den Morgen und dann lässt du mich auf diesem entsetzlichen Müllhaufen alleine sitzen. Warum besorgst du dir nicht einen gesicherten Job in einer richtigen Stadt? Du bist 'n schlampiger Kerl, ein regelrechter Faulpelz . . . das kommt davon, wenn du nächtelang mit deiner Pfeife und den Kopfhörern . . .»

Iris betrachtete mich mit sanftem Blick. Ich gab ihr einen Kuss, wischte mir den Mund ab, und schon war ich draussen. April hockte auf einem Stuhl und heulte. «Geh zu ihr zurück», sagte ich zu mir selbst, «los!» Aber ich ging nicht.

Der Schmerz wurde erträglich, als ich den ersten halben Häuserblock hinter mir hatte. An der ersten Strassenecke konnte ich bereits wieder klar sehen. Noch so ein verregneter Tag. Der graue Himmel sah so aus, als sei er nur hundert Meter hoch. Dennoch lag in diesem schattenlosen Licht eine gewisse Schönheit. Beinahe sah es wie eine orientalische Tuschezeichnung aus – jeder Baum, jede Blattfarbe perfekt. Ich beschloss, im Anschluss an die Mittagspause einen ausgedehnten Spaziergang zu machen. Nach meiner gestrigen Erfahrung hatte ich mir fest vorgenommen, nie wieder Mittagsschlaf zu halten.

Eine Stunde bevor mein Unterricht begann, war ich schon im Büro. Mathematik für Grundschullehrer um neun Uhr. Als ich meine Füsse unter den Schreibtisch streckte, war ich ein wenig nervös, aber natürlich ereignete sich gar nichts. Ich beschloss, dass meine gestrige Erfahrung nichts weiter als ein Alptraum war.

Ich konnte immer noch nicht ganz begreifen, dass fünf Jahre Studium nach SUCAS geführt hatten, und ich überflog meine Morgenpost, halb hoffend, es könne doch noch ein Letzte-Minute-Angebot von einer richtigen Universität darunter sein. Aber heute gab's nichts als Werbematerial für neue Textbücher und ein mysteriöses Rundschreiben des Fachschaftskomitees ohne speziellen Inhalt. Ich wünschte, ich könnte Leadgitarre in einer Rockband spielen.

Ich warf die Post in den Papierkorb und nahm ein Buch über Differentialgeometrie in die Hand, welches ich kürzlich aus der Collegebibliothek entliehen hatte. Mit einem wohligen Gefühl begann ich, mich in die Frenet-Formel für das bewegliche Trihedron einer Raumkurve zu vertiefen.

Nach wenigen Minuten fiel mir auf dem Schreibtisch etwas ins Auge. Ein dreieckiger Fetzen Papier mit einer mir nicht geläufigen Handschrift drauf. Er musste unter meinem Buch gelegen haben. Ich musste auf einmal gegen eine gewisse Überzeugung ankämpfen, dass dieses Stück Papier irgendwie mit meinem Alptraum in Verbindung stand, und nahm es in die Hand. Das Papier war ziemlich dick, fast wie Pergament; zwei Kanten waren glatt, die dritte leicht zerfranst. Es sah so aus wie eine aus einem alten Buch herausgerissene Ecke einer Seite. Die Druckfarbe war rötlich braun. Getrocknetes Blut, durchfuhr es mich. Die Schrift war gut lesbar, der Schreiber schien sich aber eines anderen Alphabets bedient zu haben. Mit einem Mal fiel mir's wie Schuppen von den Augen: es handelte sich um Spiegelschrift. Ich versuchte sie zu entziffern, aber ich war inzwischen dermassen durcheinander, dass ich keine logischen Schlüsse mehr ziehen konnte. Ich lief hinüber zu meinem Schrank und hielt den Fetzen Papier an den Spiegel in der Tür.

«Quadriere meine Zahl für das Schildchen», las ich.

«Kerle wie Sie tragen da die ganze Schuld, Rayman», sagte eine Stimme. Wie vom Blitz gerührt fuhr ich herum. Es war John Wildon, einer der vollamtlichen Professoren. Ein schüchterner Kerl, aber dessenungeachtet unbeliebt. Ich wusste selten, worauf seine knappen Witzeleien hinausliefen. Also blickte ich ihn nichtssagend an und verbarg meine Verwirrung und meine Abneigung hinter einem Hüsteln.

«Gehaltsrichtlinien und ein Buch wie dieses kosten die Bibliothek dreissig Dollar.» Er trat einen Schritt näher und zeigte auf das Differentialgeometriebuch, welches ich auf meinem Tisch liegen hatte. Meckerte er etwa, dass ich die Bibliothek benutzte?

«Es ist ein ziemlich gutes Buch», sagte ich etwas unsicher und steckte das mysteriöse Stück Papier in meine Tasche. «Die Abbildungen sind ausgezeichnet.»

«Erzählen Sie mir nicht, Sie hätten nicht gewusst, dass Struik ein Roter ist?» versuchte Wildon zu ermitteln, wobei er Kaffee aus seinem Becher schlürfte. Er hatte einen besonderen Becher, einen mit seinem Namen sowie Namen berühmter Mathematiker darauf. Ich hoffte, er würde ihn eines Tages fallen lassen. «Gebt Steuergelder an die Roten, dabei ist dieses Land zu neunzig Prozent republikanisch . . .» Wildon schüttelte den Kopf. «Man sollte annehmen, dass selbst ein Logiker das besser wissen sollte.» Unvermittelt blickte er mir starr ins Gesicht. «Haben Sie sich registrieren lassen?»

«Zur Wahl?» gab ich als Antwort und nickte mit dem Kopf. «Sicher . . .» Ich war noch immer etliche Sprünge hinter ihm. War Struik der Autor des Buches, welches ich da aufgeschlagen liegen hatte?

«Demokrat?» schob Wildon in meine Grübelei. Ich nickte erneut mit dem Kopf und er hob seinen Kaffeebecher zu einem Toast. «Wir Liberalen müssen aufeinander achtgeben.» Damit wandte er sich zum Gehen. An der Tür drehte er sich noch einmal um. «Wir werden uns mit unsern Weibern treffen und einen zischen.»

«Prima», sagte ich. «Das wär 'ne Sache.»

Als Wildon die Tür hinter sich zugemacht hatte, steckte ich mir eine Zigarette an und starrte eine ganze Weile aus dem Fenster. Alles, was es zu sehen gab, war eine Backsteinwand und darüber ein wenig Himmel. «Quadriere meine Zahl für das Schildchen», stand auf dem Papier. Wessen Zahl . . . welches Schildchen?

Ich liess mich noch einmal in meinen gestrigen Alptraum gleiten. Ich hatte geträumt, dass ich meinen Körper verlassen und unter meinen Schreibtisch gekrochen war, um die SUCAS-Inventarnummer auf einem Metallschildchen zu lesen. Ich griff unter die Schublade. Das Schildchen war immer noch da. Mit einem gewissen Widerwillen hockte ich mich auf den Fussboden und sah es mir an. Die Nummer lautete 44-3556. Quadriere meine Zahl für das Schildchen. Was war die Quadratwurzel aus 443 556? Ich nahm Papier und Bleistift zur Hand.

Innerhalb weniger Minuten hatte ich das Ergebnis. Die Quadratwurzel aus 443 556 ist 666. Gemäss dem Buch der Offenbarungen ist 666 die Zahl des Biests, das heisst des Teufels, das heisst der Kreatur mit den ledernen Flügeln, die mich am Dienstagnachmittag unter meinem Schreibtisch hervorgejagt hatte. All das fügte sich nahtlos aneinander.

Ich zog den Fetzen Papier aus der Tasche und untersuchte ihn eingehend. Konnte ich das vielleicht selbst geschrieben haben? Vielleicht hatte ich tatsächlich einen astralen Körper, hatte das Schildchen gelesen, unbewusst die Quadratwurzel gezogen, hatte mir den Teufel im Geiste vorgestellt und diese Notiz mit meinem spiegelverkehrten astralen Körper geschrieben. Ich umklammerte das Papier. Verschwand es jetzt, dann wüsste ich immerhin, dass ich verrückt war. Das war die zweite Möglichkeit. Und die dritte? Es war unvorstellbar.

Als die Uhr neun schlug, stand ich auf, überquerte den Innenhof und begab mich zur Todd Hall. Hauchdünner Regen fiel. Einer plötzlichen Eingebung folgend zerknüllte ich den Zettel und warf ihn in einen Abfallkorb. «Du hast dir die ganze Sache nur vorgemacht», sagte ich zu mir selbst. «Du hast einfach zu sehr unter Stress gestanden.»

Indem ich mich den steinernen Stufen näherte, die zur Todd Hall hinaufführten, trieben meine Gedanken in eine vertraute Litanei aus Klagen. Sollte das wirklich mein Leben sein? Wie hatte Levin doch gesagt? «Ich hab' mir nie vorgestellt, dass es mal so beschissen armselig mit mir ausfallen könnte.» Siebenundzwanzig Jahre Ausbildung voller Hoffnungen und Träume hatten lediglich *hierzu* geführt – Arithmetik am SUCAS.

Ich stieg die Stufen hinauf, das Gesicht auf gleicher Höhe mit dem in Jeansblau gezwängten Hintern einer Studentin, vielleicht vier oder fünf Stufen vor mir. Plötzlich schrie sie gellend auf. Mit dem rechten Bein schlug sie aus wie verrückt, stürzte wie gefällt zu Boden, und ihr Kopf begann in ekstatischem Unisono mit der guten alten Nervenmusik zu zucken.

Mein Gefühl gegenüber der SUCAS-Gemeinde ging so weit, dass ich mich einfach vorsichtig an ihr vorbeidrückte. Jemand andres hätte eifrigst Hilfe angeboten . . . eines der beliebtesten Fächer hier war das Erste-Hilfe-Programm. Ich näherte mich gerade der obersten Treppenstufe, als sich die Tür öffnete und ein blinder Student heraustrat. Ich machte einen Schritt zur Seite und er taperte an mir vorbei, schnurstracks auf die zappelnde Studentin zu, und fiel auch prompt auf sie drauf.

Es war schon ein wenig schmerzlich, die zwei auf den steinernen Stufen herumbalgen zu sehen – sollte ich nicht vielleicht doch noch helfend eingreifen? Ihr braunes Haar hatte sich wie eine Spinnwebe über ihr spuckebeschmiertes Gesicht gelegt, ihre Hand hämmerte auf seinen ergreifend bleichen Rücken, mit Akne überwuchert und dem Tageslicht preisgegeben, dort, wo sein schäbiges kariertes Hemd aus der Hose gerutscht war. Er fuhr stoisch fort, sich mit lauter Stimme zu entschuldigen. Ein stämmiges blondes Mädchen kam über den Hof gerannt, rutschte aus, verrenkte sich den Knöchel und stürzte schwer, bevor sie noch die Stufen erreichen konnte. Ich setzte meinen Weg fort, ging ins Gebäude. Voller Schuldgefühle und zutiefst deprimiert.

Inzwischen hatte ich mich um fünf Minuten verspätet und die Gänge waren praktisch menschenleer. Ich eilte an den offenen Türen der Unterrichtsräume entlang, wo meine Kollegen bereits hart schufteten – Haushefte einsammelten, Klassenarbeiten austeilten, mit Notizen in der Hand dozierten. Wildon bemerkte mich und blickte demonstrativ auf seine Armbanduhr.

Als ich mich meinem Unterrichtszimmer näherte, versuchte ich mich zu erinnern, was wir in der letzten Stunde durchgenommen hatten und fragte mich, über was ich heute sprechen sollte. Meine schwerhörige Studentin erwartete mich auf dem Flur. «Hewlo», sagte sie. Ich lächelte und nickte mit dem Kopf.

«Ich hawp ein Vroblew», fuhr sie fort und wandte mir ihr Gesicht vollends zu. Sie war rührend, aber ich verstand praktisch kein Wort von dem, was sie mir vermitteln wollte. Natürlich würde sie durchkommen. Ich lächelte und nickte noch einmal, peinlich berührt, mit ihr zu sprechen.

«Srie mrüssn Riehre Vrand fom Mrund vrehmen», sprach sie weiter und führte mit den Händen vor, was sie meinte. «Vrich mvuss Vrihre Vlippen srehen.»

«Ich werd's versuchen», formte ich mit den Lippen, und damit gingen wir in den Unterrichtsraum. Der Kurs umfasste dreissig Mädchen und drei deprimierte Vertreter des männlichen Geschlechts; einer davon war ich.

Es gab drei massgebliche Studenten in diesem Kurs. Eine, Melanie, war das unglaublich gelungene Abbild der jungen, von ihrem aufplatzenden Sex-Appeal verwirrten Marilyn Monroe. Karen, die zweite, sah aus wie April als verderbte Siebzehnjährige. Fina, die Sprecherin des Kurses, hatte einen Stiftzahn und war so entzückend verschlampt, dass ich soweit gegangen war, letzte Woche einen Kaffee mit ihr zu trinken.

Heute war nur Karen da und ihre vollen, verdrossenen Lippen schienen mit Aprils Stimme zu flüstern: «Ich bin ja so unglücklich. Du liebst mich nicht mehr. Ich will mein eigenes Leben leben.» Diese Stunde würde kein Zuckerlecken sein. Ich war froh, dass ich wenigstens das Papier fortgeworfen hatte. Es war immer noch besser, verrückt zu sein, als Briefe vom Teufel in der Tasche zu haben.

Ich ging ans Fenster hinüber, öffnete es und beugte mich hinaus, um zu sehen, wie weit das Wupp-dich-auf-mich-Spiel auf der Treppe inzwischen gediehen war. Ich konnte es immer noch nicht fassen ... drei Menschen auf einmal. Was hatte ich bloss in diesem Zoo verloren? Die Stufen waren inzwischen geräumt, aber noch während ich hinabblickte, trottete ein Student mit öligschwarzem Haar daher, stolperte wie ein Dussel und begleitete diese kleine Peinlichkeit mit einer kunstvollen Pantomime. Er betrachtete sogar seine Schuhsohle.

Damit zog ich den Kopf wieder durchs Fenster zurück und blickte auf die Uhr. Es war zehn nach. Selbst wenn ich sie fünf Minuten früher entlassen würde, blieben noch 35 Minuten totzuschlagen. «Well», sagte ich, indem ich mich setzte und die Seiten unseres Textes oberflächlich durch die Finger gleiten liess. «Gibt es irgendwelche Fragen, was die Hausarbeiten angeht?» Totenstille. Alle starrten mich stumpfsinnig an, ohne das geringste Zeichen von Lust oder Verachtung. Kein einziger von uns konnte sich erinnern, ob es in diesem Kurs jemals Hausaufgaben gegeben hatte. Warum sassen wir überhaupt hier? «Sollen wir demnächst mal wieder eine Arbeit schreiben?» wagte ich einen weiteren verzweifelten Vorstoss.

Und damit verbrachten wir dann den Rest der Stunde. Wir setzten den kommenden Montag für eine Arbeit fest und die Fragen sprudelten nur so hervor. Unter dem Druck der Situation produzierte ich eine Theorie, wie man diese Arbeiten sinnvoll einsetzen könne, dazu liess ich mich über allgemeine, unsern Kurs betreffende Richtlinien aus. Am Ende hatten wir dann das Gefühl, wir wüssten, warum wir hier herumsassen. Als es schliesslich so weit war, in die Pause zu gehen, waren alle glücklich und zufrieden.

Die nächste Stunde musste ich mich über Differential II auslassen, was ich echt genoss. Es liegt etwas Schönes in einer Wissenschaft, welche einen befähigt, das Volumen eines Hühnereis zu berechnen oder die Oberfläche einer Bierflasche. Alle machten gut mit und ich bedachte sie mit ein paar ausgesuchten Einzeilern.

Ich hatte noch ein anderes Fach, Grundlagen der Geometrie, welches jeweils dienstags und freitags auf dem Stundenplan stand. Aber heute war Mittwoch, und so war ich um 11 Uhr schon fertig. Der Regen fiel inzwischen wieder in Strömen und ich überquerte den Hof zu meinem Büro im Dauerlauf. Levin sass an seinem Schreibtisch und verzehrte eines seiner seltsam riechenden Sandwiches und sah einen Stapel Bücher durch.

«Hi, Stuart», sagte ich. «Wie geht's mit dem Gesetz?»

«Das Gesetz ist gerecht», antwortete er. «Für dreissig Riesen im Jahr könnte ich's schon aushalten. Ich rede mir ununterbrochen ein, dass ich mich nicht ausverkaufe, sondern . . . dass ich *mich hineinkaufe.*» Er lachte kurz auf. «Und du? Bereit zu einem deiner berühmten Mittagsschläfchen?»

«Nein», entgegnete ich rasch. «Nein, nein. Kein Mittagsschlaf mehr, nicht nach gestern nachmittag.» Ich redete weiter und erzählte ihm von meinen luziden Träumen und meinem astralen Körper; erzählte ihm über die Kreatur, die ich gestern gesehen hatte und über die Nachricht, die ich heute morgen vorgefunden hatte. Während ich sprach, verdrückte Levin stillschweigend sein Sandwich. «Nun», schloss ich meine kleine Ansprache, «es bedeutet eine grosse Erleichterung, sich mal so richtig auszusprechen. Ich schätze, das hört sich ganz schön verrückt an, kriegt man's so am Stück serviert.»

«Das kann man wohl sagen», meinte Levin und streifte mich mit einem Blick voller Sympathie. «Ich glaube, an deiner Stelle würde ich versuchen, auf einer andren Spur zu fahren. Vielleicht würde ich sogar einen Psychiater aufsuchen. Wenn du so weitermachst, wirst du noch auf eine Herzattacke hinarbeiten. Oder vor Angst sterben, während du schläfst.»

«Das hört sich wirklich ermutigend an, Stuart. Aber denkst du nicht, dass etwas Wahres daran sein könnte? Wie erklärst du dir das sonst mit den Zahlen?»

Er zuckte die Achseln. «Mir fällt auf, dass du dich dieser Nachricht entledigt hast, bevor du sie irgendeinem Menschen gezeigt hast. Wenn du mich fragst, glaube ich ganz einfach, dass du auf dem besten Wege bist, durchzudrehen. Auf der anderen Seite . . .» Er dachte eine Minute lang nach. «Irgendwo habe ich mal ein Buch gesehen, welches sich mit solchen Träumen . . . ja, eine Freundin von Bernardine hatte es. Von einem Typen . . . Monroe, glaube ich. Und es hiess *Der Mann mit den zwei Leben.* Kannst es ja mal auschecken.»

Ich notierte mir Autor und Titel. Eine andere Frage stellte sich mir. «Dienstags kommst du doch immer erst ein wenig später, oder?» Levin nickte zustimmend und ich fuhr fort: «Ist dir gestern hier irgendwas Besonderes aufgefallen?»

«Nun», sagte Levin, indem sein Gesicht sich in sein typisches, langes Lächeln spaltete. «Da gab's diesen Typen mit roten Augen und einem Schwanz mit Dreizack an der Spitze, der dich sprechen wollte. Ich sagte ihm, er solle doch eine Nachricht hinterlassen.»

Ich musste lachen. «Okay, okay. Ich drehe durch. Und dir ist das piepegal.» Ich schlüpfte in meine Lederjacke und stülpte mir meinen alten Filzhut aufs Haupt, den ich von meinem Vater geerbt hatte. «Ich werd' jetzt zu Mittag essen und im Regen spazierengehen.»

«Denk an die Mathematik, Felix», riet Levin mir mit ernster Miene, als ich mich zum Gehen wandte. «Das wird dich vor einem Nervenzusammenbruch bewahren.»

4 Bernco

Ich quälte mich den schwarzen Asphalt zu Berncos Main Street hinauf, die Main Street hiess. Es regnete noch immer heftig, und das Wasser floss in gekräuselten Bahnen die Strasse hinab. Ich hatte beschlossen, bei Sammy's zu essen, einer Imbissstube in Form eines Speisewagens; betrieben vom gegenwärtigen Bürgermeister von Bernco. Eingehüllt in eine Wolke von Zigarrenrauch thronte Sammy am Ende des Tresens, während ein fettes Weib mit Barthaaren die Gäste bediente. Diese Frau sah haargenau aus wie Sammy, bis hin zum pomadisierten Haar. Während der Arbeit schnökerte sie ununterbrochen.

Mein Frühstück hatte nicht lange angehalten, und auf dem Weg zu Sammy's hatte ich bereits das für den heutigen Tag ideale Sandwich entworfen. Ich setzte mich auf Höhe des Grills an den Tresen und gab der Dicken meine Bestellung auf.

«Hätte gern ein Roastbeef-Sandwich auf blassem Toast mit Butter und Mayo, einem Salatblatt und 'ner Scheibe Schweizer. Und eine Tasse Tee.»

«Hmmm, das hört sich lecker an», sagte sie, die Stimme voller süssen Speichels.

Sie stellte den Tee vor mich hin, brachte irgendwem einen Cheeseburger und eine Portion Pommes frites, dann machte sie sich an mein Sandwich. Völlig hingerissen schaute ich ihr zu, beseelt vom Stolz meiner kulinarischen Architektur. Schliesslich war's fertig, montiert auf einen gestanzten Pappteller, dazu Pickles und eine Handvoll Pommes frites. Mit erwartungsvollem Lächeln lehnte ich mich zurück.

Aber da drehte mir die fette Wachtel den Rücken zu, beugte sich über mein Sandwich und ass es auf – hastig, ohne einen Mucks zu sagen. Zornesnebel hüllte mich ein. Mit leerem Gesicht würgte ich mein Sandwich im Geiste hinab – ein saftloses Pappfaksimile des verkonsumierten Meisterwerks. Ich betrachtete einen Mann, der ohne mit der Wimper zu zucken seinen Hund hinter den Tresen führte, damit er einen rohen Hamburger in Empfang nehmen konnte. Die Frau fütterte den Hund mit ihrem Fleischwender. Wie benommen zahlte ich und ging. Der Hund bellte um eine zweite Ladung.

Der Regen prasselte mit einer solchen Heftigkeit, dass ich mich unter Sammys Markise erst einmal verschnaufte. Vor mir eine grosse Wasserlache auf dem eingebeulten Trottoir, und die dicken Tropfen plumpsten nur so hinein. Hurtige Kreise entstanden und flitzten, einer den anderen auseinander treibend, auf der Oberfläche, kreuzten sich im Moiré und liefen aus. Ich starrte aufs Wasser, verlor mich in seinen Mustern.

Am Ende der Häuserzeile gab es einen Buchladen. Geführt von einem lockenköpfigen Hippie, der sich Sunfish nannte. Heute lag der Laden wie ausgestorben da. Sunfish sass nahe beim Fenster in einem ausgebufften alten Gartenstuhl in Form zweier Kammuschelhälften. Er war sichtlich deprimiert.

«Was willst'en machen, dass deine Muschel an Land bleibt, Sunfish?»

«Felix! Hast du irgendeine grössere Bestellung mitgebracht?» Business glimmte in seinen fahlen, blutunterlaufenen Augen.

«Nein, ich bin nur . . .»

«Ein nichtsnutziger Parasit!» kreischte Sunfish hitzig. Mehr New Yorker als Hippie, hatte er die Angewohnheit, mit seinen Kunden in Streitigkeiten auszubrechen. Das verlieh seinem Leben ein wenig Halt.

«Ich weiss nicht, warum mir kein Mensch abnehmen will, dass ich einen richtigen Beruf habe», jammerte ich. «Der pure Gedanke daran, was ich machen soll, wenn ich gefeuert werde, verbraucht so viel . . .»

«Hört ihn euch an! Nächste Woche wird er noch'n Magengeschwür kriegen.»

Ich entliess einen Seufzer und wandte mich einem Regal mit Fantasy-Büchern zu. Sunfish liebte Fantasy. Mit einem Mal spürte ich, wie er dicht hinter mir stand.

«Das ist'n tolles . . .», sagte er und zeigte mit dem Finger über meine Schulter. Er hatte den Atem eines Hundes.

«Wie kommt's, dass du so viel dichter an mir als ich an dir stehe?» rasselte ich mit beissender Stimme.

Sunfish warf die Arme in die Luft und kehrte zu seinem Gartenstuhl zurück. «Eh! Da ist aber einer empfindlich.»

Ich fühlte mich leicht beschämt. «Tut mir leid, habe 'ne Menge Probleme zu wälzen.»

«Das will ich gern glauben . . .»

«Hast du irgendwas über Astralreisen vorrätig? Eins gibt's da, von so 'nem Typen namens Monroe.»

«Auf Lager», sagte Sunfish und wies mit dem Arm zum rückwärtigen Teil des Ladens; wandte sich ab und dem strömenden Regen vor seinem Fenster zu.

Ich blieb bald eine ganze Stunde im hinteren Teil des Ladens. Ein paar Kunden kamen und gingen, meistens Studenten, die irgend etwas suchten, das als Lektüre empfohlen worden war. Sunfish hielt sich nicht lange mit ihnen auf.

Ich blätterte ein wenig in dem Monroe-Buch, überflog insbesondere die Passage, in der er beschreibt, wie man, ist man erst einmal aus seinem Körper heraus, wieder in ihn eintreten kann. Aber er schien damit nicht dieselben Probleme zu haben wie ich. Drei Exemplare des Buches standen im Regal und um ein Haar hätte ich die dünne Broschüre übersehen, die hinter ihnen eingeklemmt stand. Ich fischte sie hervor und betrachtete die kuriose Titelseite:

CIMÖN und WIE MAN DORTHIN GELANGT

F. R.

Das war alles. Keine Verlagsangabe, kein Veröffentlichungsjahr. Die Seiten waren dünn und abgegriffen.

Die Bedeutung der Initialen war mir nicht entgangen, und ich schlug die Broschüre mit einem dumpfen Gefühl der Erwartung auf. «Cimön ist das Land der Träume und der verstorbenen Seelen», begann der erste Teil.

Die zweite Hälfte der Broschüre wurde von einer detaillierten Beschreibung mit Diagrammen von Cimön eingenommen. Es war insgesamt zu viel für mich, alles auf einmal zu absorbieren, aber die Diagramme habe ich immer noch im Kopf. Eines sah aus wie ein Thermometer. Mir drehte sich alles im Kopf, als ich zum zweiten Teil gelangte. Eine halbe Stunde hatte ich still dagestanden, und meine Beine begannen steif zu werden.

«Im normalen Raum», setzte der Wie-man-dorthin-gelangt-Teil der Broschüre ein, «ist Cimön unendlich weit entfernt. Für den Träumer stellt sich dadurch keinerlei Problem, aber für den vollständig körperlich Aufgelösten . . .»

«Bist du noch da, Felix?» rief Sunfish mit freundlicher Stimme.

Ich war reif für eine Pause. Die Broschüre nahm ich mit nach vorn. «Wieviel kostet das?»

Er betrachtete es sich einen Augenblick lang. «Was ist Cimön?»

«Es steckte hinter den Monroe-Büchern.»

Er reichte es mir zurück. «Gehört dir, amigo; hab's nie vorher gesehen.»

«Wie ist es dann dorthin gelangt?» Ich dachte an den Fetzen Papier, den ich heute morgen auf meinem Schreibtisch gefunden hatte.

Sunfish gähnte zu Ende und lehnte sich in seinem blassgrünen Gartenstuhl zurück. «Es gibt immer wieder so 'n paar Verrückte, die hier was liegenlassen. Oder der Spediteur hat's drunter gemischt.» Er legte eine Pause ein; sagte dann: «Die Deads werden morgen in der Stadt sein.» Sunfishs einzige Leidenschaft bestand darin, die Konzerte der Grateful Dead zu besuchen.

«Wirst du hingehn?»

Er nickte lächelnd. «Die werden die ganze Nacht lang spielen. Wegen Allerheiligen. Du solltest auch kommen.»

Ich schüttelte den Kopf und stopfte die Broschüre in meine Tasche. «Mein Schädel macht so schon kaum noch mit.»

Es regnete immer noch zu stark zum Spazierengehen, also beschloss ich, ins Drop Inn zu gehen. Für zwei Bier reichte mein Geld noch. Das Drop Inn befand sich in der einzigen Seitenstrasse Berncos, die keine Wohnstrasse war. Ein gewisser Ruf haftete ihr an. Die ganzen Heads gingen dorthin, wenn sie mal einen saufen wollten . . . was so manchem übrigen Exemplar menschlichen Strandguts ausreichend Raum liess.

Der einzige andere Stammgast, der sich heute im Drop Inn herumdrückte, war ein verhutzelter Farmarbeiter mit Gummistiefeln, die ihm bis an die Knie reichten. Es sah so aus als kaute er irgendwas. Das Mädchen hinter der Bar liess eine Jackson-Browne-Scheibe laufen und war im übrigen ins Betrachten des Regens versunken, wie's alle anderen Bürger von Bernco ebenso taten.

«Sind Sie nicht 'n Matheprofessor?» fragte sie mich, nachdem ich ein grosses Doppelmalz bestellt hatte.

«Dachte nicht, dass man es mir ansehen würde.»

Sie lächelte. «Ich bin Mary. Ich habe einen Freund, der in Ihrer Geometrieklasse ist. Tom Percino. Er meint, das wär ganz schön out bei Ihnen.»

Die Namen meiner Studenten hatte ich mir noch nicht alle merken können und ich fragte mich, mit welchem Studenten dieses Mädchen befreundet sein könnte. Sie hatte glattes dunkles Haar und ein ziemlich ovales Gesicht, welches eine kaum wahrnehmbare, leichte Verschiebung ihres Kinns nicht gerade reizvoller machte. Sie hatte irgend etwas an sich, das einen an die Grosse Depression erinnerte, an eine ausgedörrte Landschaft, an eine Ritz-Cracker-Torte. In meiner Geometrieklasse gab es nur einen Studenten, der aussah wie ein Okie, einer aus Oklahoma.

«Ist Ihr Freund gross und trägt einen kleinen schwarzen Schnurrbart?» Und als Mary nickte, fuhr ich fort: «Klar, den kenne ich.» In Geometrie hatte ich eine Menge über die vierte Dimension gesprochen, und Percino wollte seine Semesterarbeit über UFOs schreiben. Er behauptete, diesen Sommer in Bernco eines gesehen zu haben. Ich nahm einen tiefen Zug Bier. «UFOs sind seine Leidenschaft, oder?»

Mary beugte sich über die Bar. «Er sagt, Sie meinten, die kämen alle aus der vierten Dimension.»

Ich lachte vorsichtig. «Ich bin nicht sicher, dass ich das gesagt habe.» Meine Lage in Bernco war schon prekär genug, ohne dass die Leute verbreiteten, ich würde über UFOs dozieren. «Eigentlich mag ich UFOs überhaupt nicht», fuhr ich fort. «Die sind mir viel zu materialistisch. Das ist so, sicher. Die Wirklichkeit besteht aus mehr als nur diesem . . .» Damit zeigte ich auf die Bar, den Regen draussen, auf die Erde. «Aber die Idee von etwas Höherem zu nehmen und es in einen Typen in einer *Maschine* umzusetzen . . . eine Maschine aus dem Äusseren Raum. Das ist geradezu in rührender Weise materialistisch gedacht. Das Jenseits haben wir immerzu genau vor der Nase . . .» Ich fuhr mit der Hand über den hölzernen Bartresen und betrachtete die Maserung. Ich fühlte mich leicht angesäuselt.

Dem Mädchen hinter der Bar machte mein Geplauder Spass, es war aber nicht Weise gewillt, sich von ihrer Meinung abbringen zu lassen. «Gut», sagte sie. «Klar. Aber Tom und ich haben diesen Sommer wirklich eins *gesehn,* oben auf dem Temple Hill.»

«Auf dem Friedhof?»

Sie nickte und fuhr fort. «Wir hatten's uns dort oben für die Nacht gemütlich gemacht, als wir's entdeckten. Zuerst sah es wie ein Pilz aus, wurde dann grösser und flog davon.» Sie warf beide Hände in die Luft. «Es war so wunderschön . . .»

Ich schob ihr mein leeres Glas zu, und sie zapfte mir noch ein Bier. «Das ist nun wirklich nicht die zuverlässigste Sichtung, von der ich gehört habe», sagte ich. «Vielleicht haben Sie beide ja tatsächlich etwas *gesehen,* aber warum, zum Teufel, muss es ausgerechnet eine gottverdammte Maschine sein? Warum hätte es nicht der liebe Gott oder irgendein Engel oder lebendige Energie aus der Dimension Z sein können?»

«Es *hörte* sich *an* wie eine Maschine», beharrte sie und machte ein brummendes Geräusch. Wir mussten lachen. Dann kam eine Gruppe Studenten in die Bar, und sie ging, sie zu bedienen. Der alte Farmer hing immer noch an der Bar und starrte in seinen Whisky. Dabei bewegte er ununterbrochen die Lippen. Ich nahm mein Bier und liess mich an einem der Tische nieder.

Das erste Bier fühlte sich wohlig warm in meinem Bauch an, und mein Kopf funktionierte ausgezeichnet. Ich erinnerte mich an Levins Rat und beschloss, über Mathematik nachzudenken, über das Kontinuumproblem . . . ein Problem, welches kurz über lang seinen hundertsten Geburtstag feiern sollte.

Am 13. Dezember 1873 förderte der 28jährige Georg Cantor das Kontinuumproblem ans Tageslicht, indem er nachwies, dass es mehr Punkte im Raum gibt als natürliche Zahlen existieren. Das Problem lautet, wie viele Zahlen mehr.

Jedes kontinuierliche Teilstück des Raumes nennt man ein Kontinuum. Eine Strecke, die Oberfläche eines Ballons, der Raum im eigenen Kopf, das endlose Universum ... all das sind Kontinua. Cantor entdeckte, dass alle Kontinua, als Punktmengen gesehen, denselben Unendlichkeitsgrad der Menge innehaben, welchen er als «c» bezeichnete. Den Grad der Unendlichkeit einer solchen Menge aller natürlichen Zahlen nennt man Aleph-null; den nächst grösseren Unendlichkeitsgrad der Menge nennt man Aleph-eins. 1873 erbrachte Cantor erstmalig den Beweis, dass «c» grösser ist als Aleph-null. Selbst wenn man immer und ewig leben würde, wäre man nicht in der Lage, jedem einzelnen Punkt im Raum eine natürliche Zahl zuzuordnen. Das Kontinuumproblem besteht darin, zu entscheiden, um wieviel grösser «c» als Aleph-null ist. Cantor meinte, «c» müsse Aleph-eins sein, die nächste Unendlichkeit. Aber kein Mensch weiss, ob er damit recht hat.

Ich hockte also da im Drop Inn und liess vor meinem geistigen Auge Bilder von Aleph-eins und «c» vorübergleiten und versuchte, sie miteinander zu vergleichen. Heute sah Aleph-eins wie ein Wirrwarr von Treppen aus ... jede von ihnen steiler als die vorherige; und «c» sah aus wie ein Fass. Ich liess die Treppen sich aus der Mittelachse des Fasses lösen und beobachtete, ob sie es füllen könnten. Ich stopfte eine Menge Sachen ... alles mögliche ... in das Fass, zerlegte es in Querschnitte und zeichnete konzentrische Kreise auf diese Scheiben. Ich stellte mir einen Ballon vor, der niemals aufhört zu wachsen, oder eine Bibliothek mit unendlich langen Bücherreihen. Ich hoffte den Beweis zu erbringen, dass «c» grösser ist als Aleph-eins.

Nach einer Weile merkte ich, dass der Regen nachgelassen hatte. Ich leerte mein Glas, zündete mir eine Zigarette an und ging. Meine Hutkrempe sorgte dafür, dass die Zigarette trocken blieb. Ich schlenderte eine Zeitlang in der Stadt herum, ohne darauf zu achten, wohin ich ging. Mir schien es, als hätte ich einen guten Ansatz für das Kontinuumproblem gefunden und versuchte, dranzubleiben, auch wenn meine Gedanken immer wieder zu April schweiften, oder zu meinem Alptraum mit dem Teufel.

Wenn ich mit dem Problem nur ein paar Schritte weiterkäme,

könnte mir das einen guten Job einbringen. Kriegte ich einen guten Job, würden April und ich wieder glücklich werden. Und wenn ich glücklich wäre, würde ich nicht mehr davon träumen, meinen Körper zu verlassen.

April wünschte sich sehnlichst, dass ich mich zum alljährlichen Jobjahrmarkt der Amerikanischen Mathematischen Gesellschaft begeben sollte. Der Festsaal eines Nobelhotels voller schmieriger Typen, die um Spieltische herumhockten. Die Gesuchsteller waren die seltsamsten Intelligenzen, die sich selbst in Pretzels, in Rechenmaschinen, in die Baseball-Walhalla verwandelt hatten. Die Interviewer ihrerseits suchten erfahrene Mathematiker. Was immer das bedeuten sollte, es hatte nichts mit Mengenlehre zu tun.

Zum ersten Mal stellte ich mir die Frage, worum es beim Kontinuumproblem wirklich ging, indem ich zwei verschiedene Dinge miteinander verglich: «c» und Aleph-eins. Es scheint mir, als könne man sagen, dass es «c»-mögliche Gedanken gibt, und dass Aleph-eins die erste Ebene von Unendlichkeit ist, die wir gedanklich nicht fassen können. Das Problem zielt also auf die Frage: Ist alles grösser als das Unendliche?

Die Luft war mild, und strahlender Himmel überstrahlte die Stadt. Ich konnte *Cimön* und *wie man dorthin gelangt* in meiner Brusttasche fühlen. Beide, «c» und Aleph-eins, erschienen mir als metaphysische Abhängige. Besteht die letzte Wirklichkeit aus Einem oder Vielem?

Ich ertappte mich, wie ich die Center Street zum Temple Hill hinaufging. Bernco liegt an einen Hügel gelehnt, der nach unten in einen kümmerlichen grauen See ausläuft. Auf dem Gipfel des Hügels gibt's den Friedhof, die Stadt darunter, noch weiter unten das College, dann die Grundschule, schliesslich das Gewässer.

Irgendwie nickte ich auf dem Friedhof ein.

5 Donald Duck

Im Anschluss an einen wilden Traum mit unendlichen Katakomben wachte ich mit neuerlich gelähmtem Körper auf. Ich versuchte krampfhaft zu schreien, mit den Beinen zu kicken und den Armen zu wedeln. Wenn ich nur einmal grunzen, einen Finger rühren könnte . . . aber es ging nicht. Ich gab's auf und entspannte.

Obwohl es wieder ziemlich kräftig regnete, fühlte ich mich wohlig und warm. Ich fragte mich, ob ich wohl sterben würde. Mein Verstand spielte sich wieder auf den Traum ein. Ich hatte einen gänzlich zufälligen, äusserst schwer zu schildernden Weg durch das Labyrinth eingeschlagen. Es hatte unendlich viele Wahlmöglichkeiten gegeben, aber keine absolut letzte; und jetzt war ich damit fertig. Irgendwie hatte ich mich an Aleph-null vorbeigeträumt. Ich fragte mich, wie es wohl sei, Aleph-eins zu erreichen, weiterzuwandern, immer weiter durch alle Ebenen der Unendlichkeit hindurch, hinaus zum unerreichbaren absolut Unendlichen.

Aber ich musste aufwachen! Mit einer übermenschlichen Anstrengung gelang es mir, mich auf die Seite zu rollen. Damit war ich über'n Berg. Ich stand auf und machte mich auf unsicheren Beinen daran, den Friedhof zu verlassen. Als ich mich umblickte, um das Mausoleum auszumachen, von dem ich geträumt hatte, konnte ich es nicht entdecken und wandte mich um zur alten Buche.

Mein richtiger Körper lag noch immer unter dem Baum. Ich befand mich also wieder in meinem astralen Körper. Der Regen fiel geradewegs durch mich hindurch und ich hatte das nicht einmal bemerkt. Einen Augenblick lang zögerte ich, hin und her gerissen zwischen Angst und Neugier. Niemals zuvor war ich so weit von meinem physischen Körper entfernt gewesen. Ich hatte Angst, er könne sterben, aber ich selbst starb fast vor Neugier, herauszufinden, was mein astraler Leib, einmal draussen, alles zu tun vermochte.

Ich sprang in die Luft und fiel nicht auf den Boden zurück. Ich konnte fliegen! Vielleicht sollte ich mal rasch nach Hause wischen, nachsehen was April gerade machte, hierher zurückzoomen, meinen Körper aufwecken, nach Hause gehen und April fragen, ob das alles stimmte, was ich gesehen hatte.

Aber genauso fingen die Scherereien gestern an, redete ich mir ein. Ich schwebte ungefähr sechs Meter über der Erde. Allmählich wurde es dunkel und ich konnte Leute von der Arbeit nach Hause gehen sehn. In den meisten Häusern brannte bereits Licht. Die hell erleuchteten Fenster strahlten Wärme aus, wohlige Wärme. Ich musste an April und Iris denken, die nur darauf warteten, Liebe zu spenden und Liebe zu empfangen. Dieser Wahnsinn musste ein Ende haben.

Ein leichter Willensanstoss genügte, und mein astraler Körper schwebte hinüber zu meinem schlaffen Fleisch. Der Körper lag auf dem Rücken ausgestreckt nahe den Baumwurzeln. Der Regen schlug durch die nackten Äste und zerplatzte in kleinsten Tröpfchen auf dem glitschigen Gesicht. Zum Glück lag der Kopf ein wenig zur Seite geneigt, so konnte das Wasser nicht in die geschwungenen Nasenlöcher rinnen. Der Körper sah nicht gerade einladend aus, aber ich versuchte immerhin, in ihn zurückzukehren.

So lange war ich noch nie draussen gewesen. Mein Astralkörper war in eine bullige, bequemere Klumpenform geflossen, die sich jetzt nur schwer an mein altes Skelett anpassen liess. Der Raum, den mein Fleisch einnahm, fühlte sich kalt und feucht an. Ungefähr so wie die Bauchhöhle eines aufgetauten Truthahns, voll pickliger Haut, zersplitterter Knochen und glitschiger Innereien. Aber April brauchte mich. Unwirsch schlurfte ich auf diesem vergänglichen Schlauchwerk von Körper herum.

Dann probierte ich alles, was mir einfiel. Ich gab stetigen Druck auf die Augenlider . . . nichts. Ich wartete minutenlang, dann versetzte ich meinen Nerven einen kräftigen Energiestoss . . . nichts. Einen nach dem anderen checkte ich alle meine Muskeln durch . . . wieder nichts. Ich versuchte, den Atem anzuhalten, in die Hose zu machen; versuchte eine Erektion. Nichts passierte. Nichts als das rhytmische Pulsieren meiner automatischen Körperprozesse. Sollte ich etwa an Narkolepsie leiden?

Ich zog mich momentan hoch und schwebte jetzt in meinem so fantastisch leicht reagierenden Astralkörper. «Zur Hölle mit dir», dachte ich, als ich auf meine alte Hülle hinabblickte. «Du wirst aufwachen, wann es dir passt. In der Zwischenzeit . . .»

Jetzt begann ich die Fähigkeiten meines Astralkörpers zu testen; er schien aus einer Art grünlich glühenden Gelees zu sein. Ektoplasma. Meine Grösse konnte ich durch Willenskraft beeinflussen. Einen Augenblick lang überragte ich hauchdünn die alte Buche, im nächsten Augenblick donnerte ich in einem Riss ihrer Rinde abwärts.

Meine Lichtempfindlichkeit reichte von einem Ende des elektromagnetischen Spektrums bis ans andere, und ich konnte sie auf jeder Ebene regulieren. Wenn ich wollte, so konnte ich im flackernden Licht kosmischer Strahlen sehen.

Aber das war längst noch nicht alles. Ich begann, Dinge wahrzunehmen, denen mit keiner mir bekannten physikalischen Theorie beizukommen war. Es gab da Klumpen von . . . von *Zeugs,* die überall herumdrifteten. Kleine Bläschen, gross wie Stecknadelköpfe, und dicke, ziemlich dämlich aussehende Ballons sickerten durch Gegenstände um mich herum. Mit ihren dunklen Vertiefungen und ihren bescheuerten nickenden Bewegungen erinnerten mich die grösseren Exemplare an eine Illustration in einem der Bücher von Dr. Seuss. Ich beschloss, sie Bloogs zu nennen, so wie es der gute alte Doktor getan hatte. In der Nähe des Friedhofs stand eine Bogenlampe, die jetzt langsam anging. Kleine Bloogs entströmten dem Licht in alle Richtungen wie die Funken einer Wunderkerze. Vielleicht hatten sie mit Energie zu tun. Sie waren fast völlig transparent und boten bei Berührung keinen Widerstand.

Neugierig, ob ich jetzt besser denken konnte, wandte ich meine Aufmerksamkeit erneut auf das Kontinuumproblem. Mein Verstand arbeitete zweifellos schneller als sonst. Im Handumdrehen erblickte ich drei von vier neuen Möglichkeiten, eine Punktmenge der Grösse «c» im Raum zu gruppieren. Aber mein Vorstellungsvermögen war für mathematische Betrachtungen viel zu aktiv. Meine Gedanken schienen ein Eigenleben zu führen und weigerten sich, stillzustehen, indem ich sie betrachtete. Den neuen Gruppierungen im Raum wuchsen Beine und sie begannen, um die Buche herum, Kriegen zu spielen. Ich beschloss, sie mir ein anderes Mal eingehender zu betrachten.

Diese Gedanken hatten eine unliebsame Erinnerung in mir wachgerufen: vorher hatte ich mir eingeredet, ich würde für eine Lösung des Kontinuumproblems meine Seele verkaufen. «Ich hab's nicht so gemeint», flüsterte ich auf den menschenleeren Friedhof. «Ich habe nichts unterschrieben.» Keine Antwort.

Mir war, als sollte ich ruhig mal ein bisschen fliegen. Das beste schien es, mal nach April zu sehen. Ich blickte mich um. Es war jetzt fast völlig dunkel und die Bloogs wurden weniger. Irgendwie hatte ich nicht die geringste Sorge, mein physischer Körper könne sterben. Nur eines bereitete mir Sorge, dass die Polizei ihn finden und ins Gefängnis werfen könnte. Als Student war mir das schon einmal passiert. Ich hatte eine Flasche Bourbon am Wickel und befand mich am Ende einer mehrwöchigen Sauftour. Es war früher Morgen und ich sass allein auf den Stufen zum Bibliotheksgebäude, beobachtete die aufgehende Sonne und wie alles wärmer und heller wurde. Pastellfarben um mich herum, in allen Schattierungen, bis hin zum Weiss, als ich auf ein Wesen aus reinem Licht zulief. Jesus. Wir hatten uns eine halbe Ewigkeit ohne Worte unterhalten, bis mich zwei Bullen in eine Grüne Minna schoben. «Wo ist'n der andere?» hatte ich gefragt. Die beiden Bullen hatten lediglich einen Blick gewechselt und der eine hatte gesagt: «Der andere war nüchtern.»

Damals hatte man mich der Schule verwiesen, was eigentlich völlig belanglos war. Würde die Polizei mich heute aufgreifen, wäre das schon was anderes. Auch wenn ich nicht besoffen oder stoned war, sah ich doch immerhin so aus. Auch war ich kein Student mehr. Ich war 27, war Lehrer an einem College und hatte, wie ich mich erinnerte, ein paar Jointstummel in der Tasche. Ich würde also bestenfalls meinen Job verlieren, schlimmstenfalls würde man mich in Attica einbuchten. Rockys Anwärterschaft auf den Präsidentenstuhl hatte New York die strikteste Drogengesetzgebung im ganzen Land beschert.

Inzwischen war es stockfinster geworden, und ich lag ja nicht gerade mitten auf einer Strasse. Die Polizei würde mich heute abend nicht ausfindig machen. Andererseits hoffte ich, dass der Teufel mir heute nacht nicht noch einmal nachsteigen würde. Ich liess mich nach oben treiben, geradewegs durch einen dicken Ast der Buche hindurch. Er war teilweise hohl und drinnen kuschelten sich zwei Eichhörnchen aneinander. Ich war versucht, auf Eichhörnchengrösse zu schrumpfen und mich zu ihnen zu gesellen. Aber ich brauchte ja April.

Ich stieg bis hoch über die Baumwipfel auf und konnte zwei Blocks weiter, in der Tuna Street, unser Haus erkennen. Ich schoss darauf los.

Indem ich zum Haus hinüberflog, achtete ich auf die Form meines Astralkörpers und er nahm bequemere Züge an. In rechtem Winkel drang ich durch das Dach ein und befand mich auf unserm Eingangsflur, gleich neben dem Spiegel.

Ich hatte ungefähr die Grösse und Form von einem Pilz. Ich schwebte knapp unter der Zimmerdecke und konnte hören, wie April im Kinderzimmer staubsaugte. Dort drinnen war es hell und heiter mit einem ganzen Schwarm Bloogs um die Lampe herum. Iris lag in ihrem Kinderbettchen und April reichte mit dem Staubsauger nach oben, um die Spinnweben unter der Decke fortzusaugen. Sie blickte hoch und sah mit ihren üppigen, jetzt völlig entspannten Zügen sehr hübsch aus. Dann lächelte sie zu einem Laut, den das Baby von sich gegeben hatte. Das Baby konnte mich sehen und machte «Bah, ga-bah», wobei es mit seinen wurstigen Babyarmen in meine Richtung wedelte.

Jetzt flog ich ein wenig dichter an April heran, sie strich sich das Haar aus dem Gesicht und blickte durch mich hindurch. Hier schien die Welt noch in Ordnung zu sein, hier gehörte ich hin, war ich mit Herz und Seele zu Hause. Gab es nicht eine Möglichkeit, einfach hierzubleiben? Vielleicht träumte ich das alles nur, lag schlafend auf der Wohnzimmercouch. Ich wünschte es mit aller Macht und stellte mir haargenau vor, wie ich aussehen würde; unbequem, aber hartnäckig auf den roten Polstern zusammengerollt, in tiefen Schlaf gesunken. Mit diesem Bild vor Augen trieb ich aus Iris' Zimmer hinaus, den Flur entlang zum Wohnzimmer.

Als ich hinauskam, schlich sich jemand aus der Haustür und

schlug sie hinter sich zu. Von dem plötzlichen Lärm aufgeschreckt, sprang April auf den Flur. «Felix?» fragte sie, «Felix?» Aber es gab keine Antwort, die sie hören konnte. Sie öffnete die Haustür und blickte in die Nacht hinaus, aber es war offensichtlich zu dunkel für sie, um irgend etwas zu sehen. Als sie sich wieder umwandte, stützte sie sich mit einem Ausruf der Bestürzung auf die Handschuhablage unserer Garderobe. Ihre Handtasche hatte hier gelegen und irgendwer hatte sie ausgeleert und das Haushaltsgeld aus ihrem Portemonnaie entwendet.

Formlos unter der Decke schwebend sah ich ihr zu, wie sie ihren Krimskrams zurück in die Handtasche stopfte, sich eine Zigarette anzündete und auf einen Hocker sinken liess. Ich fragte mich, warum sie nicht die Polizei anrief. Wütend sog sie den Rauch ein, warf einen Blick auf die Wanduhr, nahm dann die Zeitung auf und verlor sich in der Lektüre. Wer konnte das wohl gewesen sein, der da so heftig aus dem Haus gestürmt war? Ein Einbrecher? Oder hatte April einen Liebhaber? Es wäre mir ein leichtes gewesen, nachzusehen, aber ich wollte einfach nicht von hier weg.

Ein paar Minuten später legte April die Zeitung hin, steckte sich eine neue Zigarette an und starrte mit leerem Blick aufs dunkle Fenster. Iris kam hereingekrabbelt, lächelte zu mir hinauf und zog einen Stapel Zeitschriften vom Tisch. Meine Aufmerksamkeit wurde auf ein neues Comicbuch gelenkt und ich liess mich ein wenig tiefer treiben, um es besser sehen zu können.

Auf einmal spaziere ich auf einer schönen Strasse daher, in einer Welt einfacher Farben und kontinuierlicher Formen. Das Trottoir ist eben und makellos sauber, der angrenzende Rasen ein uniformes Grün, hier und da mit gelben Blumen besetzt. Mein Bauch ist dort, wo er sich unter meinem blauschwarzen Matrosenanzug hervorstreckt, schneeweiss. Ich kehre meinen Kopf nach hinten und bewundre meine hübsch arrangierten Schwanzfedern, wie sie im Rhythmus meines entschlossenen Watschelschritts hin und her wippen. Mein blauer Wagen mit den dicken Ballonreifen steht am Strassenrand geparkt. Ich werfe den Schlüssel hoch in die Luft und bin mit einem Satz über die Tür. Mit einem glücklichen «Quack, quack, quack» fange ich den Schlüssel in meiner behandschuhten Hand.

Ich lenke das Auto auf die Fahrbahn und habe es im nächsten Augenblick vor Onkel Dagoberts Geldsilo geparkt. Ich nehme einen Koffer aus dem Kofferraum, wobei ich mit hoher Stimme Dinge vor mich hin schnattre, die selbst ich nicht verstehen kann. Irgendwas von einer Yacht.

Onkel Dagobert sitzt an seinem Schreibtisch. «Käpt'n Duck meldet sich zur Stelle», sage ich und verziehe meinen Schnabel zu einem breiten Lächeln.

Ein Zorneswölkchen schwebt um Dagoberts Haupt und er springt senkrecht in die Luft. «Es wird aber auch höchste Zeit, du Faulpelz!» Er zieht seine Taschenuhr hervor und schiebt sie mir so dicht vor den Schnabel, dass ich fast hintenüberkippe. «Du bist zwei Stunden zu spät! Mein Rivale McSkinflynt wird uns auf dem Weg zum Schatz der Vergessenen Pyramide schlagen!»

«Ich habe doch nur versucht, dieses Kreuzworträtsel fertig zu kriegen», erkläre ich und ziehe mein Rätselbuch hervor. «Kennst du ein Wort mit neun Buchtsaben, welches mit ‹D› anfängt und für ‹Konsequenz› steht?»

Dagobert ist rasend vor Zorn. «Ja», schäumt er und hebt seinen Stock in die Luft, «DE-DUCK-TION!» Damit jagt er mich aus dem Gebäude. Ich habe das Rätselbuch in der linken und meinen Koffer in der rechten Hand. Meine Beine bilden eine verschwommene, sich rasch drehende Scheibe, und Dagobert folgt mir dichtauf.

Tick, Trick und Track haben das Schiff startklar; im Handumdrehen sind wir auf hoher See. Ich brüte über meinem Kreuzworträtsel, die Jungs fischen und Dagobert steht am Steuerrad und sucht mit seinem Fernglas den Horizont ab.

«Was gibt's für ein Wort mit neun Buchstaben, welches mit ‹D› anfängt und für ‹Luftschiff› steht?» rufe ich. «DIRIGIBLE», rufen die Jungs.

Indem ich fortfahre, über meinem Rätsel zu brüten, schwebt ein kleineres Luftschiff über unserem Kahn. McSkinflynt lehnt sich raus, um Dagobert zu verspotten. «Das Wetter ist lieblich in Yucatán, reist man zu dieser Jahreszeit . . .»

Dagobert ist wie der Blitz an Deck, legt sein Harpunengewehr an und feuert auf das Luftschiff. McSkinflynt kommt aus seiner Kabine gekrochen, um das Loch zu flicken. «Ta, ta, ta . . . siehste wohl . . .», spottet Dagobert indem wir mit vollem Zahn davonrauschen.

«Was gibt's für ein Wort mit neun Buchstaben, welches mit ‹D› anfängt und für ‹schmackhaft› steht?» frage ich und blicke endlich mal auf. Dagobert und die drei Jungs blicken mich über einen Haufen schielender Fische hinweg ausdruckslos an. Mir fällt ein, dass ich sowohl Koch als auch Kapitän bin und mache mich an die Arbeit. Im nächsten Bild lehnen wir uns bereits alle von einem Tisch zurück, der mit sauber abgenagten Fischskeletten bedeckt ist. «DELICIEUX!» bemerke ich und ziehe dabei mein Rätselbuch unter meiner Kochmütze hervor.

Am nächsten Morgen sichten wir Land. Wir gehen in einiger Entfernung von der Küste vor Anker und die Jungs rudern uns unter meiner Anleitung ans Ufer. Dagobert sitzt hinten im Boot und zermartert sich das Gehirn. In dem Augenblick, als wir das Boot am Strand gelandet haben und herausgehüpft sind, kommt ein Hund-Mann aus dem Urwald geschossen. «Nichts wie weg, Mister McDuck», stösst er atemlos hervor und schiebt das Boot zurück ins Wasser.

«Moment mal», kreischt Dagobert, «habt ihr die Pyramide gefunden?»

Der Hund-Mann gibt keine Antwort. Er hat sich längst in die Riemen gelegt und rudert davon. Ein Pfeil kommt aus dem Urwald geflogen und reisst mir mein Rätselbuch aus der Hand. Aus einer Palme springt ein Affe, schnappt sich mein Buch und macht sich aus dem Staube. Blinde Wut steigt in mir auf und ich renne hinter ihm her in den Urwald.

Dagobert und die Jungs betrachten sich den Pfeil. «Aztekisch», stellt Dagobert fest und folgt mir dicht auf den Fersen ins Innere des Urwalds. Die Jungs ziehen eine Lupe hervor und betrachten den Pfeil. Sie finden ein «Made in Japan»-Schildchen draufgeklebt. «Warte», schreit Tick. «Onkel», schreit Trick. «Dagobert», schreit Track.

Unterdessen sind Dagobert und ich dabei, uns im Urwald tüchtig zu verlaufen. Schliesslich rasten wir am Ufer eines Flusses, umgeben von Schlingpflanzen und Baumwurzeln. Dagobert zeigt mit der Hand flussabwärts und sagt: «Der Ozean müsste dort hinten sein.»

«Aber ich kann hier drüben die Brandung hören», erwidere ich und zeige in die entgegengesetzte Richtung.

Dagobert dreht den Kopf und lauscht. Dann kommt er dicht, ganz dicht an mich heran und flüstert mir zu: «Das sind Trommeln, Donald. Aztekische Opfertrommeln.»

Im selben Augenblick, GLOMM!, senkt sich ein Netz über uns.

In der Zwischenzeit haben die Jungs sich bis auf ungefähr eine halbe Meile zur Vergessenen Pyramide vorangearbeitet. Sie klettern auf einen hohen Baum und sehen dem Treiben zu. Irgendein Fest wird gefeiert. Während sie zusehen, werden Dagobert und ich, gefesselt und zappelnd, die Stufen der Pyramide hinaufgeschleppt. An der Spitze der Pyramide wartet ein Hohepriester hinter einem blutverschmierten Altar. Aus irgendeinem Grund trägt er eine Sonnenbrille und den typischen Anzug eines erfolgreichen Geschäftsmanns.

«Was soll das ganze *Blut*?» zische ich Onkel Dagobert zu. «Das verstösst gegen die Spielregeln!»

Aber Dagobert hat seine Brille verloren und kann nicht das geringste erkennen. Ich versuche, ihm was über den Priester zuzuflüstern, der mit einem langen Obsidianmesser in der ausgestreckten Hand dasteht, aber alles was Dagobert macht, ist, mich zum Schweigen anzuhalten.

«McSkinflynt wird uns retten», sagt er zuversichtlich. «Die Jungs werden ihn zu uns führen. Kannst du das Luftschiff schon sehn, Donald?»

Die Gehilfen des Priesters legen uns hinter dem Altar auf den Boden. Unter uns befindet sich eine Art Abflussloch. Sprechen kann ich nicht, weil mir der Priester mit einer Hand den Hals zudrückt. Er schlitzt mich mit seinem Steinmesser mit einer Selbstverständlichkeit auf wie andere Leute Briefe. Hinsehen kann ich nicht. Aber schmerzen tut's auch nicht.

Als ich irgendwann die Augen öffne, sehe ich mein Herz, hoch emporgehalten, wie es in den letzten Strahlen der untergehenden Sonne pulsiert. Grobe Hände ergreifen mich und werfen mich die Rückseite der Pyramide hinab. Ich stürze die Stufen hinunter und lande zwischen Farnkraut, liege auf dem Rücken und kann mich nicht bewegen. Mit glasigen Augen starre ich in den Abendhimmel und frage mich, was mit mir geschehen wird. Ich habe nie jemanden kennengelernt, der schon mal gestorben war. Ich sehe eine dunkle Silhouette am fahlen Nachthimmel. Das ist McSkinflynt. Die Jungs hatten ihn irgendwie benachrichtigt und befinden sich an Bord seines Luftschiffs. Die «Azteken» rennen schreckerfüllt davon und Dagobert wird mit einem Seil nach oben gezogen.

Zum letzten Mal höre ich die lieben Stimmen der Jungs. Warum habe ich ihnen niemals gesagt, wie lieb ich sie hatte? «Wo ist Onkel Donald?» fragen sie. «Wir haben ihn hinter dem Altar verschwinden sehen . . .»

«Ich hab nix gesehn», sagt Dagobert. «Aber macht euch keine Sorgen über diesen Schuft. Der wird schon wieder auftauchen.»

Das Luftschiff gleitet davon und ihre Stimmen verlieren sich in der Ferne. Der allabendliche Regenguss setzt ein und ich liege da, auf dem nassen Urwaldboden, und schwarze Nacht hüllt mich ein.

6 Jesus und der Teufel

Geraume Zeit verstrich. Nach und nach erinnerte ich mich, dass ich nicht wirklich Donald Duck war. Aber indem ich mir das klarmachte, änderte sich nicht das geringste in meiner Umgebung. Es war stockfinster und es regnete. Ich spannte meine Sinne an und blickte mich um. Gleich neben mir stand eine Zypresse, hier und da ein Grabstein, etwas weiter entdeckte ich ein frisches, matschiges Grab. Ich befand mich also wieder auf dem Temple Hill-Friedhof.

Mit einem Satz war ich auf den Beinen und sah, was los war. Immer noch stand ich bloss in meinem durchsichtig grünen Astralleib da. Ich machte die alte Buche aus, wo ich mein Fleisch gelassen hatte. Ich ging hinüber, fest entschlossen, bei ihm zu bleiben, bis es erwachte oder die Polizei kam, es abzuholen.

Über mir wölbte sich die Buche, ihre Arme hingen herab, starr und steif wie die Finger eines Ertrunkenen. Mein Körper war weg.

Stück um Stück suchte ich die Gegend ab und strengte meine Sinne bis an die Grenzen ihrer Belastbarkeit an. Aber das einzig Ungewöhnliche, das mir auffiel, war ein grünliches Schimmern, welches sich über den Friedhof hinweg auf mich zu bewegte. Zuerst dachte ich, es wäre nichts anderes als noch so ein Bloog, urplötzlich stürzte sich das Schimmern aber auf mich. Ich schrumpfte zu einer dichten Kugel zusammen und das Schimmern umgab mich von allen Seiten. Das war alles, was ich tun konnte, um nicht vollends absorbiert zu werden. Dieses . . . Ding, dieser Geist umgab mich von allen Seiten, drückte mich, schubste mich, beschnüffelte mich mit seinen Fühlern aus Ektoplasma.

Noch war ich ein Ganzes, aber ich befand mich im Innern eines anderen astralen Wesens – schaukelte sachte hin und her wie ein Fötus im Mutterleib. Ich tastete nach Anzeichen von Intelligenz und fing nach einiger Zeit psychische Schwingungen auf.

Tiefen Kummer, verständnislose Einsamkeit, blinde Angst. Nahaufnahme eines lächelnden Männergesichts. Weisse Gardinen. Rhythmisch wiederkehrende Schmerzen, grelles Licht auf poliertem Stahl, ein Übelkeit erregender, süsslicher Geruch. Ein schreiendes gelbes Köpfchen, das mit jedem Schmerz näher kam.

Ich versuchte mich zu erinnern, wer in den letzten Wochen in Bernco gestorben war. Mit einem Mal fiel mir ein, dass April mir von einer jungen Frau erzählt hatte, die diesen Monat im Wochenbett gestorben war. Ihr Name war Kathy Soundso. Dies hier musste ihr Geist sein.

Jedesmal, wenn ich versuchte, mich ein wenig zu strecken, gingen die neugierig tastenden Fühler wieder auf mich los. Jetzt wurde ich zu jenem frischen Grab hinübergetragen. Ich spürte förmlich, wie der Geist sich danach sehnte, sich in seinem Sarg an mich zu kuscheln. «Komm, mein Kleiner», sagte er mit schmachtender Stimme. «Wir machen Bubu.»

Jetzt war es höchste Zeit, etwas zu unternehmen. Ich schob ein Scheinfüsschen durch die dünnste Stelle der Kreatur und floss hinaus auf den Erdboden. Ich liess mir Füsse wachsen und nahm eine menschenähnliche Gestalt an ... mit roten Augen und grossen schwarzen Flügeln. Ich wusste, welch angsteinflössende Erscheinung das war.

Der Geist schwärmte erneut auf mich los. Ich bog meine Flügelspitzen vorwärts, hielt ihr meine gewölbten Hände entgegen und stiess einen entsetzlichen Schrei aus. Der Geist erschauderte und flüchtete in sein Grab.

Endlich verspürte ich einen Augenblick friedlicher Ruhe. Der Regen hatte aufgehört und ein frischer Nachtwind strich leise durch mich hindurch. Der Mond segelte durch zerrissene Wolkenfetzen wie das ägyptische Totenschiff. Was war das für ein entsetzliches Geräusch ... ein Schrei, der in schrilles Gelächter überging und dann abfiel in ein schnarrendes Keuchen. Höchst wirkungsvoll. Aber irgendwie tat mir der Geist auch leid, den ich damit vertrieben hatte. Ich hätte versuchen sollen, mit ihr zu reden, sie wieder zu sich zu bringen. Sie hatte wie eine Ertrinkende nach mir gegriffen, und ich hatte sie wie ein Wesen behandelt, das mein Leben bedrohte.

Da – ein Geräusch hinter mir. Mit einer raschen Bewegung schob ich mein Gesicht noch rechtzeitig an die Rückseite meines Kopfes, um den Teufel zu erspähen, der zu einer glatten Landung ansetzte. Die schwarzen Flügel weit ausgestreckt, die roten Augen fest auf mich gerichtet. Starr vor Angst gab ich sofort auf, zu fliehen.

«Bleib stehen, wo du bist, Rayman», sprach der Teufel mit knarrender Stimme. «Mir kannst du nicht entwischen.» Er musterte mich von oben bis unten und begann mit zunehmendem Zorn in der Stimme erneut zu sprechen. «Den Teufel verkörpern . . . Deinen Körper verlassen . . . Versuchst, deine Seele zu verscherbeln . . . Verarschst die Studenten mit Psychokinese . . . Schreist Leute an. Du denkst wohl, du bis zu gut, dich an die Spielregeln zu halten, was?»

Ich versuchte es mit einem schwachen Protest, er aber lächelte ein schreckliches Lächeln und senkte seine krallenbewehrte Hand in meine Schulter. «Du wirst zur Hölle fahren, Felix», sagte der Teufel mit hoher, spöttelnder Stimme. «Du wirst noch in diesem Augenblick zur Hölle fahren.»

«Wartet», keuchte ich. «Das könnt Ihr nicht tun. Ich bin noch nicht tot.»

«Wenn du noch nicht tot bist, wo ist denn dann dein Körper?» spie der Teufel aus. Er schnippte mit den Fingern und ein gähnender Abgrund tat sich vor mir auf. Tief unten konnte ich die Flammen sehen und die gequälten Seelen, wie sie sich wie Knäuel von Maden krümmten und wanden. Schreie und ein schwacher Gestank waberten mir mit der heissen Luft entgegen.

Nur Gott konnte jetzt noch helfen. In äusserster Verzweiflung betete ich. «Liebster Jesus, bitte rette meinen nichtsnutzigen Arsch.» Ich reckte jenen zentralen Punkt meiner Seele empor, mit dem man manchmal Gott berühren konnte. «Liebster Jesus, hilf mir hier raus.»

Der Teufel lockerte seinen Griff und schlenderte an der Erdspalte entlang. «Hier hinein, Felix», sagte er mit freundlich lockender Stimme. «Lass uns gehen. Jesus wird dir nicht beistehn.»

Ich aber betete stur weiter, ging mehr und mehr auf im Gebet, vergass mehr und mehr, wo ich überhaupt war. Ich richtete meine ganze Aufmerksamkeit auf diesen einen zentralen Punkt, den Sprung, den

Knoten, das Ei, welches ich niemals erblickt . . . Dorthin verlegte ich meine ganze Energie und drückte. Alles um mich herum wurde weiss und im Nachbild sprach Jesus zu mir.

«Ich bin ja da, Felix», sagte Jesus. «Ich werde auf dich achtgeben.»

Ich schlug die Augen auf. Der Teufel stand an der Erdspalte, die er für mich geöffnet hatte, und blickte ärgerlich, aber auch ein wenig verlegen drein. Jesus stand neben mir. Wie schon der Teufel, so war auch Er in einer Gestalt erschienen, wie ich sie mir seit jeher vorgestellt hatte. Er trug langes wallendes Haar, einen Bart, Sandalen und ein braunes Gewand. Seinem Blick wagte ich nicht zu begegnen.

Ein langes Schweigen. Der Mond hatte die Wolken verscheucht. Ich hätte die Adern der Blätter zu meinen Füssen zählen können.

«Er ist nicht gestorben», sagte Jesus zum Teufel. «Und du weisst das.» Ein Seufzer der Erleichterung entrang sich meiner Brust. Ich hatte mich schon gefragt, wie . . .

«Wo ist mein Körper?» fragte ich angespannt flüsternd. Jesus und der Teufel tauschten einen vielsagenden Blick, aber keiner der beiden gab eine Antwort.

«Wir werden uns wiedersehen, Felix Rayman», fauchte der Teufel. «Dein Arsch ist in meiner Gewalt.» Damit sprang er in die Erdspalte. Eine Stichflamme schoss hoch empor und der Boden schloss sich hinter ihm.

Ich wandte mich um zu Jesus. Dabei zitterte ich am ganzen Leib und begann zu schluchzen. Er legte mir Seine Hand auf die Schulter und Kraft durchfloss mich wie ein erquickender Quell. «Jetzt gibt es keine Umkehr mehr», sagte Er mit ruhiger Stimme.

«Du wirst den Mount On besteigen und ich verlange, dass du Kathy mitnimmst, das Mädchen, das im Wochenbett starb. Von jetzt an bist du für sie verantwortlich.»

Ich nickte ein paar Male. «Natürlich, Jesus. Gewiss. Aber von welchem Berg sprichst du? Und was ist mit meinem Körper?»

Jesus lächelte. Endlich hatte ich den Mut, Ihm in die Augen zu blicken, die schrecklich viel Frieden ausstrahlten. «Dein Körper ist bei . . . Freunden. Der Mount On ist in Cimön. Er ist unendlich. Absolut unendlich, aber du wirst einen Weg bis ans Ende finden.» Er nahm Seine Hand von meiner Schulter und machte Anstalten zu gehen, blieb dann noch einmal stehen und blickte auf jenes Grab, in welches ich den Geist getrieben hatte. «Kathy braucht jemanden, der ihr behilflich ist, die Erde zu verlassen. Gehe sicher, dass du sie nicht mit dir zurückkehren lässt. Zu deinem wie auch zu ihrem Besten.» Damit begann er sich zu entfernen.

Ich stolperte hinter Ihm her. Es blieben noch so viele Fragen. «Und was soll ich nachher tun?» rief ich aufgeregt. «Was soll ich mit dem Rest meines Lebens anfangen?»

«Sieh einfach zu, dass du mich nicht vergisst», kam als Antwort. «Ich bin immer da.» Und dann war Er weg.

Meine Gedanken wanderten zur Absoluten Unendlichkeit. Das war grösser als Aleph-null, grösser als Aleph-eins . . . grösser als *jede* vorstellbare Grössenordnung. Ich sollte nach Cimön gehen und einen Berg besteigen, der absolut unendlich hoch war. Hätte ich doch nur diese verdammte Broschüre von Sunfish bei mir! Wer mochte sie bloss für mich da hingesteckt haben? Wahrscheinlich der Teufel, um mich noch einmal aus meinem Körper zu locken.

Mount On! Ich stellte mir vor, dass Gott an seinem Gipfel hocken würde. Ich konnte es kaum erwarten, aufzubrechen. Vielleicht war es mir sogar möglich, während des Aufstiegs das Kontinuumproblem zu lösen.

Zuerst aber musste ich mit diesem verrückten Geist Freundschaft schliessen. Meine Stimmung verdüsterte sich mit einem Mal, und ich schwebte hinüber zu Kathys Grab. Eigentlich war mir überhaupt nicht danach zumute, in diesen Sarg hinabzusteigen. Aber, sagte ich in aller Strenge zu mir selbst, Jesus hatte wahrscheinlich auch nicht irrsinnige Lust gehabt, gerade heute nach Bernco zu kommen. Und Er hatte es getan, ruhig und in liebevoller Hingabe.

Allmählich gelang es mir, mich in ein Gefühl der Nächstenliebe zu versetzen. Die arme Frau . . . gestorben im Wochenbett und durch den erlittenen Schock völlig ausser sich. Ich hielt mir die Nase zu, schrumpfte auf die Grösse einer Puppe zusammen und liess mich ins Erdreich sinken.

Sobald ich im Sarg anlangte, fiel der Geist mit einem Aufschrei über mich her. Wieder nahm ich die Gestalt einer Kugel an und ihre zu Klauen gekrümmten Finger rutschten an mir ab. Ich blickte mich ein bisschen um, während der hysterische Geist mich in die Mangel nahm.

Der Sarg war mit einem mit Quasten besetzten Stoff ausgeschlagen, der sich sehr weich anfühlte. Eindeutig ein Topmodell. Die Leiche sah gar noch nicht so schlecht aus wie ich es erwartet hatte, und die Infrarotstrahlung, die den Verfall organischer Materie begleitet, war kaum erkennbar. Man hatte sie gut einbalsamiert, doch war das Fleisch hier und da schon ein bisschen eingefallen, und die Lippen hatten sich weit zurückgezogen und die Augen . . . nun . . .

Ich beendete meine Inspektion. Augenblicklich hörte der Geist auf, an mir herumzufummeln. Ich formte einen Mund und begann zu sprechen. «Kathy, Kathy, Kathy. Sei ganz ruhig. Ich bin hier, um dir zu helfen.» Der Geist bewegte sich jetzt überhaupt nicht mehr und ich wiederholte, was ich eben gesagt hatte. «Ich bin Felix», fügte ich hinzu. «Felix Rayman.»

«Kann ich bald nach Hause, Doktor?» fragte sie mit einer merkwürdigen Klarheit in der Stimme. Sie war zurück in ihren Körper geschlüpft.

Ich machte einen Vorstoss. «Ich werde dich dorthin bringen, wo Gott wohnt», sagte ich. «Auf den Gipfel eines hohen Berges.»

«Warum sprichst du so zu mir?» stöhnte sie. «Bring mir doch mein Baby. Warum habe ich mein Baby noch nicht gesehen?»

«Dein Baby ist zu Hause», sagte ich. «Deinem Baby geht es gut.»

«Kann ich jetzt nach Hause?» fragte sie noch einmal.

«Du bist tot», sagte ich geradeheraus. «Dein einziges Zuhause ist jetzt bei Gott, und ich soll dich dorthin führen.»

«Wer sagt, dass du das sollst?» fragte sie mit einer normaleren Stimme, «ich möchte hierbleiben.»

«Schau, Jesus selbst sagte, ich solle dich abholen. Du könntest dir mich als einen Engel des Herrn vorstellen.»

«Du bist kein Engel. Vorhin hast du schwarze Flügel gehabt. Engel haben weisse Flügel.»

«Es tut mir leid», sagte ich. «Ich hatte Angst vor dir. Ich bin ein ganz normaler Mensch. Aber du musst ja wissen, wo du bist, wenn du dich an die schwarzen Flügel erinnern kannst.»

«Was ich meine», erwiderte sie mit sachlicher Stimme, «ist, dass dieses der schrecklichste Traum ist, den ich jemals hatte. Und ich liege hier herum und tue nichts als darauf warten, dass ich endlich aufwache.»

«Das hier ist kein Traum», entgegnete ich kurz angebunden. In diesen engen Sarg gezwängt, fing ich an, unter Sinnesentzug zu leiden. Komische, irrelevante Bilder tanzten an mir vorüber. Ein Alligator mit einem Megaphon quäkte mir etwas zu, während ich damit beschäftigt war, einen Teppich aus nackten Brüsten zu liebkosen. Ich war wirklich nicht bereit, in einen Traum zurückzuschlüpfen. Der arme Donald Duck verursachte mir immer noch Depressionen. «Komm, Kathy», drängte ich, «lass uns nach oben gehen und ein wenig Luft schnappen.»

Ich schwirrte hinauf an die Erdoberfläche und nahm meine Grundform des nackten Felix Rayman an. Der Mond war inzwischen untergegangen und der Himmel war sternenklar. Meiner Rechnung nach musste es vier Uhr morgens sein. Kathy folgte mir zögernd. Ihre Gestalt war, wie vorher schon, amorph . . . ein Klumpen mit ein paar Tastarmen.

«Magst du meinen Sarg?» fragte sie, wobei sie eine gebogene Rippe als Sprechorgan benutzte. «Aussen ist er rosa und innen aus rotem Satin.»

«Er sieht teuer aus», sagte ich.

«War er auch. Ich habe zugesehen, als sie ihn gekauft haben. Frank wollte einen billigen Fichtenholzkasten. Aber mein Vater bestand darauf, den besten Sarg zu kaufen, den man kriegen konnte. Das Bestattungsunternehmen hatte so einen nicht mal auf Lager.» Sie machte ein Geräusch, das wahrscheinlich ein Lachen andeuten sollte. «Sie mussten die Beerdigung drei Tage verschieben, bis der Sarg von der Fabrik hierher geschafft wurde. Frank war ganz schön sauer auf meinen Vater.»

Ich mochte ihre Stimme. Wie sie so von ihrem Vater und ihrem Ehemann sprach, war es mir peinlich, nackt zu sein. Sittsam zog ich meinen Penis und meine Hoden in meine Körpermasse zurück.

«Wie hast du denn das gemacht?» fragte Kathy interessiert. «Und was hast du mit deinen Flügeln gemacht?»

«Ich kann jede Form annehmen, die ich will. Und du wahrscheinlich auch. Versuch's doch mal!»

Aus ihrem Mund wuchsen Fangzähne, von denen der Speichel tropfte, und sie streckte zwei gigantische Hummerscheren nach mir aus. Ich machte einen Satz rückwärts.

«Hör auf mit solchen Scherzen! Hör auf, so'n blödes Ungeheuer zu spielen!»

«Warum sollte ich aufhören?» sagte sie. «Ich bin doch ein Geist.»

«Hast du niemals solche Geschichten gehört, in denen der Geist eine hübsche, ganz in Weiss gekleidete Dame ist?» erkundigte ich mich und wies dabei auf einen Grabstein, den ein Frauenstandbild krönte. Die Frau hatte eine Römernase, volles langes Haar floss ihr über die Schultern und bedeckte spärlich ihre vollen Brüste. «Warum nicht etwas in dieser Richtung?»

«Wenn ich tot bin, dann ist's mit mir als Sexobjekt vorbei. Diesmal werde ich meine *eigene* Form wählen.» Sie zog die Krallen wieder ein und schwebte zögernd auf der Stelle.

Und dann vollzog sie den Wandel. Zuerst schrumpfte sie zu einer kompakten Masse zusammen. Dann traten vier Lappen hervor. Zwei davon dehnten sich lang und flach aus, einer blieb kurz und wurde spitz, der vierte blieb kurz und nahm einen keilförmigen Umriss an. Ihr Ektoplasma wogte und schuf sich kleinste Details, bis ich mit einem Mal sehen konnte, was sie sich ausgesucht hatte.

«Eine Möwe», sagte sie, indem sie ihren Kopf ruckartig hin und her bewegte und mich mit einem hellgrünen Auge musterte. «Genauso eine wie in diesem grossartigen Buch da . . .»

«Ich habe es nie gelesen», sagte ich. Auch war mir in diesem von anstössigen Stellen befreiten Körper komisch zumute, und ich fühlte mich reichlich bescheuert. Ich kehrte zu meiner Pilzform zurück, die ich vorher schon mal benutzt hatte. Ich machte mich einen Fuss hoch und liess mir oben an der Spitze eine schlitzförmige Mundöffnung wachsen. «Ich denke, ich werde es dabei belassen», flötete ich verführerisch.

«Ein Penis?» rief Kathy belustigt. «Zuerst lässt du ihn verschwinden, und jetzt ist es das einzige, was übergeblieben ist!» Lachend erhob sie sich in die Lüfte und flog davon. Ich gab's endgültig auf und kehrte zum ursprünglichen, unzensierten Felix Rayman zurück.

7 Lassen Sie sich von den Toten helfen

Nach nur wenigen Minuten kam Kathy zurückgeflogen und setzte sich über mir auf einen Ast. «Das hat Spass gemacht», sagte sie. «So weit habe ich mich bisher noch nie von meinem Sarg entfernt. Ich bin unheimlich froh, dass du gekommen bist, und mich überzeugt hast, dass ich tatsächlich tot bin. Solange ich glaubte, mir träumte das alles nur, wollte ich so nah wie möglich bei meiner Leiche bleiben, um mich um sie zu kümmern.»

«Aber jetzt bist du bereit, weiterzugehen?»

«Ich denke schon. Was hast du da vorhin gesagt, etwas von ‹zu Gott gehen›, oder so was? Ich bin nicht sicher, ob ich das auch wirklich will. Er wird mich auf der Stelle aufsaugen und es wird nichts von mir übrigbleiben.» Sie streckte den einen Flügel aus und betrachtete ihn mit prüfendem Blick. «Ich sehe überhaupt nicht ein, warum ich nicht noch ein wenig reisen sollte. Ich bin in meinem Leben nicht mal bis New York City gekommen . . .»

«Lass doch solche Sachen sein», sagte ich. Wir werden einen Berg besteigen, der grösser ist als alle unendlichen Zahlen. Ich habe mir schon genau überlegt, wie wir es anstellen werden.»

«Das hört sich an wie Mathe. Ich hasse Mathe. Bist du nicht Professor am College gewesen?»

Ich nickte zustimmend mit dem Kopf und fragte sie: «Und du?»

«Ich habe amerikanische Literatur studiert. Ich habe alles von Jack Kerouac gelesen, was ich nur finden konnte, und habe niemals Upstate New York verlassen.»

«Und dein Mann?»

«Der ist bei einem Einrichtungshaus beschäftigt; installiert Küchen, Badezimmer und renoviert. Er geht auf die Jagd, hat mich aber noch nie auf eine Ferienreise mitgenommen. Wie bist du gestorben?»

«Ich glaube gar nicht, dass ich schon gestorben bin. Jesus meinte vorhin, mein Körper würde irgendwo auf mich warten.»

Kathy lachte hell auf. «Das ist ein guter Witz. Erst führst du dich wie mein grosser Bruder auf und dann stellt sich heraus, dass du nicht mal deinen eigenen Tod akzeptiert hast . . .»

Mir war wirklich nicht danach zumute, das jetzt zu diskutieren. Ich hatte Angst, sie könne mich überzeugen. «Vergiss es. Im Augenblick haben wir ganz andere Probleme. Ob du die Gründe akzeptierst oder nicht, ich habe bei dir zu bleiben und soll dir helfen, zu Gott zu finden. Du aber willst eine Reise um die Welt. Nun gut. Wir werden ein klein wenig reisen, alles sehen, was du willst. Anschliessend werden wir uns dann aufmachen zum Jenseits. O.k.?»

«Wir werden sehen.»

Ich fragte mich, wie sie wohl im Leben ausgesehen haben mochte. Sie musste ziemlich hübsch gewesen sein, um mit solch einem Dickkopf durchzukommen.

«Lass uns mit New York beginnen», schlug sie vor und flog auf einen höher gelegenen Zweig. «Wie kommen wir dahin?»

«Zuerst steigen wir mal auf ein paar hundert Meter Höhe und dann geht's in Richtung Osten. Haben wir die Küste mal erreicht, fliegen wir nach Süden.»

Die Sonne war gerade im Begriff aufzugehen und der Himmel war bezaubernd schön. Es gab Bloogs in allen Farben, die sich zielbewusst gekrümmten Raumkurven entlang bewegten. Es machte Spass, durch sie hindurch der Sonne entgegen zu fliegen.

Das Fliegen bewerkstelligte ich einfach dadurch, dass ich mich mit einem bestimmten Teil meines Verstandes voranzog. Es war, als würde ich einer unsichtbaren Fiber folgen, die meinen Körper von Kopf bis Fuss durchzog. Indem ich gewisse Teile meines Rückgrats zusammenzog, konnte ich unbegrenzt beschleunigen. Verminderte ich den Druck, schoss ich mit der gleichen Geschwindigkeit reibungslos dahin. Kathy hatte keinerlei Mühe, mitzuhalten. Ihre Flügel erfüllten eigentlich nicht ihren wirklichen Zweck und sie machte sich praktisch nicht die Mühe, sie zu bewegen. Zuerst flogen wir um die Wette, aber dann zogen wir schliesslich mit einer Geschwindigkeit von etwa zwei-, dreihundert Kilometern in der Stunde Kopf an

Kopf dahin. Ich kümmerte mich nicht mehr die Bohne darum, was als nächstes passieren könnte, und genoss die ganze Sache in vollen Zügen.

Es dauerte nicht lange und wir konnten die Rauchfahnen und das glitzernde Glas einer Grossstadt erkennen. Ich suchte die Zwillingstürme des World Trade Center, konnte sie aber nicht entdekken. Im nächsten Augenblick waren wir direkt über der Stadt und nichts schien zu stimmen. Manhattan ist eine Insel, durch diese Stadt hier schlängelte sich aber ein Fluss.

«Wo ist die Fifth Avenue und das Village?» wollte Kathy wissen.

«Ich glaube, irgendwas stimmt hier nicht.»

Langsam liessen wir uns hinabgleiten, auf einen hohen Glasbau zu, an dem ein paar Fenster fehlten. Plötzlich fiel es mir wie Schuppen von den Augen: «Das ist Boston!»

«Ist okay», antwortete Kathy. «Hier bin ich auch noch nie gewesen. Weisst du, wo die Modeläden sind?»

«Erzähl mir bitte nicht, dass du dir ausgerechnet jetzt Klamotten angucken willst. Wenn du meinst, ich würde jetzt Dutzende von Boutiquen . . .»

«Niemand zwingt dich mitzukommen», fiel sie mir ins Wort. «Wir trennen uns ganz einfach und treffen uns später auf diesem Gebäude wieder.»

Ganz in der Nähe entdeckte ich einen Kirchturm. Es war ungefähr neun Uhr morgens. «Also, treffen wir uns um zwölf», schlug ich vor. «Die wichtigsten Geschäfte sind alle hier in der Gegend. Dann gibt's aber auch noch eine ganze Menge in Cambridge zu sehen.» Ich zeigte ihr das Massachusetts Institute of Technology und Harvard, dann trennten wir uns.

Ich selbst begab mich zum Boston Museum of Fine Arts mit der Absicht, die Monets anzusehen. Auf den ersten Blick sahen sie völlig verändert aus, sahen sie . . . zusammengeflickt aus. Ich empfand viel zuviel ultraviolett. Nachdem ich mein Sehvermögen aber auf normale menschliche Empfindlichkeit zurückgeschaltet hatte, sahen die Bilder so schön wie eh und je aus. Trotzdem wurde ich ungeduldig. Es kam mir wie eine ungeheure Zeitverschwendung vor, in meinem Astralkörper ganz normal Touristisches zu unternehmen.

Allmählich tauchte die Frage auf, warum ich noch keine weiteren Geister gesichtet hatte. Es gab nichts anderes als diese Bloogs, die sich überall herumtrieben. War es vielleicht gefährlich, ein Geist zu sein? Bei diesem Gedanken überfiel mich jedesmal Angst, wenn ein Bloog an mir vorüberzockelte. Ich begann, die Räume des Museums auf und ab zu speeden; immer auf der Suche nach einem anderen Geist.

Auf einmal klappte es. Ich fand ihn bei den griechischen Marmorstatuen. Er trat in der traditionellen Geisterverkleidung des schwebenden Bettlakens auf, und zuerst dachte ich, das sei noch irgendein Bloog. Aber das grünliche Schimmern beseitigte das Missverständnis.

«Rauf oder runter?» sagte er, als ich mich ihm näherte. «Rauf oder runter?»

«Guten Tag», sagte ich. «Mein Name ist Felix Rayman.»

«Ihr Name tut nichts zur Sache. Rauf oder runter?»

Mir war nicht klar, was er meinte, aber ich versuchte, ihm eine Antwort zu geben. «Nun ja, zunächst will ich mal runter in die Stadt, dann hoffe ich, rauf nach Cimön zu kommen . . . bis ganz nach oben.»

«Das hält niemand durch. Rauf oder runter. Rauf oder runter.» Er driftete auf den Ausgang zu und ich . . . hinterher.

«Haben Sie viele andere Geister gesehen?» fragte ich. «Viele andere Geister?»

«Hunderte. Tausende. Rauf oder runter.»

«Gibt es irgend etwas, das sie . . . verschwinden lässt? Wie kommt es, dass Sie noch hier sind?»

Wir befanden uns jetzt auf den Stufen zum Ausgang des Museums. Ein schmächtiger Student ging geradewegs durch mich hindurch. Der alte Geist gackerte unangenehm vor sich hin. «Ihr meint alle, ihr kämt so ohne weiteres bis ganz nach oben. Aber so einfach ist das nun auch wieder nicht. Ihr bekommts mit der Angst zu tun und bliebt dann irgendwo hängen. Und dann werdet ihr geschnappt!» Er hob einen schlaffen Arm mit zwei fingerähnlichen Fortsätzen. Das Zeichen des Bösen Blicks.

«Sie meinen, der Teufel erwischt . . .»

«Pssst!» unterbrach mich der Alte und blickte voller Furcht nach allen Seiten. «Sagen Sie das nicht!»

Nichts geschah, und mein Kumpan fuhr zu reden fort. «Ich mach das nun schon seit fünfzig Jahren mit.»

«Aber wie denn? Beten Sie viel?»

«Beten ist was für Schwachsinnige», erwiderte er verächtlich. «Ich gehe weder rauf noch runter. Immer mit der Ruhe. Und der da», wieder machte er das Zeichen für den Gehörnten, «der kümmert sich nicht 'n Dreck um mich. Der will die grosse Show ganz allein für sich.» Der Geist schwieg einen Augenblick und musterte mich stillschweigend. «So wie Sie strahlen . . .» Er brauchte den Satz nicht zu Ende zu bringen. «Ich werde mich noch heute auf den Weg nach oben machen», wiederholte ich. Mit einem Mal überkam es mich wie eine paranoide Überzeugung, dass dieser Geist hier für den Teufel Spitzeldienste leistete.

«Von wo aus werden Sie starten?» fragte er mich jetzt, wie um meinen Verdacht zu bestätigen.

«Das geht Sie gar nichts an.»

«So ist's recht. Du könntest es lernen, wie man auf Nummer sicher geht, du hättest das Zeug dazu.» Ein flehentlicher Ton kroch in seine Stimme. «Warum vergisst du dieses verd . . . Cimön nicht und kommst mit mir. Ich könnte dir so manchen Kniff beibringen.»

«Vielleicht ein andermal. Immerhin, vielen Dank.»

Als ich mich davonmachte, konnte ich den alten Geist hören, wie er ständig wiederholte: «Rauf oder runter. Rauf oder runter.»

Bis zu meiner Verabredung mit Kathy galt es, immer noch mehr als eine Stunde Zeit totzuschlagen. Das Gespräch mit dem Geist hatte meine Nerven doch ganz schön strapaziert. Ich fragte mich, wie lange wir hier wohl noch aushalten würden. Am besten schien es, in Bewegung zu bleiben.

Ich begab mich zurück ins Stadtzentrum und speedete die Bloog-bevölkerten Strassen auf und ab. Hier und da gewahrte ich schon mal einen alten Tattergeist, und einmal schoss einer auf mich los, als suche er dringend Hilfe – lange schien er noch nicht Geist zu sein. Ich hatte Angst vor einem faulen Trick und scheute vor ihm zurück, in den Eingang eines Apartmenthauses. Auf Zick-Zack-Kurs durchwanderte ich das Gebäude, durch Fussböden und Zimmerdecken, durch Wände und verschlossene Türen. In der obersten Etage gelangte ich in ein Badezimmer, wo eine Frau im Begriff war, eine Dusche zu nehmen. Sie hatte langes kupferfarbenes Haar, breite Hüften und volle Brüste. Sie war so gegen Ende dreissig, und ihr Körper sah weich und geschmeidig aus. Ich machte mich klein und folgte ihr in die Duschkabine. Während sie sich wusch, betrachtete ich sie aus allen Blickwinkeln und verharrte schliesslich in einer günstigen Position zwischen ihren Knien.

Ich blickte hoch auf ihr tropfendes Schamhaar, beäugte ihre weiten und schmalen Kurven. Sie rieb sich da jetzt mit seifigen Fingern, und ich strengte meinen ganzen Willen an, damit sie weiterrieb. Irgendwie schien sie meine geilen Schwingungen zu spüren. Jedenfalls lehnte sie sich an die Wand und begann mit beiden Händen zu spielen. Einer plötzlichen Eingebung folgend passte ich mich ihren Konturen an und drang in sie ein. Als sie ziemlich schnell kam, war es so, als käme es mir auch. Anschliessend begann sie gleich, die Haare zu waschen. Ich machte mich durch die Zimmerdecke davon.

Innerhalb der nächsten Stunde gelang es mir, noch ein paar attraktive Frauen im Bett oder im Bad aufzustöbern. Mit dem Druck meines körperlosen Willens gelang es mir, zwei von ihnen zum Masturbieren zu bringen, während ich selbst in ihrem erregten Fleische schwelgte. Damit schien ein Beweis dafür erbracht, dass ein Geist das Verhalten einer lebenden Person beeinflussen kann. Ich konnte mir leicht vorstellen, mich in ein Ganztagsgespenst zu verwandeln.

Um zwölf Uhr sass ich oben auf dem Prudential Tower. Dreissig Minuten, eine ganze Stunde verstrich, und noch immer keine Spur von Kathy. Vielleicht war es ihr in den Sinn gekommen, mich sitzen zu lassen? Vielleicht hatte sie aber auch nur das Zeitgefühl verloren.

Ich flog jetzt über Cambridge hinweg. Über dem M.I.T. blieb ich einen Moment stehen, um die seltsam vielflächigen Bloogs zu betrachten, die aus den Institutsgebäuden strömten. Dann schwirrte ich weiter und konzentrierte mich auf die Suche nach einer kleinen grünen Möwe, die sich irgendwo auf einer jener Strassen finden musste, auf denen es von Bloogs und Menschen nur so wimmelte. Das Ergebnis? Nichts.

Jetzt beschloss ich, etwas anderes auszuprobieren. Ich stieg auf eine Höhe von mehreren hundert Metern und versuchte mir Kathys Stimme, ihre Schwingungen in Erinnerung zu rufen. Allen anderen Input blockte ich ab und tastete ganz Cambridge wie auf einem Radarschirm ab. Immer noch nichts.

Allein auf Kathys Wellenlänge eingestimmt zog ich meine Kreise über Boston. Und mit einem Mal fing ich etwas auf wie einen erstickten Schrei. Automatisch steuerte ich auf die Quelle dieser sensationellen Wahrnehmung zu. Die Spur führte zu einem heruntergekommenen Ladengeschäft im südlichen Teil Bostons. «Madame Jeanne Delacroix», stand auf einem handgemalten Schild im Schaufenster zu lesen. «HEILUNG GEISTIGER GEBRECHEN. PSYCHISCHE CHIRURGIE. LÖSUNG HEIMLICHER LIEBESPROBLEME. Lassen Sie sich von den Toten helfen!»

Gleich hinter dem Schild war ein schmuddeliger, cremefarbener Vorhang angebracht, der die ziemlich grosse Scheibe verhängte. Man konnte gerade noch erkennen, wo der Schriftzug «GIANNI'S GEMÜSELADEN» abgekratzt worden war. Die eine Strassenseite wurde von abgetakelten Autos gesäumt, und einen halben Block weiter gab es eine Bar. Auf einem von allerlei Gerümpel übersäten leeren Grundstück, zwischen dem Laden der Madame Jeanne und der Bar, lungerten ein paar schwachbrüstige Schwarze herum und liessen eine Flasche kreisen. Die Bank, auf der sie sassen, war der ehemalige Rücksitz eines Strassenkreuzers. Sie sassen da und liessen sich von verschwenderischem Sonnenlicht verwöhnen.

Kathy befand sich garantiert bei Madame Jeanne, das stand mal fest. Hier konnte ich ihre Schwingungen störungsfrei empfangen. Sie sass in der Falle und hatte eine frenetische Angst. Ich versuchte, sie anzupeilen, aber sie befand sich in einer solchen Panik, dass sie es nicht auffangen konnte. Also segelte ich um die Hausecke herum auf das unbebaute Grundstück und steckte den Kopf durch die Wand hindurch in Madame Jeannes Salon.

Mit dem Rücken zu mir sass eine fette schwarze Vettel an einem Klapptisch. Sie war in ein purpurrotes Gewand gehüllt, auf dem Kopf hing ihr ein schmieriger rosa Turban. Sie trug mehrere Rosenkränze um den Hals, und vor ihr, auf dem Tisch, lag ein schwarzer

Hahn mit zerfetzter Gurgel. Das Blut des Hahns stand in einer Schüssel. Es war da irgendwas mit dem warmen Blut, das mich unwiderstehlich anzog. Ich verspürte das unendlich starke Bedürfnis, darin zu baden.

Kathy musste in dieser runden Dose, die auf dem Tisch lag, eingesperrt sein, wenn mein Gespür mich nicht trog. Die Dose war mit christlichen Symbolen bemalt. Vermutlich ein Hostienbehälter, aus irgendeiner Kirche gestohlen. Offenbar konnte sie aus der Dose nicht raus. Für mich, wahrscheinlich auch für Madame Jeanne, war der Raum vom Widerhall der Fluchtversuche Kathys erfüllt.

Madame Jeanne gegenüber sass eine schlanke, junge schwarze Frau mit einem völlig lethargisch auf ihrem Schoss hockenden Jungen. Ein Kind noch, ungefähr drei Jahre alt. Er schien sich im Koma, oder in einem Zustand von Katatonie zu befinden. Sein Atem ging regelmässig, und er hatte die Augen geöffnet, aber seine Muskeln waren schlaff. «Isch hab zu erhalten den erforderlich Geistaustreiberr für dein erstgeborren Sohn», sagte Madame Jeanne mit starkem Karibik-Akzent. «Legg ihn auf den Altar von Baal niedr.»

Die junge Frau legte ihren Sohn auf den Klapptisch, der unter dem Gewicht ächzte, aber nicht zusammenbrach. Madame Jeanne machte sich bereit, den Transfer Kathys in den Körper des Jungen vorzubereiten. Sie tunkte eine lange Seidenschnur in das Hahnenblut. Mit Hilfe zweier Essstäbchen aus Plastik führte sie das eine Ende der tropfenden Schnur in das linke Nasenloch des Jungen ein, die Kehle hinab, und aus dem Mund wieder heraus. Beide Enden des Fadens befestigte sie an gegenüberliegenden Punkten an der Peripherie eines runden, zweiseitigen Spiegels.

Madame Jeanne summte ohne bestimmte Melodie vor sich hin, während sie zwischen der Hostiendose und dem Kopf des Jungen eine Kerze anzündete; dann hob sie den Spiegel an der Seidenschnur hoch auf einen Punkt über der Kerzenflamme. Sie zog die Enden in eine Horizontale und fing an, die strammgezogene Schnur mit den Fingern zu zwirbeln. Der Spiegel drehte sich. Das in ihm reflektierte Kerzenlicht tanzte im Innern des Spiegels wie ein Glühwürmchen in einer Glaskugel.

Kathy sollte jetzt in den Spiegel hineinfliegen und allezeit von dem kleinen Jungen absorbiert werden. Irgendwie war ich überzeugt, dass das funktionieren würde. Und Madame Jeanne machte ganz den Eindruck, als wisse sie haargenau, was sie da tat. Es war höchste Zeit zum Eingreifen.

Es bestand auch nicht der geringste Zweifel, dass Madame Jeanne die Fähigkeit besass, mich zu entdecken. Aber bis jetzt hatte sie noch nicht in meine Richtung geguckt. Ich würde mich jetzt also so lange verstecken, bis der entscheidende Moment gekommen war: dann, wenn sie die Dose öffnete.

Madame Jeanne sprach erneut auf die Frau ein. «Du wirrst den Strahlenjuwel hallten, Schwester.» Sie reichte ihr den Spiegel. Die junge Frau fuhr sogleich damit fort, den Spiegel über der Kerze wirbeln zu lassen. Jetzt stieg ich vollends in den Raum hinein und zwängte mich zwischen Madame Jeanne und die Wand.

Sie schaukelte jetzt hin und her und murmelte vor sich hin. «Amen, Ewigkeit in Herrlichkeit die und Reich das und Kraft die ist Dein Bösen dem von uns erlöse . . .» Sie sagte das Vaterunser rückwärts auf. Ich machte mich ganz klein und schoss an ihr vorbei, um mich in der Kerzenflamme zu verstecken.

«Himmel im bist du der, Unser Vater, schloss sie und streckte die Hände aus, um die Dose zu öffnen. Der Spiegel über der Kerze wirbelte ganz regelmässig. Ich konnte ihn kaum ansehen, ohne mich stark von ihm angezogen zu fühlen. Stumm betete ich um Hilfe.

Als Madame Jeanne den Deckel hob, gab es einen Augenblick, wo Kathy sich vor Entsetzen nicht rühren konnte. Blitzschnell verwandelte ich mich in eine Mauer und schob mich zwischen sie und den Spiegel.

«Komm weg hier, Kathy, nichts wie weg!»

Sie begann, sich durch mich hindurchzuschlängeln, aber da entdeckte mich Madame Jeanne und fing zu kreischen an. Ich projizierte zwei hässliche Klauen auf sie zu und wölbte sie als Schalltrichter vor ihrem Mund.

Der plötzliche Lärm verwirrte die andere Frau, die immer noch den Spiegel hielt. Die Drehbewegung stockte, und die feuchte Schnur glitt ihr jetzt aus den Fingern. Der Spiegel fiel auf die Tischplatte und zerbrach. Kathy kreiste um die Kerzenflamme wie ein

Nachtfalter. Ich redete weiter auf sie ein, aber meine Worte hatten kein Gewicht.

Madame Jeanne kreischte immer noch, inzwischen aber mit Worten. «Schwarzes Vater, ha! Ich spreche zu Dir, yeah! Ich sage, Reiter der See, du köstlichste aller Blumen, geselle Dich zu Deiner Dienerin, ha! Am Altar, yeah! Ich, Priesterin der Nacht . . .» Ich konnte sehen, wie sich neben ihr etwas materialisierte. Auch sie wurde dessen gewahr und fuhr nun fort, noch lauter und schneller zu schreien. «Ich wills, yeah! Herr, Du kehrst zurück ins Haus . . .»

Die Form nahm klarere Züge an, kam wie ein Foto in fahl beleuchtetem Entwicklerbad. Das konnte nur der Teufel sein. Kathy sass in der Kerzenflamme gefangen. Ich legte mich um sie herum und zog an ihr mit aller Macht.

«Frank?» sagte sie mit kaum hörbarer Stimme. «Kann ich jetzt nach Hause gehen?»

«Kathy!» fuhr ich sie an. «Der Teufel ist da! Zisch ab!»

Im selben Moment stand er fertig neben Madame Jeanne. Er beugte sich vor, um an der Schüssel mit Blut zu schnuppern. Und dann entdeckte er mich. Ganz langsam verzog er seine wulstigen Lippen zum Sprechen.

«Mir nach, Kathy!» fuhr es schrill aus mir heraus, und ich schoss raketengleich durch die Zimmerdecke. Ich blickte mich nicht um und flog lange Zeit ohne zu anzuhalten.

8 Lichtgeschwindigkeit

Kathy holte mich kurz vorm äussersten Rand der Erdatmosphäre ein.

Als ich sie rufen hörte, hielt ich in der Bewegung inne. Ich war völlig angespannt und bereit, erneut die Flucht zu ergreifen. Die mädchenhafte Möwe setzte sich auf meiner Schulter nieder. Ich blickte auf die unermessliche Distanz, die ungezählten Kilometer bodenlosen Raums unter meinen Füssen. Nichts als Bloogs, die einander auf unsichtbaren Kraftlinien folgten. Es sah so aus, als hätte der Teufel sich nicht die Mühe gemacht, uns zu verfolgen.

«Dahin geh' ich nicht zurück, Kathy.»

Ein leichter Schauder lief über ihren Körper. «Aber was wird aus dem armen kleinen Jungen?»

«Madame Jeanne wird schon eine andere Seele finden. Oder seine Mutter wird's mal mit einem anderen Arzt probieren. Ich weiss es nicht.» Kathy hatte mich vom Eigentlichen abgelenkt. «Zur Erde kehren wir nicht zurück!» sagte ich bestimmt.

«Ich hätte ihr nicht vertrauen sollen», sagte sie im Flüsterton.

«Wem?»

«Sie war gelb. Eine gelbe Glocke, und ihre Stimme machte ein Echo. Ich begegnete ihr in Cambridge, und dann flogen wir gemeinsam an den Südrand von Boston. Sie wollte mir zeigen, wo sie wohnt.» Kathys Stimme klang wie aus weiter Ferne. «Sie brachte mich zu Madame Jeanne, und dann schnitten sie dem Hahn die Kehle durch. Ich war so furchtbar durstig . . .»

«Bei Madame Jeanne», unterbrach ich sie, «habe ich keinen einzigen gelben Geist gesehen.»

«Sie lebte *in* Madame Jeanne. Sie sagte, in einer lebenden Person sei es sicherer für einen Geist.»

Ich erzählte ihr von meiner Unterhaltung im Museum. «Es

scheint mir», schloss ich, «dass wenn man ein Geist ist, man die Erde verlassen und nach Cimön gehen muss.»

«Wie bitte?»

«Cimön liegt Aleph-null Kilometer von der Erde entfernt. Aleph-null ist die erste unendliche Zahl. So, wie eins, zwei, drei . . . Aleph-null. Die drei Punkte stehen für die Ewigkeit.»

«Wie sollen wir jemals an der Ewigkeit vorbei kommen?» fragte Kathy ungeduldig und schüttelte sich. «So schnell wir auch fliegen mögen, wir werden uns niemals unendlich weit von der Erde entfernen können.»

«Wir beschleunigen einfach immer mehr. Für die erste Milliarde Kilometer brauchen wir zwei Stunden. Für die darauffolgende Milliarde brauchen wir eine Stunde. Für die dritte nur noch eine halbe Stunde. Für jede weitere Milliarde braucht es nur halb soviel Zeit wie für die vorangegangene. Aleph-null Milliarden Kilometer können wir in $2 + 1 + \frac{1}{2} + \frac{1}{4} \ldots$ Stunden hinter uns legen. Das macht vier Stunden.»

«Ich dachte immer, niemand könne sich schneller als mit Lichtgeschwindigkeit bewegen», forderte Kathy mich heraus.

«Werden wir auch nicht. Alles, was wir *wirklich* tun werden, ist, so lange zu beschleunigen, bis wir Lichtgeschwindigkeit erreicht haben.»

«Wie kommt es, dass es so aussieht als würden wir um so vieles schneller gehen?»

«Das gehört alles zur relativistischen Zeit-Dilatation. Zerbrich dir darüber nicht den Kopf.»

Kathy erschien das zweifelhaft. «In nur vier Stunden werden wir unendlich weit von der Erde entfernt sein? Den Kilometerstein Aleph-null erreicht haben?»

Ich nickte zustimmend mit dem Kopf.

Kathy hockte sich auf meinen Rücken und breitete die Flügel aus. Ihr Körper zitterte wie ein angespannter Bogen. Ich streckte die Arme nach vorn, wie ich's von Superman kannte. Wir legten den Hammer nieder, und ab ging die Post in Richtung galaktisches Zentrum.

Der erste Teil der Reise verlief nichtssagend. Obwohl wir gleichmässig beschleunigten, brauchte es immer noch eine geschlagene

Stunde, um das Sonnensystem hinter uns zu lassen. Und dann folgten anderthalb Stunden Vakuum bis zum nächsten Stern.

Nach etwa drei Stunden begann es allmählich interessant zu werden. Objektiv betrachtet hatten wir eine Geschwindigkeit von etwa 0,7 der Lichtgeschwindigkeit drauf. Aufgrund verzerrter Zeit- und Distanznormen kam es uns vor, als seien wir dreimal so schnell. Die seltsamsten relativistischen Effekte begannen aufzutreten.

Es schien, als guckten wir aus einer Höhle. Alles, was hinter uns lag, was an beiden Seiten vor uns lag, war das tote, absolute Nichts, das «Sonstwo» in der Relativitätstheorie. Die Sterne hatten ihre Bilder, die uns vorher noch umgeben hatten, irgendwie alle vor uns hinflitzen lassen. Wir beschleunigten weiter.

Unsere tausend Lichtjahre währende Reise quer durch die Galaxie kam uns nicht länger als eine halbe Stunde vor. Aber was für eine halbe Stunde! Ich blickte aus unserem Geschwindigkeitskegel heraus auf die weite Scheibe aus Sternen, die vor mir lag . . . die meisten Sterne drängten sich an ihrem Rand. Langsam löste sich ein Stern aus dem traubenförmigen Sternenrand und kam auf einer hyperbolischen Bahn mit zunehmender Geschwindigkeit auf den Mittelpunkt zu und peitschte, WHOOOSH! an uns vorbei und in weitem Bogen zurück an die Grenze unseres Sichtfeldes.

Es gab eine Struktur in der Art und Weise wie die Sterne an uns vorbeiflitzten, der ich langsam auf die Spur kam. Es war, als wenn man dem Klicken von Eisenbahnrädern zuhörte. Mit Ausnahme der heransausenden Lichtimpulse gab es nichts, das meine Aufmerksamkeit hätte erregen können. Ich legte noch einen Zahn zu, damit das Flickern schneller wurde.

Es gab Strukturen im Flickern . . . Sternenkluster . . . und indem wir noch mehr beschleunigten, begann ich, zweit- und drittklassige Strukturen zu erkennen. Mit einem Mal kamen keine Sterne mehr. Wir hatten die Milchstrasse hinter uns gelassen.

Unser Blickfeld hatte sich soweit zusammengezogen, dass es mir war, als blickte ich aus einem Bullauge. Ringsherum war es dunkel, und ich hatte Angst. Mein ganzer Rücken war ein einziger Knoten aus Schmerz und Pein, aber ich trieb mich an, weiter und weiter zu beschleunigen, damit das Bullauge kleiner wurde.

Ein paar zusammengedrückte Scheiben aus Licht taumelten aus der Unendlichkeit heran und zischten wieder zurück. Dann wurden es mehr. Milchstrassensysteme. Ich kam mir vor, wie eine Mücke in einem Schneesturm. Durch mehrere Milchstrassensysteme flogen wir hindurch. Drinnen war alles bunt verwischt. Unsere Geschwindigkeit war inzwischen so hoch, dass wir die einzelnen Sterne gar nicht mehr an uns vorbeihoppeln sehen konnten.

Wir legten noch einen Zacken zu, und noch einen. Alle paar Sekunden hakten wir jetzt ein Milchstrassensystem ab, und wie bereits zuvor, begann ich im stroboskopischen Flickern Strukturen höherer Ordnungen wahrzunehmen.

Von hier an war das alles, was ich sehen konnte . . . ein Flickern, welches sich zu einem fast konstanten Blitz steigerte, im nächsten Augenblick in der Frequenz dann abrupt abfiel, um sich schliesslich erneut zu steigern. Am Ende eines jeden solchen Zyklus erreichten wir eine höhere Ebene von Sternenklustern, und die Intensität des Lichts nahm zu.

Ich fühlte mich zu Tode erschöpft. Das Stroboskop spiegelte mir mit Burgen und Schlössern übersäte Landschaften vor. Die Klarheit meines Geistes liess, indem ich in den mir mehr und mehr entgegenwallenden Schleier aus Licht starrte, spürbar nach. Ich versuchte, weiter zu beschleunigen.

Bis jetzt gab es immer noch eine gewisse Tiefe in der Struktur aus Licht vor uns; ich stellte aber fest, dass die Szenerie vor mir, je mehr ich aufs Gas trat, desto flacher und zweidimensionaler wurde. Ich konzentrierte mich darauf, sie noch flacher werden zu lassen.

Die Energie, mit der wir uns voranstiessen, schien nicht länger von Kathy oder mir auszugehen. Es schien eher so, als würde ich das herankommende Licht wie ein Staustrahltriebwerk durch uns hindurchpressen . . . und unsere Geschwindigkeit nur noch zunehmen lassen, indem ich lediglich eine leichte Verschiebung der Perspektive anwandte.

«Komm schon, Kathy», rief ich. Meine Stimme tönte verzerrt und schleppte ein leichtes Echo hinter sich her. «Es ist nicht mehr weit. Noch einen letzten, kräftigen Schub!»

Mit letzter Kraft verwandelten wir das Universum in einen einzigen grellweiss blendenden Punkt aus Licht. Ich stellte die Triebwerke ab, und der Punkt rollte sich zu einer flachen, vertikalen Landschaft auf. Zu einer unendlich weiten Halbebene. Die untere Begrenzung war Meer und die obere Hälfte ein nicht enden wollender Berg. Das Ganze sah wie ein kolossales Gemälde aus, ähnlich Breughels *Sturz des Ikarus*.

Wir knallten in die Landschaft wie ein Zugvogel in eine Reklametafel. Und landeten an einem grünen Hang. Der Boden war sanft und kicherte, als wir aufschlugen. Flopp. Gli-gli-gli, hi-hi.

Mein Körper hatte eine feste Form angenommen. Ich setzte mich auf. Kathy hüpfte von meinem Rücken und schlug unbeholfen mit den Flügeln; ein paar Meter weiter setzte sie ebenfalls auf. Von nun an musste sie die eigenen Flügel gebrauchen.

In der stetigen Brise lag ein salziger Geschmack. Weit in der Ferne konnte ich eine schimmernde blaue Linie erkennen. Ein Meer. War dieser stachlige Klecks dort hinten ein Hafen?

Irgend etwas stimmte hier mit der Perspektive nicht. Das Meer schien von uns wegzukippen. Es sah wie der Fortsatz jenes Hanges aus, an dem wir sassen.

Ich drehte mich um, halbwegs in der Erwartung, hinter mir nichts als nachtschwarze Dunkelheit zu erblicken. Statt dessen sah ich einen Berg. Mount On. Grüne und gelbe Wiesen stiegen wie Moospolster an einem Baumstamm den Berg hinan. Hier und da lagen gewaltige Felsbrocken im Gras. Weiter oben traten grössere Flächen nackten Gesteins durch die Wiesen zutage, die immer steiler anstiegen. Ich blinzelte noch weiter nach oben. Weit, ganz weit oben, konnte ich gezackte, unbeschreiblich scharf gezackte Gipfelspitzen erkennen, eine auf die andere getürmt. Ein Ende war nicht abzusehen. Der Berg stieg in alle Ewigkeit in den leuchtend blauen Himmel hinein.

Zur Rechten und zur Linken gab es noch mehr Hügel, die aus noch mehr Meer zu noch mehr Berg anstiegen. Insgesamt war die Perspektive äusserst merkwürdig. Es war, als wäre die ganze Landschaft irgendwie flach und all die Klippen und Gipfel eine Illusion. Wohl nur deshalb, weil die Gravitationskraft alles ins Meer hinauszuschleppen versuchte.

Folgte man dem Berghang etwa eine Meile aufwärts, so konnte

man dort ein Gebäude erkennen. Es sah wie eines jener riesigen europäischen Kurhotels der Jahrhundertwende aus. Indem ich es so betrachtete, konnte ich mehr und mehr Einzelheiten erkennen. Terrassen, Balkone, frisch bemalte Fensterrahmen und weissgestrichene Wände. Die oberen Stockwerke kamen mir sehr sonderbar vor. Es war, als gäbe es viel zuviele. Dasselbe hatte ich bereits an der Struktur der Gräser und Felsbrocken feststellen können. Fixierte man einen bestimmten Punkt, fielen einem stets mehr Details ins Auge.

«Lass uns mal zu dem Hotel gehen», schlug ich Kathy vor. Sie hatte den Berghang hinab aufs Meer gestarrt, und ich musste meine Aufforderung noch einmal wiederholen.

«Möwen sind keine Bergsteiger, Felix», sagte sie mit sanfter Stimme. «Mein Weg führt dort hinunter. Ich spüre förmlich . . .» Ihre Stimme verlor sich in einem Wirrwarr aus Sprache, dem ich nicht zu folgen vermochte.

Das Gespräch mit Jesus kam mir wieder in den Sinn. War das wirklich erst zwölf Stunden her? Ich hatte versprochen, Kathy zu retten, sie von der Erde hierher zu geleiten. Ich sollte den Mount On bezwingen. Sollte ich sie etwa gewaltsam mitschleifen?

Ich überliess mich meinen Gedanken, und es währte nicht lange, bis ich eine Antwort fand. War man dem Teufel auch entwischt, so musste man immer noch seinen Weg zu Gott finden. Aber da gab es viele Wege.

Kathy blinzelte mich an, und als ich einen Arm nach ihr ausstreckte, flatterte sie mir auf die Hand. Ihre Füsse waren kräftig und ihre Krallen gruben sich in meine Handfläche ein. Ich drückte sie an meine Brust und streichelte ihr das Gefieder. Dabei konnte ich ihren raschen Herzschlag spüren.

«Ich werde dich vermissen», sagte ich endlich. Ich wollte noch mehr sagen, machte aber lediglich ein plapperndes Geräusch, das sich in der Stille verlor.

Sie rieb ihren Schnabel an meiner Schulter. «Wir werden uns wiedersehen», sagte sie leise. «Über dem Meer, jenseits des Berges . . . wir werden uns wiedersehen. Ich danke dir, Felix. Vergiss mich nicht.»

Ich hob sie hoch in die Luft und sie flog davon; zuerst ein wenig schwerfällig, dann aber mit zunehmender Anmut. Einmal kreiste sie noch zu mir zurück, kippte die Flügel, drehte dann ab und flog mit kräftigen Schlägen aufs Meer zu. Ich blickte ihr nach, bis sie kleiner und kleiner wurde, nur noch ein Punkt, der sich im weit entfernten blauen Dunst auflöste. Jetzt war ich völlig allein.

Teil zwei

«Das eigentliche Unendliche hat uns in seiner höchsten Form geschaffen und erhält uns; es tritt in seinen sekundären transfiniten Formen überall um uns herum auf und bewohnt sogar unsere Seelen.»

Georg Cantor

9 Hilberts Hotel

Ich versuchte, zum Hotel hinüber zu fliegen, musste aber feststellen, dass man hier Flügel zum Fliegen benötigte. Also machte ich mich zu Fuss auf den Weg und ging über die sacht ansteigenden Wiesen, um die Felsbrocken herum. Ich war splitternackt.

Das Gras der Wiesen war kurz und elastisch. Unter meinen blossen Füssen fühlte es sich weich an. Seitdem wir gelandet waren, hatte ich kein weiteres Kichern vernommen, und ich entschied, dass der Boden doch nicht lebendig war. Er war etwa so beschaffen wie eine Bergwiese in den europäischen Alpen, ausser dass hier keine Sonne schien. Das Licht kam von allen Seiten.

Ich fand eine kleine Vertiefung in der Wiese und stapfte hinüber. Es war ein winziger Tümpel, wie ich gehofft hatte. Ich kniete nieder, um zu trinken; das Wasser war kristallklar und so kalt, dass ich's bis in den Magen hinab spürte. Irgendwo musste es hier einen Gletscher geben.

Fast eine ganze Stunde lang quälte ich mich jetzt schon den unablässig ansteigenden Hang hinauf, und das Hotel war immer noch nicht wesentlich näher gerückt. Die Luft war ganz klar. Ich blickte mich um. Wir waren mehrere tausend Meter über dem Meeresspiegel gelandet, aber Kathy wiegte sich ganz gewiss längst auf den Wellen. Ein Glück für sie, dass sie Flügel hatte.

Erneut begann ich über die sonderbare Ebenheit der Landschaft zu rätseln. Ich konnte spüren, wie der Hang allmählich steiler wurde; er schien aber, wie das übrige Gelände auch, gleichmässig flach zu sein. Ich spazierte noch eine Stunde weiter. Dem Hotel schien ich noch immer nicht näher gekommen zu sein. Ich setzte mich hin, um auszuruhen, und sog tiefe Lungen voll dünner Luft in mich hinein.

Winzige gelbe Blumen wuchsen auf dem Rasen um mich herum. Ich beugte mich vor, um eine aus der Nähe zu betrachten. Zunächst sah sie wie ein einfacher fünfzackiger Stern aus. Dann stellte ich aber fest, dass sich am Ende eines jeden Blütenblattes ein kleiner Stern befand. Ich sah noch einmal hin. An jedem Zacken des zweiten Sterns sassen noch kleinere Sterne, an deren Enden wiederum winzigere Sterne waren, welche . . . In einer plötzlichen Eingebung erfasste ich die gesamte unendlich regressive Struktur auf einmal.

Ich zitterte vor Erregung und zupfte einen Grashalm ab und hielt ihn betrachtend in die Höhe. Auf halber Höhe verzweigte er sich in zwei kleinere Halme. Diese beiden Halme verzweigten sich wiederum in zwei winzigere Halme, die sich wieder teilten, wieder und wieder teilten, und . . . Mit einem geistigen Aufschwung begriff ich die ganze, unendliche Struktur im Handumdrehen. Kein Wunder, dass das Gras so elastisch war.

Von da an betrachtete ich die Landschaft ringsum mit anderen Augen. Kathy und ich waren an Aleph-null vorbeigeflogen. Hier draussen war die Unendlichkeit eine Realität wie eine Sahnetorte im Gesicht eines Professors. Und der Körper, in dem ich steckte, war perfekt ausgerüstet, um's damit aufzunehmen.

Ich dachte einen Augenblick lang zurück, welchen geistigen Hebel ich umgelegt hatte, um die unendliche Komplexität der Blumen und der Grashalme zu sehen. Vielleicht . . .

«La», sagte ich. «La, La, La . . .» Vielmehr machte ich das mit dem Verstand und liess dabei meine Stimme in einem ansteigenden Ton schnattern. Wenige Sekunden später waren es Aleph-null «La's».

Als nächstes nahm ich mir alle natürlichen Zahlen vor und begann zu zählen; verhedderte mich aber beim Versuch, die Zahl 217.876.234.110.899.720.123.650.123.124.687.017.523.853.666.432 auszusprechen. Ich entschloss mich für ein einfacheres System und begann noch einmal von vorn. «Eins. Eins plus eins. Eins plus eins plus eins . . .» In einer Minute war ich fertig. Ich hatte bis Aleph-null gezählt.

Wieder mass ich die Distanz zwischen mir und dem Hotel, diesmal mit kritischerem Blick. Ich stellte ihn scharf und begann, die Felsbrocken, die über die Wiese verstreut lagen, zu zählen. Ganz klar, ich musste wieder bis Aleph-null zählen. Kein Wunder, dass ich mich dem Hotel noch nicht näher gefühlt hatte. Marschierte ich an zehn weiteren Steinen vorbei, oder an zehntausend mehr, wären immer noch Aleph-null von ihnen übrig.

Aber meine Zunge hatte es doch fertiggebracht, Aleph-null Dinge zu tun, als ich laut gezählt hatte. Warum sollten dann meine Beine nicht in der Lage sein, das ebenfalls zu können. Ich stand auf und fing an zu laufen. Und wieder musste ich einen Trick im Kopf anwenden, um mehr und mehr beschleunigen zu können. Die endlose Energie, die ich benötigte, um meinen Körper schneller und schneller zu bewegen, floss aus der umliegenden Landschaft in mich hinein. Ich hatte das Gefühl, dass der Berg mich zu sich hinzog, dass die Luft sich teilte, um mich passieren zu lassen, dass der Boden Fussrasten formte, von denen ich mich abstossen konnte.

Eine Minute bis zum nächsten Felsbrocken, eine halbe Minute bis zum übernächsten, eine Viertelminute bis zum überübernächsten ... Zwei Minuten später stand ich auf dem Hotelgelände und war etwas mehr als ausser Atem. Es war wie der Trip von der Erde her, bloss ohne die relativistischen Verzerrungen. Ich befand mich in einer Welt jenseits der irdischen Physik.

Das Hotel war aus Stein gebaut. Die Aussenwände waren cremefarben rauhverputzt und die Fensterrahmen dunkelrot gestrichen. Obwohl das Hotel nur etwa sechzig Meter hoch war, hatte es unendlich viele Stockwerke. Der ganze Trick bestand darin, dass die Etagen nach oben hin ständig dünner und dünner wurden. Jede aufeinander folgende Zimmerschicht war so flach, dass sie nur ein Zwanzigstel der verbliebenen Hotelhöhe einnahm ... also gab es immer Platz für weitere neunzehn Stockwerke.

Natürlich trug das Gebäude kein Dach. Man brauchte auch gar keins, weil jedes Stockwerk durch die Bauteile der darüberliegenden Stockwerke geschützt wurde. Ich reckte den Hals und starrte auf eines der oberen, schlitzähnlichen Fenster und fragte mich, wie einer wohl ein Zimmer benutzen konnte, welches nicht mal drei Zentimeter hoch war ... geschweige denn ein Zimmer mit solch niedriger Decke, dass ein Elektron Mühe hätte, sich hineinzuzwängen.

Die Wiesen hinter dem Hotel lagen einladend da, und ich konnte mehrere Grüppchen von Spaziergängern ausmachen. An der einen

Seite des Hotels befand sich eine erhöht liegende Terrasse, auf der sich ein paar Gäste tummelten. Nicht viele von ihnen waren Menschen.

Schliesslich folgte ich einem Pfad zum Hoteleingang. Bäume und Büsche standen ringsum gepflanzt, sie verästelten sich mit einer solch unendlichen Vielfältigkeit, dass sie ein phantastisch reizvolles Durcheinander abgaben. Naiv wie ich war, streckte ich eine Hand in einen der Büsche, und hatte dann minutenlang zu tun, um sie wieder freizubekommen. Eine gigantische Qualle sah mir teilnahmslos von ihrer Bank aus zu. Ich grüsste sie mit einem steifen Nicken und machte mich davon.

Zu meiner grossen Erleichterung hatte die Treppe des Hotelaufgangs eine endliche Zahl von Stufen. Die Hotellobby war schwach beleuchtet und ziemlich weiträumig, aber nicht ungewöhnlich gross. Ich ging zur Rezeption hinüber und stellte dem Portier die uralte Frage: «Wo bin ich?»

Ich sprach wohl zu laut, jedenfalls unterbrachen mehrere Gäste, die in der Lobby herumsassen, ihre Unterhaltung, um zuzuhören.

Der Portier schien ein menschliches Wesen zu sein, auch wenn sein Gesicht von einem schwarzen Vollbart fast völlig verdeckt wurde. Er war nach der Mode von 1900 gekleidet und blinzelte mich durch ovale, goldgefasste Brillengläser an.

«Was *denken* Sie, wo Sie sind?» Er hielt einen Füllfederhalter schreibbereit über einem kleinen Block, als wolle er meine Antwort notieren.

«Ist . . . ist das hier der Himmel?»

Der Portier machte rasch eine Notiz. «Normalerweise nennen wir es Flipside. Die Flipside von Cimön.»

Der zweite Name echote mir im Ohr nach. Ich hatte es also wirklich geschafft. Hätte ich doch bloss die Broschüre aufmerksamer gelesen.

«Wie haben Sie es als Neuling überhaupt hierher geschafft?» riss der Portier mich aus meinen Gedanken.

«Ich bin geflogen.»

Das beeindruckte ihn. «Ganz spontan? Nicht schlecht, gar nicht schlecht. Ich nehme an, Sie wollen den Mount On besteigen?»

«Nicht sofort . . .» begann ich. Aus irgendeinem Grund rief das ein belustigtes Lächeln bei meinem Gegenüber hervor. Wortlos liess ich es vorüberziehen. «Wie heisst dieses Hotel?»

«Hilberts Hotel.»

Der Aufzug des Portiers hatte mein Gedächtnis vom ersten Augenblick an angeschubst; als ich jetzt den Namen des Hotels vernahm, kehrte mein Traum vom Friedhof zurück. David Hilbert. In seinen öffentlichen Vorlesungen hatte er wiederholt von einem Hotel mit Aleph-null Zimmern gesprochen. Hilberts Hotel.

Ich konnte kaum meine Erregung verbergen, als ich den Portier fragte: «Ist er hier?»

«Professor Hilbert? Sie könnten ihn nachher zum Tee treffen . . . wenn Sie inzwischen ein paar Kleider finden.»

Ich realisierte mit einem Schlag, dass ich immer noch nackt dastand und alle anderen angezogen waren. Plötzlich wurde mir der Druck vieler amüsierter Blicke bewusst. Mit zusammengekniffenen Hinterbacken ging ich sofort in die Defensive. «Ich habe aber keinerlei Gepäck dabei . . . nichts, das . . .»

Ich hörte ein Knirschen und Zirpen hinter mir und drehte mich, mit einer Hand meine Genitalien verbergend, um. Ein mannsgrosser Käfer schob sich schwankend, aber rasch über den Teppich auf mich zu. Die beiden Vorderbeine hielt er winkend hoch, und Streifen einer schleimigen Flüssigkeit tropften ihm vom Unterkiefer. Mit einem lauten Aufschrei setzte ich über den Rezeptionstresen.

Der Käfer erreichte den Tresen und schob sich an ihm hoch. Zwei Facettenaugen musterten mich aufmerksam, während sich auf dem polierten Holz eine Lache aus zähflüssiger Insektenspucke sammelte. «Unternehmen Sie doch etwas!» beschwor ich den Portier.

Der kicherte aber nur und trat einen Schritt zur Seite, um dem Käfer einen besseren Blick auf mich zu gewähren. Seine Vorderbeine stippten wiederholt in seine eigene Speichelflüssigkeit und formten kräftige silbrige Fasern. Mit einem Mal verlor der Käfer den Halt und knallte krachend zu Boden, wobei er das Knäuel aus trocknender Spucke hinter sich herzog. Dann konnte ich ihn nicht mehr sehen und hörte nur noch das geschäftige Klicken seiner Chitinbeine.

Vorsichtig lehnte ich mich über den Tresen, um zu sehen, was diese Kreatur dort unten machte. Alle acht Beine – oder waren es sechs? – stocherten blitzschnell in dem silbrigen Knäuel aus Spuckefasern herum. Es sah so aus, als ob er eine Art Kokon anfertigte . . . um mich hineinzustopfen, damit seine Larven mich fressen sollten?

«Sie sollten dankbar sein, wissen Sie», flüsterte der Portier mir zu. «Er heisst Franx.»

«Dankbar für was?»

«Für den Anzug, den er Ihnen macht», zischte der Portier mir zu.

In diesem Augenblick war der Käfer soweit. Nach kurzem, kräftigem Wippen gelang es ihm, sich von seinem Rücken wieder auf die Füsse zu rollen. Von freudigem Zirpen begleitet legte er einen silbernen Strampelanzug auf den Teppich.

Ich krabbelte über den Tresen zurück und schlüpfte in das seidige Gewand. Es passte wie angegossen und liess sich an der Vorderseite durch leichten Druck mit der Hand schliessen. Es hatte sogar Taschen.

Ich machte eine steife Verbeugung. «Danke, Franx. Sollte es jemals eine Gelegenheit geben, dass ich Ihnen behilflich . . .»

Das Zirpen wurde erneut hörbar, und ich versuchte mit aller Macht, es zu verstehen. Es war tatsächlich die Sprache der Menschen, die er von sich gab – astreines, blumenreiches Englisch; lediglich in gesteigertem Tempo. Nachdem ich den Wortschwall nur einer Minute in mich aufgenommen hatte, kam es mir bereits so vor, als hätte ich die Geschichte schon dreimal gehört. Irgendwer . . . «ein geistig umnachteter Fremdenhasser» . . . hatte mit einem Apfel nach ihm geworfen. Er war ihm auf dem Rücken steckengeblieben und hatte angefangen, zu faulen. Er hob die einer Ritterrüstung gleichenden Deckflügel, um mir die Stelle zu zeigen. Ob ich wohl das faule Fleisch und den verrotteten Apfel rauskratzen könne?

«Ich glaub' schon», antwortete ich zögernd. «Wenn ich einen Löffel hätte . . .»

Franx schoss quer durch die Hotellobby auf eine Frau in einem schwarz-weissen, seidenen Massanzug zu, die an einem Tischchen sass und eine Tasse Mokka schlürfte. Sie fuhr entsetzt zurück, und er schnappte ihr die Tasse vor der Nase weg. Mit dem anderen Vorderfuss ergriff er eine Zeitung und kam zu mir zurückgeflitzt.

Einen anderen Ausweg, als die betroffene Stelle am Körper dieses riesigen Insekts auszulöffeln, gab es nicht. Die scheusslich stinkenden Klumpen faulen Fleischs schüttete ich auf die Zeitung, die Franx ausgebreitet hatte, krampfhaft bemüht, nicht kotzen zu müssen. Mir war klar, dass ich auf die übrigen Gäste einen armseligen Eindruck machte, und fühlte mich unendlich erleichtert, als ich fertig war.

Während der ganzen Operation hatte der Riesenkakerlak eine stoische Ruhe bewiesen. Jetzt drehte er sich schwerfällig um, um die Sauerei auf dem Zeitungspapier in Augenschein zu nehmen. Immer noch stumm, senkte er das Haupt und begann zu fressen.

Ich wandte mich ab. Der Portier musterte mich mit kaltem Blick, das Gesicht verschanzt hinter Vollbart und Brille. «Sie sind ein gutherziger Mensch, Herr . . .?»

«Rayman», gab ich zur Antwort. «Felix Rayman. Können Sie mir ein Zimmer geben? Ich bin masslos erschöpft und müde.»

«Das Hotel ist ausgebucht.»

«Das ist nicht möglich», protestierte ich. «Sie haben unendlich viele Zimmer.»

«Das stimmt», sagte der Portier, wobei seine Zähne aus dem dunklen Bart blitzten. «Wir haben aber auch unendlich viele Gäste. Jeder mit einem eigenen Zimmer. Wie sollten wir Sie da noch unterbringen können?»

Diese Frage war gewiss nicht rethorischer Art. Der Portier schraubte seinen Füllfederhalter erneut auf, um meine Antwort auszuschreiben. Ich musste an eine *Ion the Quiet*-Story von Stanislaw Lem denken, und die Antwort war klar.

«Veranlassen Sie, dass der Gast aus Zimmer 1 in Zimmer 2 umzieht. Lassen Sie den Gast aus Zimmer 2 in Zimmer 3 ziehen. Und so weiter. Jeder Gast zieht aus seinem Zimmer aus und in das Zimmer mit der nächst höheren Nummer ein. Zimmer 1 bleibt leer. Das können Sie mir dann geben.»

Der Portier machte rasch eine weitere Notiz. «Geht in Ordnung, Herr Rayman. Wenn Sie sich bitte in das Register eintragen wollen, während ich die nötigen Anweisungen erteile . . .» Damit reichte er mir ein schmales, ledergebundenes Buch und wandte sich ab, um in ein Mikrophon zu sprechen. Ich blätterte ein wenig darin herum und machte hier und da zwischen fremdartigem Gekritzel ein paar berühmte Namen aus. Schliesslich fand ich eine leere Seite und trug meinen Namen ein. Neugierig, wie viele Seiten übrig waren, versuchte ich, das Buch bis zum Ende durchzublättern.

Bald schon wurde mir klar, dass das Buch unendlich viele Seiten enthielt. Ich schaltete auf Höchstbeschleunigung und liess die Seiten über Aleph-null hinaus durch meine Finger flippen. Es waren immer noch mehr. Ich liess weitere Aleph-null Seiten durch die Finger gleiten, und noch einmal Aleph-null. Immer noch massenhaft weitere Seiten.

Jetzt nahm ich ganze Seitenbündel und blätterte sie schneller, immer schneller um ... Bis der Portier über den Tresen griff und das Buch zuschlug.

«Bei diesem Tempo werden Sie das Ende nie erreichen. Es sind Aleph-eins Seiten.»

Hinter mir hatte Franx, die Riesencucaracha, seinen kleinen Imbiss beendet. Ich konnte ihn nur mit Abscheu betrachten. Er hatte sein eigenes, verfaultes Fleisch gefressen.

«Kommen Sie, kommen Sie», sagte er jetzt, indem er meinen Gesichtsausdruck studierte. «In meines Vaters Haus gibt es viele Bleiben, nicht? Wenn in Rom, tu wie die Kakerlaken tun! Kannibalismus zeugt, alles in allem, von nichts anderem als höchster Rücksichtnahme gegenüber dem, der aufgefressen wird; soll ich sagen ... mag es selbst mein demütiger Diener sein.» Er liess ein grell singendes Lachen hören ob seiner Redegewandtheit, und senkte seinen Kopf, um den letzten Tropfen Schmiere aufzuschlecken. Bevor ich mich davonstehlen konnte, begann er, erneut zu sprechen. «Haben Sie sich schon für einen Begleiter qualifiziert? Nein? Na dann, viel Glück. Nun liegt es nicht ausserhalb der Möglichkeiten, einen Begleiter zu finden, ist logisch betrachtet nicht einmal ausgeschlossen, verstehen Sie ... Aber die Wahrscheinlichkeit ... Ich darf annehmen, dass Sie mit der Wahrscheinlichkeitsrechnung vertraut sind?»

Ich wünschte wirklich, ich hätte mich vor ihm verdrücken können. Seine lebhafte Sprechweise hatte die Aufmerksamkeit der ganzen Lobby erregt. «Ich bin Mathematiker», erwiderte ich barsch.

«Ein Mathematiker. Wie entzückend. Darf ich mich nach Ihrem Spezialgebiet erkundigen?»

«Ich bin sehr müde.» Ich wandte mich zum Gehen. «Vielleicht später.»

«Vielleicht wird es später zu spät sein», rief der Käfer und verstellte mir den Weg zum Fahrstuhl «Die Wahrscheinlichkeit, einen Begleiter zu finden, ist gleich Null. Als Mathematiker verstehen Sie das. Nicht unmöglich, aber Zero-Wahrscheinlichkeit. Nichtsdestoweniger wollen Sie den Mount On besteigen. Auch ich fühle einen solchen Ehrgeiz. Was für ein Team wir sein werden. Franx und Felix!» Er schrie unsere Namen förmlich heraus, so dass die ganze Lobby es hören konnte. Ich stöhnte auf, er aber plapperte munter drauflos. «Felix und Franx. Ich bin ein Poet, Felix, ein Visionär, ein König der Philosophen. Und du . . . du bist ein guter Samariter, ein Mathematiker, und mehr noch. Viel, sehr viel mehr, aber allermindestens ein Mathematiker, spezialisiert in . . . in . . .»

Der würde niemals aufhören, bis ich es ihm gesagt hatte. «Mengenlehre», antwortete ich mit matter Stimme. «Transfinite Zahlen.» Ich wünschte, ich hätte nie diesen Strampelanzug angenommen.

Der Käfer hob die Vorderbeine hoch in die Luft und äffte ein Selam nach. «Meine Gebete wurden erhört», sprach er jetzt. «Gehe hin in Frieden, mein Sohn. Vergelte Böses nicht mit Bösem. Halt fest an dem, das . . .»

Mit schiefem Lächeln, gefroren auf meinen Lippen, schritt ich zum Fahrstuhl hinüber.

10 Was ist Milch?

Der Fahrstuhl wurde von einer Garnele in blauer Livrée mit Messingknöpfen bedient. Wenigstens sah es so aus wie eine Garnele. Ihren gegliederten Schwanz hatte sie unter sich gebogen und sass auf einem ihren Konturen angepassten Eimer. Der Eimer war mit sowas wie klarer Kraftbrühe gefüllt. Anstatt der üblichen Bedienungsknöpfe gab es einfach einen horizontal angebrachten Hebel, den sie mit ihren Fühlern mühelos hin und her schieben konnte.

Immer noch neugierig, wie Leute in den niedrigen Zimmern der oberen Stockwerke untergebracht werden konnten, wollte ich mehr darüber wissen. «Ich habe das Zimmer Nummer 1 . . .» setzte ich zu sprechen an.

Die schrille Garnelenstimme unterbrach mich sogleich. «Erzählen Sie mir nichts davon! Wegen Ihnen mussten alle Gäste umplaziert werden!» Er wandte den Kopf ein wenig, um mich mit der schwarzen Perle von einem Auge anzustarren. «Der Anzug, den Sie da tragen, sieht aus wie aus Kakerlakenspucke», liess er sich nach kurzem Schweigen erneut vernehmen. Den Fahrstuhl hatte er noch immer nicht in Gang gesetzt.

Mit dieser Bemerkung hatte er mich ganz schön verletzt – hatte ich doch gemeint, in meinem Anzug wie ein Angehöriger des internationalen Jet-set auszusehen. «Wie wär's, wenn Sie mich jetzt mal ins oberste Stockwerk fahren würden», schlug ich vor.

«Klare Sache, Sportsfreund.» Er setzte den Fahrstuhl in Bewegung; durch die Glastür konnte ich die zahllosen Etagen vorüberflikkern sehen.

«Warum werden denn die Etagen gar nicht niedriger?» fragte ich nach einer Weile.

«Das möchten Sie wohl gerne wissen . . .», quäkte die Garnele. Wir beschleunigten immer mehr, und ich musste meine Gedankengänge ständig hinaufschalten, um mit den Etagen Schritt zu halten, die stroboskopartig an uns vorüberhuschten. In zahlreichen Etagen konnte ich Menschen und allerlei andere Kreaturen sich bewegen sehen . . . Kreaturen jeder denkbaren Art. Wenn man Aleph-null Zimmer auslasten will, kann man mit der Auswahl der Gäste nicht zu wählerisch sein. Die Höhe der Flure schien aber mit etwa drei Meter konstant zu bleiben.

«Ich vermute, dass es sowas wie einen Raumverzerrer geben muss», sagte ich und versuchte, den Fahrstuhlführer damit zum Plaudern zu bringen. «Irgend etwas, das alles in der Grösse schrumpfen lässt, je weiter es nach oben geht.»

«Und was wird ganz oben passieren?» schrillte die Garnele, und ich hätte schwören können, dass sie wusste, von was sie da sprach. «Werden wir uns etwa in Max und Moritz verwandeln?»

Leise schüttelte ich den Kopf. Es sah gar nicht so aus, als würden wir das oberste Stockwerk jemals erreichen. Das Hotel besass kein Dach, besass gar keinen obersten Stock. Würde sich jemand an einem Fallschirm über dem Hotel hinunter schweben lassen, was würde er sehen? Ich musste daran denken, wie meine Hand in jenem unendlich sich verzweigenden Busch steckengeblieben war . . .

Mit einem Mal wurde alles um uns herum schwarz. Die Garnele konnte ich ganz in der Nähe kichern hören. «Jetzt sind wir ganz oben angelangt, Professor. Haben Sie Lust, auszusteigen?»

Ich tappte im Dunkeln umher, unfähig, die Fahrstuhlwände zu berühren. Waren es die Fahrstuhlwände, oder war es mein Körper, der sich aufgelöst hatte? «Wo sind wir?» Immerhin funktionierte meine Stimme noch.

«Was *denken* Sie, wo wir sind?»

«Ni . . . nirgendswo.»

«Wieder mal ins Schwarze getroffen . . .», quiekste die Garnele gutgelaunt. Es gab einen Ruck, die Lichter gingen an, und wir zischten hinunter, vorbei an den Aleph-null Etagen des Hilbert-Hotels.

Die unverschämte Art mit der die Garnele mich behandelte, hatte mich ziemlich mitgenommen, und ich war ausgesprochen ärgerlich. Und zu guter Letzt besass sie jetzt auch noch die Frechheit, mich mit einem ihrer scharfen Fühler am Ohr zu kitzeln.

«Mit Champignons und Zwiebeln am Bratspiess würden Sie mir sehr viel besser gefallen», bemerkte ich kurz angebunden. Betretenes Schweigen bestimmte den Rest der Fahrt.

Eine Etage über der Lobby stieg ich aus und hatte im Handumdrehen mein Zimmer gefunden. Es gab ein Bett mit Daunendecke, einen zum Sitzen einladenden Sessel, ein elegant aussehendes Schreibpult aus Walnussholz und eine Waschecke. Den Fussboden schmückte ein blau-roter Orientteppich, ein paar Bilder zierten die Wände.

Behutsam schloss ich die Tür hinter mir und schritt hinüber zum Fenster, welches einen Ausblick aufs Gebirge gewährte. Soweit ich sehen konnte, erstreckten sich die steilen Bergwiesen, regelmässig von Gesteinsschichten unterbrochen. Indem ich die Felsschichten zu zählen begann, fand ich heraus, dass es unendlich viele waren. Unendlich viel unendliche Schichten, und unendlich viel unendliche Schichten unendlicher Schichten. Dort hinaufzuklettern war gewiss nicht so leicht wie der verhältnismässig kurze Weg zum Hotel.

Ich legte mich aufs Bett, um ein wenig auszuruhen. Es dauerte nicht lange, und ich war in einen tiefen, traumlosen Schlaf gesunken.

Nach ich weiss nicht wie langer Zeit wachte ich jäh auf, schweissnass und völlig durcheinander. Das Tageslicht draussen hatte sich nicht verändert. Das Telefon begann zu läuten und ich nahm den Hörer ab.

Es war die angenehme Stimme des Portiers. «Professor Hilbert nimmt mit einigen seiner Kollegen den Nachmittagstee ein. Tisch Nummer 6.270.891 auf der Terrasse. Wollen Sie sich nicht zu ihm gesellen?»

Dankend legte ich den Hörer auf. Die Terrasse erreichte man, indem man zuerst die Lobby durchquerte. Irgendwo unter der Decke konnte ich Franx erkennen, ging aber rasch weiter, bevor er mich entdecken konnte. Von aussen hatte die Terrasse ausgesehen wie jede andere auch. Ungefähr fünfzig Tische standen in einem weiten Kreis und bildeten die äussere Begrenzung der Terrasse. Jetzt, wo ich sie betrat, konnte ich erkennen, dass zum Zentrum hin alles schrumpfte ... so dass also Aleph-null tischbestandene Kreise sich zum Mittelpunkt hin gruppierten.

Bereits nach zehn Tischreihen sahen die Möbel wie eine Puppenstubeneinrichtung aus und die gestikulierenden Gäste wie aufgezogene Spielzeugpuppen. Um Hilbert zu finden, musste ich gut und gerne hunderttausend Tischreihen durchwandern. Zum Glück gab es einen freien Weg zwischen den Tischen, so dass ich ungehindert rennen konnte.

Wie zuvor im Fahrstuhl, wirkte die Raumverzerrung auch hier auf mich, ohne dass ich es spürte. Bis ich zu den Puppenmöbeln gelangte, war ich selbst auf Puppengrösse geschrumpft, und alles wirkte völlig normal. Ich schoss auf die Mitte zu und blickte auf all die merkwürdigen Kreaturen, an denen ich vorbeizischte.

Hier gab es einen Tisch mit schrumpligen Karotten drumrum, die sich über einen Hasenbraten hermachten. Dort eine ganze Gruppe glitschiger Wesen in Eimern, die mit Trinkröhrchen untereinander verbunden waren. Dann wieder gab es Federknäuel, aufgerollte schleimige Tastarme, Wolken farbiger Gase. Ich sah zwei Kröten, welche sich abwechselnd mit Haut und Haaren verschlangen. Manche Wesen waren Kluster aus Licht, andere sahen wie Schreibmaschinenpapier aus. Die einen starrten ins Leere, aber die meisten waren in lebhafte Unterhaltungen vertieft. Viele der Gäste malten irgendwelche Symbole und Zeichen auf die Tischtücher, um sich verständlicher zu machen. Obwohl ich über keinerlei Urteilsvermögen verfügte, kam mir die Gästeschar wie ein linkischer, ziemlich verworfener Haufen vor. Kellner surrten auf Rollschuhen hin und her und brachten Tablett um Tablett der köstlichsten Speisen und Getränke aus der Küche, irgendwo im Zentrum der Terrasse.

Auf jedem Tisch stand ein Kärtchen mit einer Nummer drauf, und als ich schliesslich in die sechs Millionen kam, bremste ich meinen Lauf etwas ab. Es gab solch eine Menge von verschiedenartigen Wesen! Die endlose Wiederholung individueller Leben begann mich zu deprimieren . . . die Belanglosigkeit eines jeden einzelnen von uns war überwältigend. Mein Sehvermögen trübte sich und all die Körper auf der Terrasse schienen zu einem einzigen scheusslichen Ungeheuer zusammenzuschmelzen. Ich verlor den Halt, stolperte und stiess einen Kellner um.

Er ähnelte einem Pilz mit einem dreiflügligen Propeller auf dem

Kopf und trug einen einzelnen Rollschuh unter seinem massigen Fuss. Er hatte ein Tablett mit sich ineinander windenden und krümmenden Raupen auf seinem Propeller balanciert, und jetzt spannten sie sich in alle Richtungen davon. Eine kroch mir über den nackten Fuss. Der Pilz zischte mich wütend an und begann, die kleinen Lekkerbissen einzusammeln, bevor sie sich alle verdrücken konnten.

Ich entschuldigte mich und zog weiter. Wie hatte Hilbert nur ausgesehen? Es dauerte nicht lange und ich entdeckte drei Männer um einen Tisch sitzen; zwei in Anzügen, der dritte in Hemdsärmeln. Ich erschrak zutiefst, als ich realisierte, dass ich tatsächlich vor Georg Cantor, vor David Hilbert, vor Albert Einstein stand! Ein Platz am Tisch war noch frei; ich ging um den Tisch herum, stellte mich vor und fragte, ob ich mich zu ihnen setzen dürfe.

Hilbert und Einstein waren in eine angeregte und unendlich komplexe Unterhaltung versunken; sie warfen mir lediglich einen kurzen Blick zu. Cantor aber wies mir den freien Stuhl zu und schenkte mir eine Tasse Tee ein.

«Ich habe Mengenlehre studiert», sagte ich zu ihm gewandt. «Mein Hauptinteresse gilt dem Kontinuumproblem.» Er nickte stumm, ich musterte seine Kleidung. Er trug einen grauen Anzug, dazu ein weisses Hemd mit gestärktem Kragen. Um seine Augen lag ein Ausdruck von Besorgnis und Traurigkeit. Ab und zu nahm er einen Schluck Tee, schaute mich hin und wieder an und verharrte in Schweigen.

«Sie muss es eigentlich doch glücklich machen, hier oben mit all den Unendlichkeiten», sagte ich einschmeichelnd.

«Ich wusste, dass es hier so sein würde», entgegnete er trocken.

«Ich nehme an, das geht ziemlich weit nach oben», sagte ich und wies auf den Mount On.

«Das ist nur der Anfang der zweiten Zahlenklasse. Jenseits davon liegen alle Alephs. Und jenseits davon ist das Absolute, das Absolut Unendliche, wo . . . wo . . .» Er hielt im Sprechen inne und blickte in die Tiefen des Himmels.

Ohne ein Wort zu sagen wartete ich, dass Cantor den angefangenen Satz beendete. Laut lachend schloss Hilbert derweil sein Gespräch mit Einstein und wandte sich zum Gehen.

«Ich habe gewisse Pflichten. Ich hoffe, dass Ihr Aufenthalt hier wissenschaftlich fruchtbar für Sie sein wird.» Damit eilte Hilbert auf das sich in den Himmel türmende Hotel zu, und wurde, indem er das Feld im Zentrum der Terrasse verliess, immer grösser.

Hilberts Bemerkung die Wissenschaft betreffend hinterliess in mir ein Gefühl des Unbehagens. Im Laufe des vergangenen Jahres war ich zu der schmerzlichen Erkenntnis gelangt, dass ich mit nichts, mit rein gar nichts, was ich in der Mathematik oder in der Physik jemals erarbeiten würde, auch nur entfernt die Bedeutung des Werkes eines Cantor, eines Hilbert, eines Einstein erlangen konnte.

Dennoch unternahm ich einen Versuch in Scharfsinn und sprach Cantor noch einmal an. «Die Mathematik dürfte einem hier leichter fallen, da man unendlich viele Beweise führen kann. Nehmen Sie mal die Zahlentheorie zum Beispiel . . .»

«Nehmen Sie sie doch», erwiderte er bissig. «Die Zahlentheoretiker verschmähen es, meine höheren Unendlichkeiten als wirkliche Zahlen einzusetzen. Warum sollte ich mein Interesse an ihre kurzsichtigen Stümpereien verschwenden?»

Ich beschloss, das Thema zu wechseln. «Also, die . . . diese Wesen hier müssen die Unendlichkeit gewiss sehr ernst nehmen. Gibt es da nicht Seminare oder . . .»

Cantor tat meinen Versuch mit einer Handbewegung ab. «Das hier ist ein Touristenhotel. Sie leben in Müllstädten auf Mainside, glücklich und zufrieden in völliger Endlichkeit. Ab und zu kommen sie mal hier zu uns, durch Tunnel oder übers Meer. Die meisten von ihnen wissen nicht einmal, was sie hier vor Augen haben.» Er wiederholte die gleiche herablassende Bewegung mit dem rechten Arm. Der Arm riss sich los und flog, sich überschlagend, hoch in die Luft.

«Tuschen Sie mich einfach aus Ihrem geistigen Comic», sagte Cantor und stand auf. «Und besuchen Sie uns mal. Sie könnten sich als nützlich erweisen. Ich lebe mit einer Frau zusammen . . . auf Mainside, gar nicht weit vom Aleph-eins-Tunnel. Er schleuderte den anderen Arm in die Luft. Auch dieser brach ab und wirbelte wie ein gut geworfener Schraubenschlüssel gen Himmel. Cantor spannte den Körper wie zu einem Klimmzug, verwandelte sich unvermittelt in eine Kugel weissen Lichts und schoss raketengleich nach oben.

Eine ganze Minute lang starrte ich ihm nach. Vielleicht war das der ganze Trick, die höheren Unendlichkeiten zu erreichen. Behutsam zog ich an einem Arm, um zu sehen, ob er sich lösen würde.

«Die Technik ist aussergewöhnlich», bemerkte Einstein, mich aus meinen Gedanken reissend. Ich hatte fast vergessen, dass er hier war und wandte mich um, um ihn anzusehen. Das Gesicht Einsteins ist einem von unzähligen Fotos derart vertraut, dass mir seine faktische Gegenwart einen aussergewöhnlich gesteigerten Realitätssinn vermittelte. Seine dunklen Augen schienen durch mich hindurchzublicken. «Aber Sie sind ebenfalls eine Ausnahme», sagte er nach einer Weile. «Sie sind hierhergekommen, ohne vorher zu sterben. Sie sind nicht einmal im Müll gewesen.» Er wies auf das weit entfernte, geneigte Meer. «Ich sah Sie landen. Sie und eine Möwe.»

«Das war eine richtige Frau», erklärte ich. «Sie mag es einfach, wie eine Möwe auszusehen.»

«Aussergewöhnlich», wiederholte Einstein. «Die meisten Seelen kommen auf der anderen Seite an . . . Mainside. Und sie haben keinerlei Wahl, was ihre Form anbetrifft. Sagen Sie mir, wie haben Sie das eigentlich fertiggebracht?»

«Irgendwie habe ich meinen Körper verlassen. Ich traf Jesus, und er verlangte, ich solle hierher reisen. Da es unendlich weit ist, wendete ich die relativistische Zeit-Dilatation an.»

Einstein nickte zustimmend. «Auf unbestimmte Zeit fortgesetzt würde das den Effekt hervorbringen.»

«Was für einen Effekt?» fragte ich.

«Komponente des transdimensionalen Strahlungsverlustes zu werden.» Er sah, dass ich nicht ein Wort verstand und begann von vorne. «Um es auf irreführende, oberflächliche Weise auszudrücken – alles, was Sie hier sehen, besteht aus Licht. Cimön ist eine riesig weite Fläche aus Licht und liegt an der Grenzebene zwischen Raum und Anti-Raum. Diese Seite wird Flipside genannt, und die andere Seite heisst Mainside. In dem Augenblick, wo irgend etwas stirbt, entlässt es einen gewissen Energieimpuls, der auf Mainside auftrifft und ein Bild aktiviert.»

«Braucht es für gewöhnlich viel Zeit? Ich meine, für einen Menschen, wenn er stirbt, hierher zu kommen?»

«Das kann augenblicklich geschehen. In einem sehr wirklichkeitsbezogenen Sinn liegt Cimön direkt neben jedem Punkt im gewöhnlichen Universum. Wenn man . . . so wie Sie . . . natürlich im regulären Raum verharrt, dann ist es unendlich weit weg. Aber es gibt eine transdimensionale Abkürzung nach Mainside. Sie selbst haben sie viele Male benutzt.»

«Lassen Sie uns eines klarstellen. Wollen Sie sagen, dass Cimön eine Scheibe Licht ist? Leute gelangen hierher, indem sie sich in Licht verwandeln?»

Er machte eine Vorsicht gebietende Handbewegung. «Man sollte besser sagen, ein wellenähnliches Informationsmuster in einer Hilbertschen Raum-Energie-Konfiguration.» In eben diesem Augenblick stellte einer der Kellner ein Vanilleeis vor Einstein auf den Tisch. Einstein begann zu schmausen, indem er Löffel um Löffel bedächtig genoss.

Ich fragte mich, wie ich wohl die höheren Unendlichkeiten erreichen konnte. Auch versuchte ich mir vorzustellen, wie dies alles aus Licht sein konnte . . . mein Körper, der Berg, das Eis. Und was mochte er damit meinen, wenn er sagte, ich sei vorher schon viele Male hiergewesen?

Einstein legte den Löffel beiseite und begann erneut zu sprechen. «Lassen Sie mich Ihnen eine Geschichte erzählen, die ich anlässlich einer Teeparty in Princeton zum besten gab. Die Gastgeberin hatte mich gebeten, ihr mit wenigen Sätzen die Relativitätstheorie darzulegen.» Ein freundliches Lächeln umspielte sein Gesicht, wenngleich mit einer Spur von Schadenfreude. Er lehnte sich in seinen Sessel zurück und erzählte seine Geschichte.

«Ich hatte einst einen Freund, der von Geburt an blind war. Eines Tages unternahmen wir einen Ausflug aufs Land. Es war heiss draussen, und nachdem wir mehrere Meilen zurückgelegt hatten, liessen wir uns nieder, um zu rasten.

‹Wie durstig ich bin›, bemerkte ich zu meinem Freund, ‹ich wünschte, ich hätte ein kühles Glas Milch.›

‹Was ist Milch?› fragte mein Freund.

‹Milch? Milch ist eine weisse Flüssigkeit.›

‹Ich weiss, was eine Flüssigkeit ist›, antwortete mein Freund.

‹Aber was ist weiss?›

‹Weiss ist die Farbe einer Schwanenfeder.›

‹Ich weiss, was eine Feder ist, aber was ist ein Schwan?›

‹Ein Schwan ist ein grosser Vogel mit gebogenem Hals.›

‹Das kann ich mir vorstellen›, entgegnete mein blinder Freund. ‹Ausser einem . . . Was ist gebogen?›

‹Hier›, sagte ich, nahm seinen Arm und streckte ihn. ‹Jetzt ist dein Arm gerade.› Dann bog ich seinen Arm auf seine Brust. ‹Und jetzt ist dein Arm gebogen.›

‹Ah! Jetzt weiss ich, was Milch ist.› »

Am Schluss der Geschichte nahm Einstein meinen Arm und bog und streckte ihn mehrere Male. Seine Hände fühlten sich gut auf mir an.

Eine Weile lang dachte ich über die Geschichte nach. Es ging da um die Reduktion abstrakter Gedanken auf unmittelbare Erfahrung. Ich versuchte, den Gedanken, den ich zu verstehen gesucht hatte, die Reduktion, nach der ich suchte, genau zu bestimmen. Am Nebentisch liess eine Gruppe von orangefarbenen Rasenmähern die Messer röhren, als der Kellner einen knappen Quadratmeter zitternder purpurroter Grasnarbe und einen Liter Motorenöl absetzte.

«Mir fällt es schwer, zu denken», sagte ich schliesslich. Wo ich auch hinguckte, überall hockte irgendein widersinniges Scheusal, irgendein bizarrer Schabernack der Natur. «Es ist so voll hier, so furchtbar laut.»

«Das deshalb, weil wir aus einem Universum mit unendlich vielen bewohnten Sternsystemen stammen», sagte Einstein achselzukkend. «Und dieses ist eines der wenigen guten Hotels auf Flipside.»

Er betrachtete seinen Löffel mit einer sonderbaren Festigkeit im Blick. «Ich denke, ich muss jetzt mal gehen», sagte er langsam und ohne aufzublicken. «Zurück nach Mainside. Wenn ich nur erst . . .»

Mit einem Mal veränderten sich seine Stimme und seine Erscheinung radikal. Einen Augenblick lang schien es so, als würde er auf einen Schlag alle Menschen in sich vereinen. Seine Umrisse waren leicht verwischt, dennoch schienen sie einen scharfen Abzug eines jeden Gesichts, das ich in meinem bisherigen Leben jemals gesehen, zu enthalten . . . obwohl jedes mich mit Einstein-Augen anblickte.

Und dann war er im hellen Aufblitzen weissen Lichts urplötzlich verschwunden.

11 Epsilon-Zero

Das Getöse auf der Terrasse war bis in die Lobby geschwappt. Rings um mich herum Grimassen und das Kauderwelsch unsäglicher Kreaturen – die beschleunigten oder bremsten – beim ununterbrochenen Austausch irgendwelcher Informationen. Ich hatte nicht die geringste Ahnung, wie ich mich auf Cantorsche oder Einsteinsche Weise hätte davonmachen können. Ich sass in der Falle. Schliesslich bahnte ich mir einen Weg zur Rezeption, wo ich versuchte, die Aufmerksamkeit des Portiers auf mich zu lenken.

Er war eifrigst damit beschäftigt, einen schier endlosen Strom gekräuselter Kugeln zu registrieren. Sie strömten in dickem, raschem Schwall durch die Eingangstür und verfielen dann in unendliche Beschleunigung. Hektische Aktivität von oben drang an mein Ohr. Endlich waren all die lächelnden Kugeln untergebracht und der Portier wandte sich mir zu, um mich aus einem blassen, müden Gesicht anzuschauen.

«Ich möchte mit dem Aufstieg des Mount On beginnen», sprach ich zögernd. Er aber winkte mich an die Seite und sprach eine Minute lang in sein Mikrophon.

Als er mit Reden fertig war, sank er seufzend auf seinen Stuhl zurück, nahm die Brille ab und rieb sich mit beiden Händen das Gesicht. «Unendlich viele neue Gäste auf einmal», stöhnte er. «Und alle werden sie nur *Skagel* essen wollen. Warum der ganze grinsende Sektor auf einmal anrücken muss . . .» Wieder stöhnte er.

«Wie haben Sie die denn alle untergebracht?»

Zum ersten Mal gab mir der Portier eine klare Antwort. «Wir verlegen alle alten Gäste in die Zimmer mit geraden Zahlen. Alle neuen Gäste in die mit ungeraden Zahlen.»

«Wollen Sie damit sagen, alle alten Gäste müssen sich mit andern zusammentun?»

Der Portier schaute mich mitleidig an. «Aber nein . . . Sie zum Beispiel ziehen einfach um in Zimmer Nummer 2. Der Typ aus Nummer 2 zieht um in Zimmer 4. Zimmer 3 zieht um in Zimmer 6. 4 in 8. 5 in 10. Und so weiter. Damit haben wir alle Zimmer mit ungeraden Zahlen frei für die Lächler.»

Mir war es peinlich, dass er mir das so genau erklären musste. Immerhin war ich doch Experte auf dem Gebiet der transfiniten Zahlen. «Ich würde mich wirklich gern an dem Berg versuchen», sagte ich noch einmal. «Sie sprachen vorher davon, man müsse einen Begleiter auftreiben.»

Der Portier erhob sich von seinem Stuhl und begann, in einer Schublade herumzuwühlen. «Einen Begleiter, ja. Ein Begleiter ist absolut unerlässlich. Unglücklicherweise verfügen wir über nur sehr wenige . . . ein paar hundert vielleicht . . .» Er reichte mir ein mehrseitiges Formular.

«MOUNT ON. BEGLEITER-SERVICE. ANTRAGSFORMULAR», las ich und liess meinen Blick über die numerierten Spalten der ersten Seite gleiten. Name. Geburtstag und -ort. Sterbetag und -ort. Beruf des Vaters, Ausbildung, Arbeitsverhältnisse, Veröffentlichungen, Auszeichnungen und Titel, Jahreseinkommen im letzten Lebensjahr . . . Das Herz sank mir in die Knie. «Ich muss einen *Antrag stellen,* um einen Begleiter zu kriegen?»

Entschuldigend hob der Portier die Hände. «Es gibt so wenige von ihnen und so viele potentielle Bergsteiger. Da müssen wir die Widerstandsfähigsten auswählen, diejenigen, die uns am erfolgversprechendsten erscheinen.» Ich blätterte ein wenig weiter. Referenzen, Begründung der Bergtour (150 Worte), Glaubenszugehörigkeit, Zivildienstleistungen in Mainside. Der Portier fuhr fort zu sprechen. «Sobald Sie das Formular lückenlos ausgefüllt haben, müssen Sie es einem der Begleiter durch dessen Assistenten zukommen lassen. Kennen Sie zufällig einen Begleiterassistenten?»

Natürlich kannte ich keinen Assistenten. Natürlich würde mein Antrag abgelehnt werden – ich, einer der am wenigsten Erfolg versprach, einer der labilsten in einem ganzen Pool unendlich vieler Versager. Ich fühlte mich, als wäre ich in die ganze hoffnungslose Scharade der Suche nach einem guten Job zurückgeschliddert. In einem plötzlichen Anfall tosender Wut riss ich das Antragsformular in Stücke und trampelte darauf herum. «Ich brauche keinen stinkigen Begleiter. Ich scheisse auf Ihren zweitrangigen Gott.»

Der Portier verzog keine Miene. «Gedenken Sie, abzureisen?» Ich machte auf dem Absatz kehrt und schritt durch das Getöse in der Lobby zum Ausgang. Irgendwas zupfte mich am Ärmel; ich wirbelte herum, bereit zu morden. Aber es war Franx, der Riesenkäfer. Ich musste lächeln.

«Verachtest du mich nicht länger?» zwitscherte er mir zu.

Gemeinsam schritten wir durch den Ausgang. «Ich habe zugesehen *wie* du deinen Antrag eingereicht hast. Eine übereilte Handlung . . .»

«Hast du denn einen Antrag gestellt?» fragte ich zurück, als wir die letzte Stufe erreicht hatten.

«Ich hab's versucht . . . durch viele Instanzen. Erniedrigte mich. Aber alles, was der Assistent tat, war, mit einem Apfel nach mir zu werfen.»

«Ein ‹geistig umnachteter Fremdenhasser›», kicherte ich in mich hinein. «Zur Hölle damit. Ich werde den Aufstieg wagen. Wenn du mitkommst, um so besser.»

Wir näherten uns dem Rand des Hotelgeländes. Vor uns lag ein grasbewachsener Hang, der am ersten Streifen aus Felsgestein endete. Mount On.

Der Hang wurde zumeist von jenem unendlich sich verzweigenden Gras bewachsen. Doch gab es auch Tausende kleiner Blumen. Sternchen, Kelche, Glöckchen . . . jede Form und Farbe. Liebliche Düfte waren in die Luft gewoben, und winzige Schmetterlinge gaukelten glücklich durch diesen Irrgarten der Chemie.

Das Gehen tat mir wohl, war paradiesisch . . . nur Franx hatte Probleme. Seine dünnen Beinchen und seine krallenbewehrten Insektenfüsschen verhedderten sich immer wieder aufs Neue in den Wiesenpflanzen, und ich musste ihn ständig daraus befreien. Trotz seiner Grösse war er nicht besonders schwer; ein- oder zweimal lud ich ihn mir sogar auf den Rücken, um ihm über besonders schwierige Stellen hinwegzuhelfen. Bis wir den ersten Gesteinsstreifen erreicht hatten, war bereits eine ganze Stunde vergangen. Dort begann die

Anziehungskraft auf einmal die Richtung zu ändern . . . eine Drehung um neunzig Grad. Was zunächst wie ein fünfzehn Meter breiter Gesteinsstreifen ausgesehen hatte, wurde jetzt, wo ich auf ihm stand, zu einer Klippe. Steil und mit nur geringen Griffmöglichkeiten. Endlich war Franx einmal im Vorteil. Er hatte die Klippe in weniger als einer Minute erklommen.

Unter grossen Schwierigkeiten arbeitete ich mich schleppend nach oben. Durch meine Füsse hindurch konnte ich die Wiese erkennen, die wir eben überquert hatten, weiter hinten auch das Hotel. Mir war, als müsse ich bis in den Ozean hinabstürzen, wenn ich jetzt abrutschte, und ich musste gegen einen Anflug höllischer Angst ankämpfen. Zu meiner Rechten machte ich eine Vierergruppe aus, die über die Wiese wanderte. Sie wirkte eigentlich in keiner Weise beunruhigend, machte eher einen wackeren Eindruck. Der an der Spitze musste ein Begleiter sein. Er sah aus wie ein Industriestaubsauger auf Stelzen. Ach, was war ich müde. Der blanke Fels schmerzte unter meinen blossen Füssen.

Ich blickte die verbleibenden sechs Meter Fels empor und prägte mir Spalten und Vorsprünge ein, die ich als Handgriffe benutzen konnte. Franx' kleiner Kopf starrte ausdruckslos in meine Richtung. Ich schaute an meinem rechten Fuss vorbei nach unten und schaute nach, was der Begleiter im Schilde führte. Er hielt eine Art Schlauch in meine Richtung. Urplötzlich blendete mich ein greller Blitz. In einem Augenblick von Unachtsamkeit verlor ich den Halt.

Dann fiel ich und hatte gerade noch Zeit, daran zu denken, was wohl passierte, wenn ich hier sterben würde. Ich befand mich hier, im Königreich des Lichts, in meinem Astralkörper, der sich irgendwie zu etwas Solidem verfestigt hatte. Konnte mein Astralkörper überhaupt sterben? Könnte er es, würde ich dann etwa in eine noch ätherischere Form schlüpfen? Würde ich als seelenloser Erdklumpen in die Heimat zurückkehren? Oder wäre es bloss das Ende, ein Ende auf der ganzen Linie?

Franx fing mich kurz vorm Aufprall auf. Er hatte die starren Deckflügel hochgeklappt, seine schillernden Chitinflügel gespannt und war hinabgeeilt, um mich zu packen. Seine filmdünnen Flügel sirrten in frenetischem Tempo in der Luft, und langsam stiegen wir zum Gipfel der Klippe empor. Die Anziehungskraft änderte erneut die Richtung, und Franx setzte mich auf der nächsten betörend duftenden Wiese ab.

«Warum hast du mir nie erzählt, dass du fliegen kannst? Ich dachte immer, du wärst nichts anderes als ein Kakerlak.»

«Auf meiner Heimaterde Praha fliegen nur die niederen Kasten. Ein Poet, ein König der Philosophie wie ich einer bin, wird in einer Sänfte getragen, die, juwelenverziert, von schmackhaften Flugwürmchen bewegt wird. Man sähe die Dinge im allgemeinen klarer, bezeichnete man dich, mein lieber Felix, ebenfalls als ein Flugwürmchen. Akkurater als mich mit einem Kakerlak zu vergleichen.»

Bevor ich mich noch entschuldigen konnte, hatte Franx seinen schmalen Kopf wie einen Keil unter einen flachen Stein geschoben und ihn umgekippt. Darunter tummelten sich ein paar Würmer und Larven, die er sogleich verschlang. Ich hatte immer noch keinen Hunger. Es schien, als seien Essen und Trinken Dinge, mit denen man sich nur dann befasste, wenn einem danach zumute war.

Vor uns lag eine neue Wiese mit noch komplizierter verästelten Pflänzchen. Sie endete in einer nächsten Klippe, einer glatteren, noch drei Meter höheren als die zuvor. Der Begleiter und seine Gruppe hatten sich diagonal über die Wiese bewegt und zwar von uns weg. Wahrscheinlich kam man dort drüben besser voran. Ich fragte mich, ob der Begleiter mich absichtlich aus dem Gleichgewicht gebracht hatte. Es sah ganz so aus. Natürlich nur zu meiner Sicherheit . . .

Wie wir uns hier jemals wesentlich von der Stelle rühren wollten, war mir ein Rätsel. Franx kam auf der Wiese kaum einen Schritt voran, ich hingegen hatte Schwierigkeiten mit den Klippen. Keine Aussicht, dass wir in dieser Lage auf unendliche Beschleunigung schalten konnten.

Franx weckte mich aus meinen düsteren Gedanken. «Durch Amplifikation . . . lass mich hinzufügen, dass ich nicht fliegen kann, ausser dass ich auf irgendeine Weise in die Luft geschleudert werde. An der Kirmes wird gehüpft und gesprungen, dieses ist auf fussangligen Wiesen aber nicht angebracht.»

«Warum fliegst du nicht einfach von Klippe zu Klippe?» schlug ich vor.

«Glaubst du etwa, ich hätte auf deinen klugen Rat gewartet, wenn ich's könnte? Gütiger Geselle, meine Seele dürstet nach dem Absolutem, dem Einen, nach der Reise Ziel. Mein Herz hüpft weiter, aber mein Körper schleppt nach. Verfeinert gesprochen, ich kann so weit nicht fliegen.» Erwartungsvoll sah er mich an.

Es war so einfach gewesen, die Klippe hinaufgeflogen zu werden. Vielleicht sollte ich ihn dafür über die Wiese tragen. Er war zwar ziemlich gross, aber leicht. «Steig auf meinen Rücken», schlug ich vor. «Jedesmal wenn wir den Boden berühren, werde ich hüpfen, und du kannst zwischen den Hopsern fliegen.»

«Ich dachte schon, du kämst nie drauf.» Seine zwackenden Füsschen krabbelten an meinen Seiten empor, und seine Vorderkiefer kamen an meinem Nacken zur Ruhe. Mich schauderte ein wenig. Was, wenn er mir den Kopf abbiss und mich wie eine Flasche Cherry-Cola austrank?

Aber es funktionierte ausgezeichnet. Ich ging in die Knie und hüpfte hoch in die Luft. Franx' Flügel sirrten, und wir flogen sechs, sieben Meter. Als wir wieder runterkamen, waren meine Knie gebeugt und bereit, uns wieder hinaufzubefördern. Mit fünf Sätzen hatten wir die Wiese überquert.

Oben auf der Klippe kehrten wir die Methode um. Franx flog so hoch in die Luft wie er konnte, dann erwischte ich einen Felsvorsprung und katapultierte uns noch höher. Seine Flügel schafften uns weitere drei, vier Meter in die Luft, und ich stiess uns jeweils von der Klippe ab, um weiter zu beschleunigen.

So brachten wir Dutzende von Wiesen und Klippen hinter uns und verfielen in einen hypnotischen Rhythmus. Ähnlich wie beim Marsch auf Hilberts Hotel schien die Landschaft lebendig zu werden und kooperativ. Wir schalteten auf unendliche Beschleunigung.

Ungezügelte Energie strömte aus dem Mount On und durch uns hindurch, und wir zischten an unseren ersten Aleph-null Klippen vorbei. Auf jede Klippe folgte eine steile Wiese von etwa gleicher Breite wie die vorhergehende . . . sagen wir rund dreissig Meter. Aber jede Klippe war drei Meter höher als die vorangegangene. Nach den ersten Aleph-null Klippen legten wir eine Pause ein und blickten zurück.

Ein seltsamer Anblick bot sich uns. In dem unendlichen Muster, das wie eine langgezogene Treppe auf uns zuführte, gab es kein letztes Gesteinsband. Wenn ich etwa versuchte, Klippe und Klippe mit den Augen nach unten zu verfolgen, so funktionierte das nicht ... mein Blick schoss dann wie ein Pfeil auf *eine* Klippe zu, sagen wir auf die billionste von unten. Aufwärts hingegen ging das viel besser, da konnte ich eine um die andere zählen; aber hinunter funktionierte es nur in Sprüngen.

«Was siehst du denn?» fragte ich Franx.

Seine Antwort war komplex. Anstatt die einzelnen Klippen zu betrachten, zog er es vor, sich auf die Gesamtstruktur zu konzentrieren. Ihn beschäftigte, dass jede Wiese die gleiche Breite hatte, dass aber jede Klippe drei Meter höher war als die vorhergehende. Er wies darauf hin, dass diese Tatsache garantierte, dass die Wiesen/Klippen-Struktur parabelförmig war, und belegte seine Auffassung mit einer knappen Beweisführung. Er stellte die Vermutung an, dass die Wachstumsrate der nächsten Klippenserie durch eine Quadratfunktion bestimmt werde, die zu einer Wiesen/Klippen-Kurve dritter Ordnung führte ...

«Wo hast du das nur alles gelernt?» unterbrach ich ihn. «Ich dachte immer, du wärst kein Mathematiker.»

«Das war Poesie. Reichlich fein ziseliert, wenn ich zu mir selbst sprechen darf.»

«Wo ich herkomme», begann ich. «Auf der Erde ...»

«Ich weiss, was ihr Poesie nennt. Sinneseindrücke, Emotionen ... der wohlgebaute Satz, die Fliege im Bernstein. Auf Praha aber gehören Gleichungen zur Poesie.»

«Aber Mathematik wird landläufig für etwas Langweiliges gehalten», protestierte ich. «Langatmige Beweisführungen, formale Details. Natürlich ist die *Idee* nicht langweilig, aber die ganzen Details ...»

«Um die Details scheren wir uns wenig», warf Franx ein. «Weil es uns nicht interessiert, ob die Gleichungen korrekt sind oder nicht. Was zählt, ist, wie sie sich *anfühlen.*»

Damit machten wir uns erneut auf den Weg. Diesmal starteten wir so etwas wie eine Super-Beschleunigung und flickerten an Zyklen von Aleph-null Klippen vorbei, in – wie es uns schien – jeweils einem Satz. Mit jedem neuen Zyklus erreichten wir eine grössere Wachstumsrate. Indem die Zyklen exponential zunahmen, schien es, als würde ich mich ununterbrochen von den Klippen abstossen, ununterbrochen an nacktem Fels voranziehen, während Franx' Schwingen ständig über mir surrten. Alles erschien lichtdurchströmt, und der Fels gab einen trockenen, staubigen Geruch von sich. Eine geraume Weile zogen wir so voran, falteten eine Beschleunigungsstufe um die andere ineinander wie ein Leporelloalbum, passierten Unendlichkeiten innerhalb Unendlichkeiten von Klippen.

Irgendwann fiel mir auf, dass wir in unserer Bewegung wieder innegehalten hatten. Wir befanden uns auf einer taschentuchgrossen Wiese, gesäumt von blankem Gestein. Franx lag auf dem Rücken und machte sich an seinen Beinchen zu schaffen.

«Ist das jetzt Aleph-eins?» fragte ich erwartungsvoll.

«Ich denke nicht», antwortete Franx. «Ich denke, es ist das, was man erhält, wenn man Aleph-null in die Aleph-nullte Potenz erhebt, und zwar Aleph-nullmal in einer Reihe.»

«Du meinst ... Epsilon-Zero?»

Franx stimmte mit einer Beinbewegung zu. «So haben sie's genannt.»

«Wer?»

«Ich habe eine ganze Zeit im Hotel zugebracht, mein lieber Felix. Wenn auch die Begleiter schweigsam sind, die erfolglosen Bergsteiger sind es um so weniger. Der *raison d'être* für die meisten Bergtouren ist die triumphale Rückkehr auf die Terrasse, wo die Neuankömmlinge wie die alten Kameraden sich an den köstlichen Erzählungen von Wagemut und Verwegenheit ergötzen.»

«Und du hast von Leuten gehört, die ohne Begleiter bis Alepheins gelangt sind?»

«In der Tat. Es ist nicht so leicht wie das hier alles gewesen ist. Das erfordert eine neue Seinsordnung, eine andere Existenzebene.»

«Ich weiss wirklich nicht wie wir die letzte Anstrengung bewältigen sollen. Auch wenn wir Beschleunigung um Beschleunigung ineinanderfalten, werden wir immer noch an irgendwelche Grenzen zählbarer Abschnitte stossen. Aleph-eins kann durch keinerlei zählbaren Prozess erreicht werden. Über die zweite Zahlenklasse werden wir niemals hinausgelangen.»

Franx lag selbstzufrieden im trockenen Gras. Blumen gab es hier oben kaum noch. Ich zupfte einen Grashalm und hielt ihn gegen das Licht. Dieser Halm hatte zehnfache Verzweigungen. Im Geiste numerierte ich die Abzweigungen von links nach rechts von null bis neun.

Da bemerkte ich einen winzigen Käfer, der den Halm hinaufkrabbelte. An der ersten Abzweigung zögerte er, dann schlug er Abzweigung Nummer 3 ein und krabbelte weiter. An der nächsten Abzweigung entschied er sich für Nummer 6, und an der Gabelung danach wechselte er auf Nummer 1. Und fiel mir ins Auge.

Vorsichtig entfernte ich ihn und dachte darüber nach, was geschehen würde, wenn er immer so weiter machte. Seinen endgültigen Weg konnte man mit einer realen Zahl codieren, welche man durch das Zusammenziehen seiner jeweils getroffenen Wahl bereits erhalten hatte: 361 ... mir wurde klar, dass ebenso viele Wege vorhanden waren, den Halm hinaufzukrabbeln wie es reale Zahlen zwischen Null und eins gab. Ein ganzes Kontinuum möglicher Wege ... «c» Wege.

In eben diesem Augenblick löste sich der Halm in Rauch auf, und ein lauter Knall erfüllte die Luft.

Wieder war es einer der Begleiter. Wenige hundert Meter weiter stand er in der Luft und trug mit einem jeden seiner drei Beine einen humanoiden Bergsteiger. Sein Körper war plattgedrückt und zylinderförmig. Am oberen Ende lief er in eine glänzende Kuppel aus, an der drei schlangenähnliche Schläuche hingen.

Einer der Schläuche war gerade nach oben gebogen und schien genügend Luft einzusaugen, um den Begleiter und seine Mannschaft in der Schwebe zu halten. Ein zweiter Schlauch war auf uns gerichtet, um einen weiteren Energieblitz auf uns abzuschiessen, und der dritte redete.

«Ich bedaure, dass es wegen der geringen Anzahl möglicher Bergschaften und der ungewöhnlich grossen Zahl qualifizierter Antragsteller soweit gekommen ist, dass wir nicht in der Lage sein werden, Ihnen auf dem Berg Mount On hilfreich zur Verfügung zu stehen. Gewiss werden Sie Verständnis dafür aufbringen, wenn die öffentliche Sicherheit es nicht anders zulässt, als dass unbegleitete Besteigungen nicht gestattet werden können. Wir bitten Sie, unverzüglich umzukehren.»

Mir wurde ganz schlecht, wenn ich nur auf die Klippen zurückschaute, die wir bereits hinter uns hatten. Es sah aus, als läge der nächste Felsvorsprung in unendlich weiter Ferne. Natürlich könnten wir es mit unserer Drachenseglermethode versuchen . . .

«Ab in den Nebel!» schrie Franx und rannte davon. Mit der ersten Ladung Energie, die der Begleiter abgefeuert hatte, waren Teile der Wiese in Brand geraten, und die mit unendlich vielen Blättchen besetzten Pflanzen entliessen einen dichten, beinahe flüssigen Rauch. Allein zu springen, dazu hatte ich keine Lust; also lief ich Franx hinterher.

Die nächste Ladung schlug links von mir in die Wiese ein, und schon rannte ich mit angehaltenem Atem mitten in die Flammen und den dicken Rauch. Irgendwo konnte ich Franx' Stimme in der Nähe hören, aber die Sichtweite betrug gleich Null. Weisser Qualm formte Greifarme, wickelte sich stets dichter ineinander, klebte in einem Kontinuum von Rauchpartikelchen zusammen. Vor meinen Augen tanzten farbige Punkte, in meinen Ohren dröhnte es, ich musste Luft holen und nahm eine tiefe Lunge voll Rauch.

Ich spürte, wie der Rauch in meine Lunge wanderte, sich auf dem Weg durch die Bronchien verteilte, bis in die letzten Lungenbläschen zog . . . eine kontinuierliche Schmiere von Rauschkrautweiss, welche sich in meiner Brust zu einem Kontinuum aus leuchtenden Punkten ausdehnte. Fantastische unendliche Visionen machten sich in meinem Innern breit, und ich ging zu Boden.

12 Die Bibliothek der Formen

Als ich wieder zu mir kam, fand ich mich über eine Schreibmaschine gebeugt. Ich hatte lange, lange Zeit geschrieben und die fertigen Seiten in einen Schlitz in meinem Schreibpult geschoben.

Das Pult war aus hellgrauem Plastik und fügte sich nahtlos an die Wände der winzigen Zelle, in der ich hockte. Alles hier drinnen war weiss oder grau. Schwerfällig erhob ich mich und versuchte, die Tür hinter mir zu öffnen. Abgeschlossen, eingesperrt. Aus dem Innern des Pults konnte ich Maschinengeräusche vernehmen; die Schublade war allerdings ebenfalls verschlossen.

Also setzte ich mich wieder hin und betrachtete die Schreibmaschine. Es handelte sich um die Standardausführung der IBM Selectric, ausser dass der Kugelkopf von sehr viel mehr mechanischen Teilen umgeben war als das sonst der Fall ist. Automatisch spannte ich ein neues Blatt Papier ein und begann zu tippen.

Während ich so schrieb, überkam mich das benommene Gefühl eines *dèjá vu,* ein Gefühl vielfach multiplizierter Persönlichkeit. Ich hatte auf dieser Maschine schon alles geschrieben, jede Variation meiner Geschichte . . .

Meine Finger tanzten immer weiter über die Tasten. Ich war im Begriff, eine Beschreibung meines Lebens zu verfassen, eine weitläufige Beschreibung, die jede dichtbelaubte Allee meiner Gedanken bis in alle Winkel erkundete, unbeschilderte Verbindungswege durchwanderte und unwegsames Dickicht aus Detailschilderungen durchbrach.

Im allgemeinen muss ein Schreiber Dinge auslassen. Erwähnt er seine Feder, hat er damit noch längst nicht erzählt, wer sie ihm verkauft hat, was die Verkäuferin in der Mittagspause ass, wo ihre Portion Thunfisch gefangen wurde und wie der Ozean an der betreffenden Stelle beschaffen war.

Will man jedes Detail einbeziehen, jede Assoziation, führt das dazu, dass man das gesamte Universum einbezieht. Eins klebt am anderen wie eine Schüssel alter Bonbons aneinanderklebt. Und um das Universum zu beschreiben, braucht es eine unendliche Menge von Worten. Dabei setzte Aleph-null mir längst keine Grenzen mehr; mir war es vergönnt, Prousts Traum Wirklichkeit werden zu lassen.

Ich ging erneut in eine Beschleunigung. Die Gedanken flossen mir nur so durch die Finger und aufs Papier. Jede noch so kleine Einzelheit war da, jede mögliche Assoziation wurde erläutert, und die gesamte Unendlichkeit meines bisherigen Lebens wurde zu Papier gebracht.

Die fertige Seite schoss aus der Maschine. Mitten im Flug erwischte ich sie und überflog das Geschriebene voller Befriedigung. Alles stand da, untergebracht auf Aleph-null Zeilen. Der Kugelkopf war mit einer Schrumpfvorrichtung versehen, so dass jede Zeile neunundvierzig Fünfzigstel so hoch war wie die darüberliegende. Somit war stets Platz für weitere fünfzig Zeilen.

Indem ich die Seite beschleunigt durchlas, hatte ich erneut das Gefühl vervielfachter Identität. Diese Seite hatte ich vorher schon mal geschrieben . . . nicht nur einmal, viele Male, und jedesmal ein wenig anders. Genau in diesem Augenblick machte das Schreibpult jenes trockene Geräusch, mit dem ein Flipperkasten ein Freispiel anzeigt.

Die Schublade schob sich weit auf, und ein grossformatiges, frisch in Leder gebundenes Buch rutschte heraus. Mit einem *Flotsch!* fiel es auf den gewienerten Linoleumfussboden. Ich hob es auf und klappte es auf meinem Schoss auseinender.

Die rechte Seite enthielt eine unendlich detaillierte Lebensbeschreibung irgendeines Menschen. In vielerlei Hinsicht glich sie meiner eigenen. Ausser, dass dieser Typ ein College-Dropout war, sich sehr viel mehr mit Weibern rumgetrieben hatte als ich und bei einem Motorradunfall ums Leben gekommen war.

Links gab es keine oberste Seite. Die Seiten dort schienen licht, transparent zu sein und – so sehr ich mich auch bemühte – war es mir nicht möglich, eine einzelne Seite umzublättern; etwa vergleichbar mit dem Versuch, die grösste reale Dezimalzahl kleiner als 1 zu finden. 0,9. 0,99. 0,999?

Die Rückseite der ersten Seite, die ich in Augenschein genommen hatte, war unbeschrieben und als ich mich der nächsten Seite zuwandte, trat dasselbe Problem auf. Es gab viel, viel mehr Seiten, aber offensichtlich war es mir unmöglich, nur eine einzelne Seite rauszupicken. Welches ist die erste reale Zahl *nach* 1?

Wo immer ich auch das Buch aufschlug, fand ich jedesmal eine Seite in der Mitte, isoliert zwischen zwei Stapeln Seiten ohne oberste Seite. Die Seiten waren ins Buch gepackt worden wie Punkte auf einer Linie. Es gab «c» solcher Seiten.

Ich konnte mir nicht vorstellen, wie ich das alles geschrieben haben sollte, aber jede Seite, die ich las, vermittelte etwas Vertrautes. Die Visionen, die ich nach dem Inhalieren jenes Bergwiesenkrauts hatte, standen hier komplett aufgezeichnet. Ich hatte jede mögliche Variation meines Lebens gesehen; es war mir gelungen, jede von ihnen in endlosen Einzelheiten zu beschreiben. Ich hatte ein ganzes Kontinuum paralleler Welten beschrieben . . . irgendwie hatte ich das Viele in das Eine zusammengezogen.

Gelegentlich stiess ich auf zwei Seiten, die sich lediglich in nur einem Wort unterschieden. Im grossen und ganzen aber waren die Unterschiede wesentlich grösser. In manchen der Geschichten konnte der Erzähler fliegen, in anderen war er gelähmt, in wieder anderen war er völlig durchgedreht. Irgendwie war's aber jedesmal der gleiche Erzähler, nämlich ich.

Eine Zeitlang suchte ich nach einer korrekten Beschreibung meiner Zukunft, aber das war sinnlos. Jede noch so verrückte Variante, jede denkbare Möglichkeit, liess sich auf irgendeiner Seite finden . . . gelegentlich begannen sie sogar mit den Worten: «Dies ist die wahre Geschichte des Felix Rayman.»

Schliesslich probierte ich noch einmal meine Zellentür. Diesmal liess sie sich öffnen, und ich trat ins Büchermagazin einer Bibliothek ein. Alle Regale standen dicht bepackt mit Büchern wie meinem, die sich alle wie ein Ei dem andern glichen. Auf jedem Buchrücken stand der Titel in Goldbuchstaben geprägt.

Ich drehte mein eigenes Buch, um zu sehen, was ich geschrieben hatte. «DIE LEBEN DES FELIX RAYMAN.» Beim Lesen vorhin wäre ich nie auf meinen Namen gekommen. Über jedes mögliche Leben wurde darin berichtet, mit all den verschiedenen Namen, die ich gehabt haben könnte. Mich überkam ein vages Gefühl, dass ich in einer parallelen Welt, vor nicht allzu langer Zeit eben dieses Buch schon mal geschrieben hatte . . . nur, dass der Titel dort etwa lautete, «DIE LEBEN DES VERNOR MAXWELL» oder «DIE LEBEN DES COBB ANDERSON.»

Einem Impuls folgend zwängte ich mein Buch in das nächste Regal und besah mir einige der anderen Bücher. Der Titel HUNDE fiel mir ins Auge, und ich zog es heraus. Auf jeder Seite stand eine Geschichte mit einem Hund. Alle waren Aleph-null Wörter lang und manchmal unheimlich komisch zu lesen. Immerhin gab es eine Geschichte darunter, die mich wirklich fesselte. So im Stil von *Ruf der Wildnis*, und als ich es durch hatte, konnte ich mir's nur mit Mühe verkneifen, nicht wie ein wildes Tier aufzuheulen.

Ein nächstes Buch trug den Titel GESICHTER. Jede Seite bildete ein vielfarbiges Porträt eines möglichen Gesichts ab; gezeichnet mit einer *finesse*... mit unendlicher Präzision. Ich blätterte eine Weile darin herum und hoffte, jemanden zu sehen, den ich kannte; fand schliesslich auch ein Gesicht, das dem Gesicht Aprils besonders stark ähnelte. Dieses Gesicht betrachtete ich ziemlich lange.

Mit einem Mal wurden, ein paar Gänge weiter, Stimmen hörbar. Noch immer barfuss, schlich ich mich leise näher und fand zwei junge Frauen, die sich angeregt unterhielten. Die eine, die gerade sprach, hatte ihr hellblondes Haar zu einem kecken Pferdeschwanz hochgebunden. Sie hatte blasse Haut und schmale Gesichtszüge.

«Ich bin froh, dass du alle Linien gezogen hast», sagte sie, «aber diese Punkte hättest du dir sparen können.»

Die andere Frau war untersetzter und kleiner, ihr Haar dunkelgelockt. Aufgeworfene Lippen spielten um eine Zahnlücke in den Schneidezähnen. Kurze Blusenärmel schnitten sich in ihre wulstigen Arme. «Dies ist ein wertvolles Buch . . .» begann sie, als ich auf der Bildfläche erschien.

Sie waren beide nicht sonderlich überrascht, mich hier zu sehen.

«Haben Sie Ihr Buch geschrieben?» fragte mich die Dünnlippigere. Ich nickte, und sie streckte mir ihre Hand entgegen. «Darf ich's mal sehen?»

«Ich habe es dort drüben gelassen», gab ich zur Antwort, «in dem Regal gleich bei der Tür. Es heisst DIE LEBEN DES FELIX RAYMAN.»

«Ich muss es leider zuerst durchsehen, bevor Sie gehen dürfen.»

«Bitte sehr», sagte ich, und sie ging. Ihre Absätze klangen auf dem Steinfussboden nach.

«Sie verlangt, dass ich meins überarbeiten soll», sagte die Krausköpfige jetzt zu mir und reichte mir das Buch, das sie unterm Arm gehalten hatte.

«SANFTE KURVEN», las ich auf dem Buchrücken. Ich öffnete es. Die erste Seite, die ich sah, trug die Abbildung von einer Art Acht. Ich besah mir weitere Seiten. Ein Oval, ein Bogen, ein abgerundetes W, einen Schnörkel, Gekritzel. Auf einigen Seiten fand ich ein paar vereinzelte Pünktchen. «Sie mag die Pünktchen nicht, oder?»

«Nein», antwortete das Mädchen mit einer Grimasse. «Ich weiss auch nicht, warum ich sie hineingetan habe. Ich bin einfach ausgeweisst und von Truckee her hier rübergeflogen, nur um die SANFTEN KURVEN zu machen . . . es gibt ‹c› viele davon, weisst du, nach Taylors Theorem . . .»

«Bist du etwa auch Mathematikerin?» unterbrach ich sie.

Sie nickte. Und da hörte ich auch schon die Bibliothekarin rufen. «Herr Rayman, könnten Sie einmal kommen? Es gibt da ein kleines Problem . . .»

«Gibt es immer . . .» flüsterte die pausbäckige Mathematikerin mir zu.

«Wie kommen wir'n hier raus?» flüsterte ich zurück.

«Ich glaube, hier lang.» Sie ergriff mich leise am Arm und führte mich durch das Gewirr der Regale zu einer Treppe. Mich überraschte, dass es nur ein Stockwerk bis zum Parterre war.

Unten angekommen betraten wir einen weitläufigen Lesesaal mit vielen hohen Fenstern. Hier und da standen bequeme Polstergruppen, und es gab ein paar Leute, die sich in eines der dicken Bücher vertieft hatten; andere wiederum starrten aus den Fenstern, um dem ständig wechselnden, kaleidoskopartigen Schauspiel draussen zuzuschauen.

Zu unserer Rechten befand sich ein Tresen, an dem ein Bibliothekar Bücher ausgab, welche er einem Schlitz in der Wand entnahm. Er trug ein kurzärmeliges weisses Nylonhemd und weite schwarze Hosen. Durch das Nylonhemd konnte man die Träger seines Unterhemds erkennen. Er winkte uns zu sich heran, und wir schlenderten zu ihm an den Tresen.

«SANFTE KURVEN, Judy Schwartz», sagte er und zeigte mit seinem Kugelschreiber auf sie. Dann auf mich. DIE LEBEN DES FELIX RAYMAN.» Seine Stimme war hoch und klang ein wenig schleimig. Unser Kopfnicken wahrnehmend beugte er sich über zwei Karteikarten, um irgendwelche Eintragungen vorzunehmen.

Währenddessen schaute ich mich noch ein wenig mehr um. Draussen sah man . . . ah! Vor einem gelben Hintergrund zog ein Muster aus grünen Strudeln vorüber. Zungen wuchsen aus ihnen heraus, rote Zungen, und sie begannen zu lecken. Zwei rote Lichtklümpchen flogen vorbei . . . ich beschloss, den Ausblick auf Sparflamme zu drehen.

Im mittleren Teil des Lesesaals stand ein Katalogschrank. Ein altersgebeugter Mann mit schlohweissem Bart fingerte in einem locker gefüllten Karteikasten herum. «Wie viele Bücher gibt es hier überhaupt?» fragte ich den Bibliothekar.

«Wären Ihre beiden Bücher brauchbar, gäbe das zweitausendvierhunderteinundsiebzig.» Ich musste ihn ziemlich verdutzt angeguckt haben, und er fuhr fort: «Die Bibliothek der Formen ist wählerisch. Wir nehmen nur solche Bücher auf, deren Themen sich mit grundlegenden kategorischen Fragen des menschlichen Intellekts befassen und erschöpfend behandeln. Einseitige, nicht auf das Thema eingehende oder idiosynkratische Werke kommen nicht in Betracht. Wir nehmen nur solche Werke in unseren Katalog auf, die vollständig und endgültig signifikante Formen abhandeln, die auf der Erde auch tatsächlich vorkommen.»

Ein Summen wurde hörbar, und ein kleiner Monitor neben seinem Ellbogen schaltete sich ein. Es war die Frau mit dem Pferdeschwanz. «SANFTE KURVEN ist soweit komplett und wird ohne weiteres verwendbar sein, wenn ein paar mehr zufällige Pünktchen entfernt worden sind. Schick doch Ralph kurz nach oben, damit er sich darum kümmert.»

«Okay.» Der Bibliothekar drückte einen Knopf. «Und DIE LEBEN DES FELIX RAYMAN?»

Kurzes Kopfschütteln. «Umfassend behandelt, aber ein einseitiges Thema. Hätte er *alle* möglichen Leben beschrieben, anstatt nur ...»

«Aber das haben wir ja eh schon ...» sagte der Bibliothekar und zuckte die Achseln.

«Genau. Das Rayman-Buch ist lediglich eine Ergänzung des LEBEN-Buchs in Regal drei-achtundzwanzig. Wenn er unseren Service in Anspruch nehmen will, muss er noch ein anderes dalassen.»

«Wie wär's mit LAMPEN?» fragte der Mann aufstrahlend. Die Frau auf dem Bildschirm schürzte nachdenklich die Lippen. «Ja. Wir brauchen ein LAMPEN. Und zwar in Bildern, meinst du nicht?»

Der Mann nickte einmal kurz mit dem Kopf. «Werd mich drum kümmern.» Er schaltete den Monitor ab und fing mit seiner schleimigen Fistelstimme an mich gewandt zu sprechen. «Herr Rayman. Wenn Sie sich noch einmal nach oben bemühen wollen, wird Ihnen Fräulein Winston etwas Rauschkraut geben und Ihnen zeigen, wo Sie ...»

«Hören Sie mir mal gut zu», unterbrach ich ihn, «wenn Sie glauben, dass ich mich mit diesem Kraut vollknalle und Ihnen jede mögliche blöde Lampe aufzeichne ...»

«Da werden Sie gar nicht drumrum kommen, wenn Sie unseren Service in Anspruch nehmen wollen.»

«Ich kann ihn doch jetzt in Anspruch nehmen, nicht wahr?» meldete sich Judy Schwartz zu Wort.

«Nun, ja. Das heisst, sobald Ralph ...» Wieder drückte er auf den Knopf an seinem Pult. Stille. Der Bibliothekar sah uns mit leerem Gesichtsausdruck an, dann nahm er den Gesprächsfaden wieder auf. «Den Service, aber ja. Es ist Ihnen freigestellt, Fräulein Schwartz, unsere Einrichtungen zu benutzen ... den Katalog, die

Bücher, den Lesesaal. Selbstverständlich stehen Ihnen das Schreibzimmer und unser Zeichnungsbüro ebenfalls zur Verfügung. Rauschkraut und die Schaufeln sind natürlich immer für Sie da.»

«Ich werde jetzt mal gehen», kündigte ich an. Meine Stimme kam lauter als ich beabsichtigt hatte, und ein paar der Leute im Lesesaal hoben langsam den Kopf und blickten mich aus gütigen Augen bedächtig an.

Etwas verunsichert versuchte ich, mich vom Pult des Bibliothekars zu entfernen, kehrte aber doch noch einmal um. «Mein Buch werde ich am besten mitnehmen . . . bevor Sie es sowieso wegwerfen.» Der Bibliothekar läutete nach oben. Wenige Sekunden später kam es durch den Schlitz in der Wand gerutscht. Schweigend überreichte er es mir.

Jetzt öffnete sich die Tür zum Treppenaufgang, und heraus trat ein mageres Kerlchen in der Uniform eines Kustos. Er roch stark nach ätherischen Lösungsmitteln und schien ein wenig in den Wolken zu schweben. Leicht schwankend stützte er sich gegen den Tresen, schnalzte einige Male mit der Zunge und brachte es schließlich fertig, zu sagen, «Ja, Herr Berry?»

«Ralph», sagte der Bibliothekar. «Fräulein Winston braucht Sie oben. Ich glaube, es handelt sich darum, einiges auszuradieren.» Ralph vollführte mit seinem locker auf dem Hals sitzenden Kopf ein paar extravagante Bewegungen und schnalzte noch einmal. Auf mich zeigend fuhr Herr Berry fort: «Und geleiten Sie Herrn Rayman bitte an den Ausgang.» Dann wandte er sich mir ein letztes Mal zu. «Benutzen Sie einfach den Tunnel und bedienen Sie sich mit einem Paar Ski.»

Ralph fuhr mit seinem Kopfwackeln fort und brachte es allmählich fertig, mir sein Gesicht ganz zuzudrehen. «Na, mal wieder rauswagen?» Dann schnalzte er noch mal und fügte hinzu: «Immer auf die Schnelle, was?» Sein Versuch, zu kichern misslang ihm kläglich und ging in ein hartes, heiseres Husten über.

«Kommst du mit?» fragte ich Judy Schwartz über das Gehuste hinweg. Vor den Fenstern entrollte sich eine friedliche Landschaft, von der sich lediglich ein paar wenige leuchtende rote Punkte abhoben, die durch die Gegend schwirrten. Aber auf einmal begann der

Boden sich hier und da Höcker wachsen zu lassen, welches ihm offensichtlich einige Mühe bereitete. Die Höcker wurden zusehends grösser und dünner und wuchsen zu langen Fangarmen, die sich aus dem Boden drängten. Die oberen Enden der Fangarme wurden dikker und verwandelten sich in Fäuste, und die Fäuste begannen wie wild um sich zu schlagen. Die roten Lichtpunkte stoben in panischer Aufregung hin und her.

«Du solltest wirklich die Lampen zeichnen», sagte Judy neben mir. «Ich werde bleiben und eine Arbeit über die Riemann-Hypothese anfertigen. Es geht darum, die richtige Wahl für . . .»

Ralph griff mit unsicheren Händen nach meinem Ärmel, und wir zockelten gemeinsam dem Ausgang zu. «Wo haben Sie denn diesen Anzug her?» wollte er wissen. «Sieht aus wie das Ding, das Elvis trug. Haben Sie Elvis jemals live erlebt?»

«Nur im Fernsehen.»

«Dazu bin ich viel zu früh gestorben, verdammich nochmal. Wurde dann nach Truckee verschlagen, kriegte Trouble mit der Gottesschwadron und bekam dann diesen Job in der Bibliothek verpasst. So, da wären wir schon. Bitte schliessen Sie unbedingt die erste Tür, bevor Sie die zweite öffnen.»

Ich blieb stehen. Irgend etwas, das Ralph vorhin gesagt hatte, ging mir immer noch durch den Kopf. Er hatte gefragt, ob ich mich *wieder mal* rauswagen würde.

«War ich schon mal draussen?»

Er lachte kurz auf. «Die Zufälligen können sich aber auch nie an etwas erinnern.» Das hätte er ebensogut zu sich selbst sagen können; schon wandte er sich zum Gehen.

Ich erwischte ihn am Arm und schüttelte ihn mal kräftig durch. «Wie bin ich hierher geraten? Ich muss das wissen!»

«Immer mit der Ruhe. Ich gehe leicht aus den Fugen.» Ich lokkerte meinen Griff und er machte eine Armbewegung nach oben. «Die Schaufler. Wir haben Sie reingeschaufelt. Die Träumer sind zu nichts nutze . . . ich spreche von den Roten. Wenn aber einer weiss wird und ins Traumland spaziert – nun, wenn der bis auf dreihundert Meter rankommt, haben wir ein neues Buch.»

«Ist – ist das da draussen etwa ‹Traumland›?»

Er hielt mir die erste Glastür auf. «Stimmt ganz genau. Und jetzt mal los; habe noch 'ne Menge Arbeit.»

Ich ging durch die Tür, die er hinter mir verschloss. Vor mir war die zweite Glastür, die nach draussen führte. Die Fangarme von eben hatten sich weiter verzweigt und zu einem riesigen Korb verflochten, der die Bibliothek zustülpte. Die zweite Tür fiel hinter mir ins Schloss.

Es war kalt . . . zwar trocken, aber verdammt kalt. Gleich aus der Tür heraus war der Boden mit einer dicken Schicht überfrorenen Schnees bedeckt, durch die hindurch eine Art Pfad führte, welcher in eine Art Tunnel mündete. Der Pfad, der Tunnel und die Bibliothek blieben unverändert, während alles andere sich ständig bewegte. Die grüne Kuppel über mir riss auf, zerplatzte in tausend Stücke, die sich hin und her wanden und verdickten. Ich wollte so schnell wie möglich von hier weg.

Aussen am Bibliotheksgebäude waren Halterungen angebracht, an denen komplette Ausrüstungen für Skilanglauf hingen. Parkas, Mützen, Fäustlinge, Skis, Stöcke und Stiefel. Ich suchte mir eine passende Ausrüstung zusammen und stopfte das Buch in eine Tasche auf dem Rücken meines Parkas. Dann schnallte ich die Skier an und machte mich bereit zur Abfahrt.

Die grünen Brocken über mir hatten sich in geflügelte Eidechsen verwandelt. Eine flog gerade auf mich zu. Ich konnte mich nicht rechtzeitig ducken, doch machte das nichts, sie flog geradewegs durch mich hindurch . . . immateriell wie ein Gedanke. Demzufolge, was Ralph gesagt hatte, war das also ein Traum.

Ich blickte mich nach einem Träumer um. Da, da war ein roter Lichtball, der sich spielerisch daran gemacht hatte, eine jener Eidechsen zu verfolgen. Das Ganze sah so aus, als würde ihm das unheimlich viel Spass machen. Auf dem Dach befanden sich riesige Schaufeln, sie sahen wie die Schiffschraube eines Dampfers aus. Um die Ecke der Bibliothek kamen ein paar Skelette. Sie trugen Sensen bei sich.

Den Blick auf die Piste gerichtet, liess ich die Bibliothek der Formen hinter mir und fuhr auf meinen Skiern in den leicht ansteigenden Tunnel hinein.

13 Die Wahrheit

Das andere Ende des nicht allzu langen Tunnels wurde teilweise von einer Schneewehe blockiert. Im Grätenschritt ging ich über sie hinweg und fuhr weiter. Die Landschaft um mich her bestand aus schneebedeckten Hügeln und Tälern. Unablässiger Wind formte sie ununterbrochen um . . . modellierte hier ein Lippenpaar, riffelte dort ein Dünenmuster . . . glättete, schärfte, unentwegt neu schöpfend. Dichter Schnee wirbelte durch die Luft und nahm mir fast gänzlich die Sicht. Als ich mich einmal umdrehte, war der Hügel, der die Bibliothek der Formen verhüllte, kaum noch zu erkennen.

Von den Schneewehen abgesehen war der Schnee leicht überfroren, und ich glitt dahin, ohne einzusinken. Allmählich gelangte ich in den üblichen Rhythmus, ich stiess mich voran, grub die Stöcke in den Schnee. Die Landschaft senkte sich leicht ab, so dass ich recht gut voran kam. Meinen Verstand schaltete ich auf neutral.

Die windumwehte Schneelandschaft veränderte sich fortwährend, und es würde mir schwerfallen, zu sagen, wie schnell ich mich eigentlich fortbewegte. Orientierungsmarken gab es keine, und ich bestimmte meine Richtung einzig und allein am abfallenden Gelände. Mit der Zeit schien es mir, dass meine gleichmässigen Bewegungen die Szenerie um mich herum irgendwie in Gang hielten – als sei ich das schlagende Herz dieser eingefrorenen Welt.

Gelegentlich geschah es, dass ein schwacher Lichtbausch durch den Schnee von Traumland schimmerte. Aber ich schien obendrauf zu sein, und es gab keinerlei Anzeichen für die bizarre Bewegung, die ich aus dem Bibliotheksfenster heraus beobachtet hatte.

Die ungewohnte Bewegung brachte mich schon bald ins Schwitzen, und ich verspürte Durst. Also hielt ich an und schöpfte eine

Handvoll Schnee. Er war fein und pulvrig und bestand aus lauter kleinen Dodekaedern: Kristalle mit zwölf fünfeckigen Flächen. Jedes Kristall flickerte im Innern mit seinem eigenen Farbspiel, und als ich genauer hinschaute, konnte ich winzige Formen und Strukturen erkennen, die sich in jedem einzelnen Kristall bewegten. Ein paar Kristalle schmolzen in meiner Hand, und ich leckte die Flüssigkeit begierig auf.

Was für ein seltsamer Geschmack! Betäubend. Sofort spürte ich, wie ich mich in zwei teilte, wie damals, als ich jenen Rauch am Mount On inhaliert hatte. Sofort spuckte ich das Zeug wieder aus.

Was war auf dem Mount On überhaupt passiert? Der Begleiter hatte Löcher in den Boden geschossen, und die vielblättrigen Pflanzen hatten Feuer gefangen. Ich hatte eine ordentliche Lunge voll davon genommen. Alles um mich herum war weiss geworden, und ich hatte Vision um Vision . . . alle auf einmal. Offensichtlich hatte ich mich in eine Kugel aus Licht verwandelt, war durch Traumland gereist und war von der Bibliothek der Formen einkassiert worden. Wo aber war der Berg geblieben?

Soweit ich sehen konnte, gab es nichts als Schnee. Ich fragte mich, wo er wohl zu Ende gehen würde. Irgendwie hatte ich die Ebene, auf der man noch zählen konnte, längst hinter mir. Alle Bücher der Bibliothek hatten «c» Seiten, und Traumland . . . vielleicht immer noch unter der Schneedecke, über die ich mit Skiern fuhr . . . Traumland war angefüllt mit dem ganzen Kontinuum möglicher Visionen.

Eine lange Zeit glitt ich noch dahin. Der Wind nahm abwechselnd zu und ab, bis er sich endlich völlig legte. Der Schnee unter meinen Füssen wurde härter und härter, bis ich auf einmal auf kompaktem Eis dahinschlidderte, welches nur noch hauchdünn von Pulverschnee bedeckt wurde. Ein Gletscher. Ich sah Farben durch das weisse Pulver und rieb ein Fenster ins Eis.

Ich sah auf eine Stadt von oben. Ein unheimliches, purpurnes Schimmern beleuchtete das Gitterwerk der Strassen, die Gebäude hingegen lagen alle im Dunkel. Ein roter Lichtpunkt raste eine der Alleen entlang.

Ein Jetliner schwebte über der Stadt ein, zog eine Schleife und setzte zur Landung an. Das Flugzeug folgte dem roten Lichtpunkt.

Der Raum zwischen den Gebäuden war zu eng, aber das Flugzeug zog weiter. Jetzt berührte eine der Tragflächen ein Gebäude, ratschte ein Stück an ihm entlang und brach ab. Flammen und Rauch, und die Trümmer taumelten hinab, flogen in gefrorener Zeit dem roten Licht entgegen.

Die Formen begannen sich zu verändern, sich zu reartikulieren. Die abstürzenden Trümmer verwandelten sich in eine zerplatzte Einkaufstüte; der Jetliner in einen Eierkarton. Das rote Licht bewegte sich zu mir hinauf und verschwand dann seitlich. Die Eier zerbrachen, und ein Schwarm gebratener Truthähne stob auseinander; sie flatterten mit goldenen Sicherheitsnadel-Flügeln und flogen ohne Kopf davon, folgten dem roten Licht seitwärts aus dem Bild. Die dunkle Stadt lag da, bereit für ein Replay.

Ich setzte meine Fahrt auf Skiern fort. Der Himmel war jetzt völlig klar und von einem solch tiefen Blau, dass es schon fast purpurn schien. Das Eisfeld, über das ich hinwegfuhr, begann die ersten Risse zu zeigen. Mit den Skiern gelang es mir, die meisten von ihnen zu überqueren, über zwei weitere sprang ich einfach hinweg, aber dann kam eine Spalte, die viel zu breit für mich war.

Also schnallte ich die Skier ab und setzte mich auf sie drauf, um auszuruhen. Die Gletscherspalte mochte an die zwölf Meter breit sein und schien sich in alle Ewigkeit in die Tiefe zu erstrecken. Die Gletscherwände waren glasklar, und ich konnte alle möglichen Dinge sehen, die an sie herantrieben und wieder versanken. Das Eis steckte voller Träume. Tief unten hörte ich Wasser rauschen.

Auf diese Gletscherspalte folgten andere; etwa eine Meile weiter war der Gletscher dann zu Ende. Es sah so aus als befände sich jenseits des Gletschers eine Stadt. Wie sehnte ich mich danach, dort zu sein.

Sonst war keine Spur irgendwelchen Lebens zu entdecken. Nur die flackernden Lichter im Eis und hoch oben in der Luft ein einzelner Vogel, der auf die Stadt zuflog. Kathy kam mir kurz in den Sinn, und ich fragte mich, wie es ihr wohl ergangen war. Jesus hatte ich versprochen, ihr zu helfen. Ich hoffte von ganzem Herzen, sie wiederzusehen.

Die Skier liess ich jetzt einfach liegen und wanderte zu Fuss an der Spalte lang. Vielleicht würde sie irgendwann schmaler werden. Aber sie wurde nur noch weiter und zerklüfteter. Gerade als ich beschloss, umzukehren, fiel mir auf der anderen Seite etwas auf. Ein regelmässiges Sägemuster in der Wand. Ins Eis gehauene Stufen. Und hinaufgekrabbelt kam ...

«Franx!» rief ich aus Leibeskräften. «Ich bin's, Felix! Komm und hilf mir!»

Seinen Ausdruck zu lesen war ich nicht in der Lage ... einmal hatte er mir erzählt, dass man es auf Praha so machte, indem man die Beingelenke betrachtete ... aber ich war ziemlich sicher, dass er sich freute, mich zu sehen. Er hob die Deckflügel und kam herübergeflogen. Bei der Landung schlidderte er etliche Meter übers Eis.

«Die Rückkehr des verlorenen Sohns», sagte er überschwenglich. «Aber wer von uns zweien hat mehr erlebt?»

Es war ein tröstlicher Anblick, seinen runden Rücken wieder zu sehen. Ich nahm meine Mütze vom Kopf, um ihn zu polieren. «Gut, dich zu sehen, Franx. Was ist vorhin überhaupt passiert?»

«Es gab eine ganze Fusillade von Blitzen; Wahrzeichen von des Begleiters Hass auf unseren vereinten Erfolg. Das Rauschkraut fing Feuer, und Löcher wurden in den Boden geschossen, Notbunker, worin ein niederes Wesen sich, auf Sicherheit erpicht, eingerollt, verkrochen hätte. Aber nicht ich. Ich schoss aus meinem Loch immer wieder tapfer hervor, im fruchtlosen Versuch, meinen Waffenbruder zu retten; den nobelsten und mobilsten Mengentheoretiker Felix Raymor.» Damit legte er eine Pause ein, um seine Worte zu geniessen.

«Mein Name ist Ray*man*, Franx. Aber wo bin ich denn dann hingeraten?»

«Ich vermutete, dass der Begleiter dich auf den Müll zurückbefördert hätte, von dem du herkommst. Heute hier, morgen schon vergangen. Hab nix, klom Fleitag. Ja, wir haben keine Bananen. Mal siehst du ihn, mal ...»

Ich unterbrach ihn. «Ich bin dir nach und in den Rauch hinein gefolgt. Solange ich konnte, habe ich den Atem angehalten, aber irgendwann musste ich eine Lunge voll nehmen. Ich fühlte ‹c› Partikel in mir weiss glühen. Als ich wieder zu mir kam, sass ich am Pult ...»

«Der Bibliothek der Formen», warf Franx plötzlich ein. «Das glaube ich dir nicht! Du bist ausgeweisst! Wie konntest du nur . . . du, ein roher Frischling, ein engstirniger Mathematiker, ein grober Fleischopoid.»

Er schien wirklich wütend. «Ich habe jahrhundertelang Erleuchtung gesucht – und du, du nichtswissender Narr, du rennst in eine Wolke Rauschkrautrauch und kommst in der Bibliothek wieder raus – das kann ich nicht glauben, will es auch nicht glauben! Du lügst! Auf dem Müll bist du gewesen, auf dem Müll, der dich ausgebrütet hat. Du . . .»

Ich hatte keine Ahnung, wovon er überhaupt redete, trotzdem funkte ich ihm dazwischen und griff ihn blindlings an. «Ich weiss nicht, was dir einfällt, die Erde eine Müllhalde zu nennen. Ich würde ums Verrecken nicht sehen wollen, wie dein Praha aussieht, du Müllvertilger.»

Franx nahm sich zusammen und machte eine beschwichtigende Verbeugung. «Ich bitte tausendmal um Verzeihung. Du mühst dich um ein Missverständnis. Obwohl ich niemals das Vergnügen hatte, euern sagenumwobenen smaragdenen Erdball zu besuchen, stelle ich nicht in Frage, dass er einem Vergleich mit jenem Insektenparadies, in welchem ich die mir zugestandene Lebensspanne ausgeliebt habe, standhalten würde. Ich würde mich aber wundern, könnte deine, eher durchschnittliche intellektuelle Begabung es nicht erfassen, dass ich mich auf jene Müllhalde dort drüben beziehe», damit wies er auf die Stadt jenseits des Gletschers. «Auf die andere Seite von Truckee, oder?»

Einstein hatte schon mal über den Müll gesprochen. Ich versuchte, mich dessen zu erinnern. «Hier habe ich noch nie eine Müllhalde gesehen, Franx. Der Weg hierher, den ich genommen habe, liess mich auf dieser Wiese da, in der Nähe von Hilberts Hotel aufsetzen.»

«Ausserordentlich!» rief Franx aus. «Nicht für Felix Raymor . . . die beschwerliche Pilgerfahrt von Stadt zu Stadt, durch den Schnee und übers Meer. Nein! Mit einem Schlag steigt er hinab . . . oder hin*auf?* Mit einem Schlag erreicht er Flipside, das gelobte Land, das Land des Mount On.» Die Beine hatte er untergeschlagen; so starrte er mich unverwandt an. «Man sagt, dass jene, die nicht durch den Müll gehen, niemals gelebt haben . . . Engel und Teufel ist der richtige Ausdruck, glaube ich . . .» Auf einmal stellte er sich auf die Hinterbeine und schnappte mich mit seinen Fresswerkzeugen am Hals. «Was bist du, Felix? Die Wahrheit!»

Er war völlig durchgedreht. Ich stiess ihn von mir. Franx fiel auf den Rücken und schlidderte auf die Gletscherspalte zu. «Pass auf, Franx!» brüllte ich. «Du stürzt!»

Zu spät! Mit einem Kauderwelsch des Schreckens glitt er über den Rand der Eisklippe und verschwand. Ich rutschte hinüber und blickte in den Abgrund. Durch die glasklaren Gletscherwände konnte ich Träume flimmern sehen, und tief drunten donnerte ein Sturzbach. Voller Erleichterung entdeckte ich Franx, wie er seinen massigen Körper in spiralförmigen Bahnen nach oben trug. Da hatte er noch einmal rechtzeitig die Flügel auseinandergekriegt.

Als er aus der Gletscherspalte herausgeflogen war, stieg er noch ungefähr sechs Meter höher und begann, über mir zu kreisen. Aus irgendeinem Grund hatte er eine panische Angst vor mir. Was hatte ich ihm denn bloss erzählt? Nur, dass ich nicht in einem jener Müllberge von Mainside angefangen hatte. In seinen Augen hiess das soviel wie, dass ich nie gelebt hatte, dass ich eine übernatürliche Macht darstellte, möglicherweise mit dem Teufel im Bunde stand. Ich wölbte die Hände zu einem Sprachrohr und rief zu ihm hoch. «Es ging so, weil ich niemals gestorben bin, Franx. Nicht, weil ich nie gelebt hätte. Ich schwöre dir, dass ich kein Teufel bin.»

Das frenetische Sirren seiner Flügel nahm eine dunklere Tonfärbung an, und er trieb ein wenig tiefer zu mir hinab. «Sag mal das . . . das Vaterunser auf», rief er misstrauisch.

Ich sagte das Vaterunser auf, ohne zu stottern, ohne irgendwas rückwärts zu rezitieren, und das schien ihn zu besänftigen. Mit einem trockenen *Ssamp!* landete er dicht neben mir. «Ab und zu gelingt es dem Teufel doch, einen von uns zu kassieren. Ich entschuldige mich für meine wohlbegründete, vielleicht aber zu exzessive Vorsicht. Es gibt Pressegangs, die einen absichtlich verschaukeln wollen; ich hab' es selbst erlebt, habe gesehen, wie die Häscher des Gehörnten Seelen geschnappt haben. Die Begleiter zum Beispiel, die sind mir gar nicht geheuer. Und dann gibt es die Feuer in den Müllkippen.» Er verfiel erneut in seine gewohnte Weitschweifigkeit. «Wenn du aber nie gestorben bist, sieht die Sache ganz anders aus, völlig anders. Mein lieber Felix, du musst noch eine ganze Menge lernen . . .»

«Warum fängst du nicht gleich schon einmal an und erklärst mir, was es mit den Müllkippen auf sich hat?» schlug ich ihm vor. «Und fass' dich kurz, ich fange an zu frieren.»

«*Der* Müll», korrigierte mich Franx. «Singularis. Mit einem Wort . . . der Müll ist eine Anhäufung von Wiedergeburtszentren. Streift ein Mensch seine fleischliche Last ab, gaukelt seine Essenz nach Cimön.» Ich nickte zustimmend und bedeutete ihm, weiter zu erzählen. «Jede Spezies wird zu einem charakteristischen Punkt auf Mainside hingezogen. Diese Punkte liegen entlang einer Linie, die Mainside in zwei Hälften teilt. Diese Linie stellt sich als ein . . . ist bekannt als der Müll. Siehst du, wie kurz ich meine Sätze halte, Felix? Wie kristallin meine Ausführungen?»

Der Schweiss meiner stundenlangen Skiwanderung verdunstete, und es begann mich zu frösteln. «Und man erhält seinen Körper im Müll, wenn man hierher kommt?»

«Wie recht du doch hast. Im Müll kriegst du einen Körper, und wenn dieser Körper zerstört wird, heisst es, zurück zum Müll für einen neuen; nicht immer in demselben Schnitt wie der wiedergestorbene, aber . . .»

Eine Frage brannte mir noch auf der Seele. «Sieht eine Person ohne Körper aus wie ein Lichtpunkt? Wie weisses Licht?»

«Weiss, rot oder grün», antwortete Franx. «Das hängt ganz davon ab. Eine tote oder wiedergestorbene Person auf dem Weg zum Müll für einen neuen Körper, ist grün. Nicht so ein leuchtendes Grün, verstehst du, sondern ein mattes Grün wie bei einem toten Fisch; nicht unähnlich . . .»

«Hab' ich gesehen», warf ich ein und erinnerte mich an Kathy auf dem Friedhof.

«Eile weiter, o Fluss des Vergessens», rief Franx dramatisch aus. «Tote Personen sind grün. Du siehst, wie kurz ich mich ausdrücken kann. Dann gibt es die Träumer. Die sind rot. Du möchtest gern wissen, wie sie hierher kommen, aber die Zeit drängt. Du bist in Eile. Mit Schweigen übergehe ich also das interdimensionale Bindeglied. *Ig-*

norabimus . . . wir werden nicht wissen. Aber die weissen Lichter, so wie du kürzlich eines gewesen bist, ankerlos in Traumland, bis die unermüdlichen Bibliothekare dich einschaufelten, um ein Buch aus dir herauszupressen . . .»

Er verlor den Faden und klackte sekundenlang mit seinen Chitin-Kiefern, die Vorderbeine mitten in einer Geste erstarrt. Aus irgendeinem unerfindlichen Grund schien ihn der Gedanke, dass ich mich in ein weisses Licht verwandelt hatte, zu missfallen und schwer auf der Seele zu lasten. Ich zog mein Buch aus der Rückentasche meines Parkas und hielt es ihm hin. «Hier», sagte ich, «du kannst es dir angucken. Sie wollten's nicht.»

Franx nahm das Buch, sah es sich aber noch nicht an. «Die weissen Lichter – wollte ich gerade sagen – sind die Form der paar wenigen, die sich spontan auflösen und ihren Körper neu bilden können und während des Hiatus hin und her reisen. Es setzt die Beherrschung einer schwierigen Technik voraus, die für einen Menschen unter Umständen doch leichter zu handhaben ist . . . ganz besonders, wenn Rauschkraut zur Verfügung steht. Erst kürzlich habe sogar ich . . . Aber was ist denn *das*?» Er wandte seine Aufmerksamkeit dem Buch zu. «Was sagtest du, soll das sein?»

«Es beschreibt alle meine möglichen Leben», erklärte ich. «Nachdem ich jenen Rauch eingeatmet und dann ausgeweisst bin, war ich in der Lage, alle meine möglichen Leben zu sehen, und zwar alle auf einmal. Und dann war es so, als hätte ich mich in all den parallelen Universen hingesetzt und hätte jedes Leben unendlich detailreich niedergeschrieben. Irgendwie hat die Bibliothek der Formen sie alle aus mir herausgesogen und sie in diesen Band zusammengepackt.»

Franx hatte das Buch an irgendeiner Stelle aufgeschlagen und las, rasch und konzentriert, eine Seite; den Kopf hielt er seitwärts gewandt. «Aber das ist ja geradezu phänomenal!» rief er mit einem Mal aus. «Diese Seite ist hundertprozentig genau geschrieben. Ich komme sogar darin vor, wie ich diesen Satz hier sage . . .» Er las weiter und hielt dabei das Buch mit zwei Vorderbeinen offen. «Es geht weiter, indem es sagt, was als nächstes passieren wird . . .» Er las noch weiter, wobei sein Facettenauge die Zeilen schneller und schneller abtastete. Plötzlich hörte er auf. «Oh, mein Gott», kam es aus ihm raus. «Wie fürchterlich für mich.» Seine Beine fingen spastisch zu zucken an.

Ich griff nach dem Buch. War Franx auf die eine wahre Lebensbeschreibung gestossen? Als ich ihm das Buch aus der Hand nahm, wurden einige Seiten von einem Luftzug umgeblättert. «Hier stand es», sagte Franx und schlug ein paar Seiten auf einmal um, dann noch ein paar. Er hielt inne, um zu lesen. «Nein, doch nicht . . .» Jetzt blätterte er nach vorn, wieder zurück, las hier und da mal ein paar Zeilen . . . dann hörte er ganz abrupt auf. «Es hat keinen Zweck. Es *sagte* ja, dass wir es nicht wiederfinden würden.»

Der Wind, der über die Gletscherspalte wehte, machte ein leise pochendes Geräusch. Hinter mir erstreckte sich endloses Weiss, über mir spannte sich ein klarer, blauer Himmel. Hatte Franx meine Zukunft gelesen?

«Sag mal, was als nächstes geschehen wird, Franx.»

«Wir werden Georg Cantor begegnen. Er wird uns zu sich nach Hause einladen. Und dann wird . . .» Seine Stimme verlor sich in Schweigen. Seine Beine verschränkten sich ineinander. Ich beschloss eine Beschleunigung, um das ganze Buch noch einmal durchzugehen, realisierte aber schnell, dass dies unmöglich war. Die eine wahre Seite war im Kontinuum möglicher Leben verschollen. Komisch, dass Franx auf sie gestossen war. Die ganze Situation hatte etwas Paradoxes an sich, mir gelang es aber nicht, mit dem Finger draufzuzeigen. Ein wenig blätterte ich noch weiter und las eine Seite, wo ich Revolverheld im guten alten El Paso war. Yippie-tie-yay-tiyo.

Die Suche schien hoffnungslos. Schliesslich hatte das Buch «c» Seiten, und «c» ist genaugenommen grösser als Aleph-null. Was soviel bedeutete, dass ich nie im Leben jede einzelne Seite betrachten konnte; es sei denn, ich konnte jene Weisses-Licht-Fähigkeit irgendwie wiedererlangen, um mit den unzählbaren Unendlichkeiten fertig zu werden. In diesem Sinne machte ich noch eine Bemerkung und schob das Buch zurück in die Tasche meines Parkas.

Mit einem Mal blickte Franx mich an. «Jetzt muss ich sagen» – er gab seiner Stimme einen tieferen Klang und deklamierte unheilvoll:

«Sagtest du, das Buch habe «c» Seiten? Ich meine, wir können das Problem, welches du erwähntest . . . das Kontinuum-Problem, lösen. Komm, lass uns den Tunnel zurück nach Flipside nehmen.» Wie er das aussprach, hörte er sich steif und selbstbelustigend an.

«Was ist los, Franx?»

«Verstehtst du denn immer noch nicht? Ich habe die wahre Beschreibung all dessen gelesen, was dir jemals passieren wird . . . alle unsere Gespräche und alles, was du mich tun . . .» Er brach mitten im Satz ab, um dann unter grossen Mühen fortzufahren. «Sogar das, was ich eben gerade sagte. Sogar dieses. Und dieses . . .» Wieder hielt er völlig frustriert im Sprechen inne. «Alles scheint so . . . so voraussagbar, so aussichtslos.» Erregt wedelte er mit den Beinen und sprach stockend weiter. «Und – und ich las auch, dass ich das Opfer eines schrecklichen Mordes werde. Es ist gar nicht so schrecklich, zum Müll zurückzukehren, das habe ich ja schon hinter mir, aber dass mir mein Schädel auf hinterhältige Weise von so einem fanatischen Kretin von einem Gottesschwadronmeuchler eingeschlagen werden soll . . .» Unmutig blitzte er mich an. «Danach werde ich wenigstens nicht mehr deinen Prophezeiungen ausgesetzt sein, du . . .»

«Franx», unterbrach ich ihn. «Nun halt mal die Luft an. Du redest ja irre.» Mit einem Mal enthüllte sich das Paradox, das ich vorhin zu finden versucht hatte. «Es ist unmöglich, dass du eine wahre Beschreibung all dessen hättest lesen können, was uns widerfahren wird. Logisch ist das unmöglich, vorausgesetzt du willst es nicht. Ich werd's dir beweisen.»

Er hörte auf, mit seinen Fresswerkzeugen zu knirschen und spuckte förmlich aus, als er sagte: «Ich weiss. Du wirst jetzt verlangen, ich solle zwischen ‹JA›- und ‹NEIN›-Sagen entscheiden. Auch das habe ich gelesen.»

«Nun hör doch mal zu, Franx. Das muss funktionieren. Ich werde dich bitten, ‹JA› oder ‹NEIN› zu sagen. Du entscheidest. Doch warte! Versuch dich zu erinnern, welche Entscheidung das Buch dir in den Mund legte . . . ob du ‹JA› sagtest, ob du ‹NEIN› sagtest, oder überhaupt nicht antwortetest. Nein, verrats mir nicht! Erinnere dich, was es dich tun liess, und mach dann etwas ganz anderes. OK? So, sag ‹JA› oder sag ‹NEIN›.»

Ein längeres Schweigen folgte. Franx schien in einen schrecklichen inneren Kampf verwickelt. Mehrere Male hob er den Kopf und setzte zu sprechen an, aber alles, was er herausbrachte war ein trockenes Klicken. Er lag bäuchlings auf dem Eis, und alle seine kleinen Beinchen wedelten vor Angst in der Luft herum. Einmal bewegte er die Deckflügel ein wenig, und ich befürchtete, er würde einfach davonfliegen, um aus meiner Zukunft zu flüchten.

Aber dann begann er zu sprechen. «Nein», flüsterte er. Dann lauter, «Nein! Nein! Nein!» Er stellte sich auf die Füsse und zwitscherte voller Zuversicht, «Ich hab's gesagt, Felix. NEIN! Die Seite sagte, ich würde nicht antworten, ha! Die Seite versuchte, sich selbst zu schützen; NEIN, aber ich habe sie besiegt. Der König der Philosophen hat den Gordischen Knoten zerschnitten. Lasset uns frohlokken, kommet alle herbei, denn ich bin frei, ich bin frei!» Er fing an zu tanzen, warf seine Beinchen in die Luft und rockte hin und her.

Mir entrang sich ein Seufzer der Erleichterung. Franx hatte es wirklich ein wenig aus der Bahn geworfen. «Was hast du während deines Aufstiegs überhaupt erlebt, Franx? Wie weit bist du gekommen?»

«Bis Aleph-eins», sagte er völlig aufgestellt. «Komm, lass es mich dir zeigen. Den leichten Weg. Dort unten gibt es einen Tunnel, welcher geradewegs durch Cimön hindurch nach Flipside führt. Es wäre wirklich äusserst interessant, vergliche man deine ‹c› Seiten mit jenen Aleph-eins Klippen.» Er kletterte mir auf den Rücken und hielt sich mit Beinen und Kiefern fest.

Ich sprang von der Eisklippe ab und hinein in die Gletscherspalte. Franx' Schwingen durchschnitten die Luft, und wir flogen auf die Treppe zu, die auf der anderen Seite ins Eis gemeisselt war. Beinahe hätten wir eine Bruchlandung gemacht.

14 Aleph-eins

Wir stiegen die Treppe hinab. Franx immer vorneweg. Rechts ging es senkrecht hinab zu jenem eiskalten Sturzbach. Während wir immer weiter nach unten stiegen, nahm das Licht allmählich ab und die im Eis herumtreibenden Figuren und Formen wurden deutlicher sichtbar. An einer Stelle wäre ich beinahe abgerutscht, als ein unheimlicher Geselle von einem Wels durch das Eis hindurch auf mich zuzuschiessen schien. Das donnernde Getöse des Sturzbachs machte jede Unterhaltung unmöglich. Ich konnte nichts anderes tun, als hinter Franx' gewölbtem Rücken hinterherzutrotten. Endlich erreichten wir das unterste Ende der Gletscherspalte.

Kaltes, dunkles Wasser rauschte an uns vorbei, seine Oberfläche in stehenden Wellenmustern aufgewühlt. Hier und da strömten kleine Flüsschen aus dem Gletschereis hinzu und ergossen sich in den Sturzbach. Ganz weit vorn verschwand er wieder im Eis. Gegen meinen Willen stellte ich mir vor, wie es sein würde, in das Wasser hineinzuspringen . . . mit jedem Glied von der mächtigen Strömung in eine andere Richtung gezerrt, gegen verborgene Reisszähne aus Eis gerissen zu werden, um schliesslich in die nachtschwarzen, unterirdischen Labyrinthe hineingezogen zu werden. Warum eigentlich nicht? Das Wasser jagte mir eine derartige Angst ein, dass ich den wahnsinnigen Drang verspürte, einfach hineinzuspringen, um dem Ganzen ein Ende zu machen. Ich würde mich im Müll ja sowieso rematerialisieren . . .

Mich schauderte und ich riss mich zusammen. Franx hatte sich am Ufer zusammengekauert und starrte unentwegt ins Wasser. Was war los mit ihm? Ich stubste ihn ein-, zweimal an, und er bewegte sich wieder.

Wir gingen den brausenden Strom entlang, bis wir an einen Tunnel gelangten, der horizontal nach links abbog . . . der Stadt entgegen, die ich vorhin gesehen hatte. Der Tunnel war von Menschenhand angelegt worden und mass gut zwei Meter im Durchmesser ... ungefähr so breit wie ein Abwasserkanal. Franx bog in ihn ein, ich hinterher. Nach und nach verlor sich das Getöse des Gletscherbachs.

Obwohl der Tunnel sich unter den Füssen eben anfühlte, sah es so aus, als führte er in leichter Kurve abwärts. Kaum dass ich fünfzehn Meter voraus oder nach hinten blicken konnte, wobei der Tunnel durch ein leuchtendes Band, welches sich in Hüfthöhe dahinzog, bestens beleuchtet wurde. Es war tatsächlich ein Fenster im Eis, und man konnte die bunten Traumformen umherziehen sehen. Ab und zu stiessen wir an eine in die Decke eingelassene Tür, ähnlich der Luke eines Unterseeboots.

«Bist du schon mal hier langgegangen?» fragte ich Franx.

«Auf der einen Seite deines Buches hast du das nicht gefragt», entgegnete Franx mit heiterer Stimme. «Es ist eine solche Erleichterung, nicht im voraus zu wissen, was ich sagen werde. Ich rede gut, aber das Reden muss spontan sein, ein bisschen Zen enthalten, verstehst du ...»

Meine Frage hatte er überhört, und ich beschloss, es mit einer anderen, interessanteren zu probieren. «Warum fällt dieser Tunnel nach unten ab, wenn er es eigentlich doch nicht tut?» Franx blieb einen Augenblick stehen, um nachzudenken und ich formulierte noch einmal neu: «Warum *sieht* es so *aus*, als stiegen wir über einen Bergrücken, wenn es sich *anfühlt*, als wären wir auf einem ebenen Weg?»

«Oh, das ist nichts weiter als ... die Ernsthaftigkeit? – ich meine die Gravitation. In der Physik bin ich nicht so versiert wie in anderen Disziplinen. Ich habe quer durch den Garten studiert und aufmerksam gelesen, aber es gibt Lakunen ...» Ich räusperte mich, und er kam aufs Thema zurück. «Ja, ja, Felix. Deine Frage kann ich beantworten. Ich bin ein wenig deprimiert, und wenn ich deprimiert bin, rede ich mehr. Auf dem Mount On habe ich eine eher enttäuschende Erfahrung gemacht, und noch immer finde ich meinen Weg, meinen endlosen, beschwerlichen Weg ...»

Schweigend gingen wir ein Stück weiter. Der Tunnel schien wesentlich heller als zuvor. Wir schienen ständig über eine Erhebung im Gelände hinwegzuwandern. Ich hätte schwören können, dass wir inzwischen senkrecht zur Gletscheroberfläche marschierten, senkrecht hinab in die Oberfläche von Cimön.

Plötzlich begann Franx von neuem zu sprechen. «Keine Angst, deine Frage habe ich nicht vergessen. Die Schwerkraft in Cimön ist variabel. Variabel nicht so sehr was die Intensität angeht, sondern was die Richtung betrifft. Ähnliches erlebten wir auf dem Berg, stimmts?»

«Stimmt», pflichtete ich ihm bei. «Die Oberfläche des Mount On sieht eben aus, wenn man aber mit der Besteigung beginnt, ist sie wie eine Treppe. Mal drückt dich die Schwerkraft auf den Boden, und der fühlt sich wie eine weiche Wiese an; mal zieht die Schwerkraft dich über den Boden zurück, und er fühlt sich wie eine Klippe an.»

«Genau. Und auf Mainside . . . Ich nehme an, dass du dir klargemacht hast, dass dies ein Tunnel von Mainside auf Cimön nach Flipside ist . . . Auf Mainside weist die Schwerkraft fast senkrecht in den Boden, und man fühlt sich wie auf einer riesigen Ebene.»

«Die Bibliothek und der Schnee und die Stadt, das ist alles auf Mainside?»

«Natürlich. Und jetzt, Felix, streng mal deine rechte Gehirnhälfte ein wenig an. Stell dir Cimön als ein unendlich grosses Stück Leinwand vor, auf dessen beiden Seiten ein Bild gemalt ist. Ich fasse mich kurz. Der untere Teil ist, auf beiden Seiten, Wasser. Auf Flipside ist der obere Teil ein Berg, Mount On. Eine Schrumpfregion bewirkt, dass die ganze Absolute Unendlichkeit hineinpasst. Auf Mainside ist der oberste Teil eine riesige Wüste. Kein einladender Ort. Unterhalb der Wüste gibt es eine endlose Linie aus Müllhalden. Den grossen Müll. Gleich darunter liegen die Städte der Ebene. Eine für jede Welt und für jedes Zeitalter . . . jede von ihnen ist um ihren für sie charakteristischen Teil des Mülls herumgewachsen. Die Schwerkraft auf Mainside weist in die Oberfläche von Cimön hinein . . . bis hierher weist die Schwerkraft auf Flipside parallel zur Oberfläche. Damit ‹unten› unter den Füssen bleibt, muss der Tunnel in einer Kurve verlaufen. Den Rest kannst du dir selbst erklären.»

Vor uns wurde es heller, der Tunnel hörte auf. Was auf Mainside horizontal war, war auf Flipside vertikal. Als ich versuchte, mir alles auf einmal vorzustellen, wurde mir ganz flau im Magen. Es war, als würde man eines jener Escher-Bilder zu lange betrachten, auf denen in alle Richtungen Treppen führten, hoch und runter, nach innen und nach aussen, während der Blick an der sich wölbenden Oberfläche irre wird.

Der Tunnel endete in einem steinernen Bogen, der an einen so steilen Abgrund führte, dass die tiefe Leere davor mich praktisch über die Kante zu ziehen drohte. Das Nachsinnen über den Tunnel hatte mir schon ein Schwindelgefühl bereitet, jetzt taumelte ich.

In dem steinernen Bogen war oben eine Eisenstange eingelassen . . . eine Art Reckstange . . . mit beiden Händen griff ich danach. Ganz egal, wo oben war oder wie tief unten war, ich hatte etwas Solides, woran ich mich festhalten konnte. So wagte ich einen Blick in die gähnende Tiefe, ohne dass es mich noch allzu sehr zu entsetzen vermochte.

Wie zuvor gab es auch jetzt keinen nächst tiefergelegenen Fels, keine erste Stufe – aber jetzt wurde alles noch schlimmer. Keine unendliche Beschleunigung von Aleph-null Einstellungen meiner Augen konnte meine Aufmerksamkeit von tief drunten bis hoch droben scharfstellen. Ganz gleich wie schnell und wie weit ich meine Bezugspunkte setzte, ich konnte meine Aufmerksamkeit nicht auf Alepheins zurückziehen. Vielmehr zog es mich nach vorn. Ich musste die Augen schliessen.

Als ich sie wieder öffnete, starrte ich auf meine Hände, die die Eisenstange umklammerten. Die Handgelenke waren weiss, die Handflächen feucht. Die Hände taten mir weh, als ich die Stange losliess und vorsichtig zu einem Punkt, knapp einen Meter von der Kante entfernt, zurückkroch. Ich setzte mich hin und lehnte mich an die Tunnelwand. Franx hielt sich auf der anderen Seite an die Wand gepresst, den Kopf hatte er über den Abgrund hinaus geschoben.

«Und ich dachte schon, ich wäre ans Ende gelangt», sagte er traurig. «Ein Auge blickt nach oben, ein Auge nach unten. Es wird mir schwer, nach oben zu schauen. Weisst du, wie lange ich hier gewesen bin, Felix? Hier auf Cimön?»

«Ich weiss es nicht. Eine lange Zeit . . .»

«Euerm Zeitsystem entsprechend 1200 Jahre. Eins Komma zwei

Jahrtausende. Man behält's im Auge, wenn man mit den Frischlingen – mögen ihre vertrauensseeligen Herzen gesegnet sein –, wenn man mit den Frischlingen spricht. Zwölfhundert Jahre, und so weit wie diesmal bin ich den Mount On niemals hinaufgestiegen. Und jeder Tolpatsch, der nicht mal zum Denken fähig ist, jeder Tolpatsch, den es interessiert, kann durch den Tunnel daherschlendern. Wird es denn niemals ein Ende haben? Gibt es denn keinen Balsam in Gilead?»

Ich war mir nicht sicher, worauf er hinauswollte. «Willst du sagen, du hättest nie gewusst, dass dieser Tunnel existierte?»

«Natürlich wusste ich um diesen Tunnel. Es gibt eine ganze Menge Tunnels nach Aleph-eins, und wenn du gewillt bist, ein Risiko einzugehen und dich in die Wüste zu begeben, wirst du den Tunnel nach Aleph-zwei, den Tunnel nach Aleph-null, die Tunnel zu den unerreichbaren Kardinalzahlen finden . . . Ich habe sie gesehen, ich habe unter Gottes Rock geblinzelt wie alle andern . . . habe blöd geglotzt und bin unverändert nach Hause gegangen . . .» schloss er tief seufzend. «Wenigstens habe ich Aleph-eins bezwungen. Wenigstens das.»

Ich versuchte, seine Stimmung ein bisschen zu heben. «Das ist doch fantastisch, Franx, dass du soweit hinaufgestiegen bist. Warum erzählst du mir nicht, wie du das bewerkstelligt hast.»

«Ich werde es dir erzählen, Felix, das und noch viel mehr.» Er fixierte mich mit einem seiner Facettenaugen. «Als Mathematiker, der du nun mal bist, unterstelle ich dir, dass du relativ unwissend bist . . . was nicht heissen soll, unempfänglich für . . . die Feinheiten mystischer Ideen?»

«So ein typischer Mathematiker bin ich nun auch wieder nicht, Franx. Was immer das für dich bedeuten mag. Immerhin habe ich ein wenig Plotin gelesen und einen Yoga-Kurs absolviert. Nein, ich kann wirklich nicht sagen, dass ich . . .»

«Genau. Du hast dich nicht informiert. Es gibt so wenige Leute, die sich in adäquater Weise auf Cimön vorbereitet haben. Auf Praha ist das völlig anders. Selbst Larven, sogar Sklaven sind da in der Lage, einen wohlgesetzten Diskurs zu halten – so wie ich dir das jetzt, mit deiner freundlichen Zustimmung, vorführen werde.»

«Vergiss bitte nicht, Franx, dass ich dich fragte, wie du nach Aleph-eins gelangt bist.»

«Der Fluss der Sprache, das Geben und Nehmen, wie sehr mich das doch begeistert. Ein Mengentheoretiker. Es ist ein glücklicher Zufall, dass wir uns trafen, und nicht nur für dich, eines der ersten Mitglieder deiner Rasse, welches ich als gleichwertig, wenn nicht gar als Käfer ansprechen kann. Ich würde beinahe sagen, du seist erleuchtet, gäbe es nicht diese beklagenswerte Selbsttäuschung, von wegen du seist nie gestorben. Du solltest den Tatsachen ins Auge schauen. Akzeptiere den Müll, dem du entsprungen bist, nimm es bereitwillig an, und erst dann wirst du den Müll links liegen lassen und wirklich weitergehen. Schon kontrollierst du das Weisse Licht, wenn auch unter Zuhilfenahme von Drogen, wohingegen ich es gerade erst fertigbrachte . . .» Er setzte eine Minute lang mit Sprechen aus und murmelte dann mit Bitterkeit in der Stimme, «Aleph-eins, gerade so bis Aleph-eins.»

Sein Begriffsvermögen schien tatsächlich aus der Bahn geworfen. Ich blieb eine Weile schweigend sitzen und überdachte alles noch einmal. Niemand wollte mir glauben, dass ich tatsächlich noch am Leben war. Ich selbst glaubte, dass ich noch lebte, aber mir war überhaupt nicht klar, wie ich jemals zur Erde zurückkommen würde. Jesus hatte gesagt, ich solle den Gipfel des Mount On erklimmen, und da sass jetzt Franx und erzählte mir, er sei in zwölfhundert Jahren nur bis Aleph-eins gelangt.

Ich fragte mich, in welchem Verhältnis die Zeit hier zur Zeit auf der Erde stehen mochte. Die Erde hatte ich am Donnerstagnachmittag verlassen und war zusammen mit Kathy von Boston aus hierher geflogen. Was wäre, wenn ich zur Erde zurückkehrte und Tausende von Jahren wären inzwischen verflossen? Mein Körper würde längst vergangen sein, und ich müsste wohl oder übel schnurstracks zurück nach Cimön. Andererseits stand die Zeit hier vielleicht lotrecht zur Erdzeit, und – egal wie lange ich mich in Cimön aufhalten würde – es wäre immer noch der Spätnachmittag des 31. Oktober 1973, wenn ich zurückkehrte.

April kam mir in den Sinn und ihr zweitoniges Kichern, wenn sie glücklich war. Wir hatten uns 1965 während einer Busfahrt kennengelernt. Damals hatte sie das Haar kurz getragen, hatte geschminkte Lippen und hörte mir zu wie bis dahin niemand anderes. Plötzlich wurde mir klar, dass sie sich meinetwegen sicherlich Sorgen machte. Ich sah sie beinahe vor mir, wie sie Iris in der Kinderkarre die Tuna Street hinabschob ... die goldenen Babylöckchen. Aprils glattes dunkles Haar; jetzt wandte sie den Kopf, blickte sich suchend um ...

«Nun?» fragte Franx herausfordernd.

«Was?» Ein Steinchen, auf das ich mich gesetzt hatte, liess meine Stellung unbequem werden, und ich rückte ein wenig nach links.

«Willst du es nun hören oder nicht?»

«Tut mir leid, Franx. Ich habe völlig den Faden verloren.» Ich wollte mich nicht davor drücken, darüber zu streiten, ob ich nun wirklich noch lebte oder nicht. Plötzlich fiel mir ein, dass, selbst wenn ich hier hängenbleiben würde, April eines Tages ja sterben musste und in fünfzig oder sechzig Jahren nach Cimön käme. Das war immerhin etwas, auf das man sich freuen konnte. Aber bis dahin hätte sie natürlich jemand anderen gefunden, jemand, den sie mehr liebte. Franx sprach jetzt weiter.

«Ich war im Begriff, zu erklären, wie ich nach Aleph-eins gelangt bin, vielleicht hast du aber das Interesse verloren?»

«Nein, nein. Ich würde es gerne hören.» Franx schien ein wenig verzweifelt, wie einer, der mit einem Mal feststellt, dass er sich in einer Falle befindet, aus der es keinen Ausweg gibt. Ich fragte mich, wie es wohl sein mochte, die Ewigkeit in Cimön zu erleben. Selbstmord als Ausweg schied in jedem Fall aus ... man würde beim nächstbesten Müllhaufen rekonstituiert werden. Aber wäre es nicht möglich, endlich die vollkommene Erleuchtung zu finden, die totale Vereinigung mit dem Absoluten, das Eine, die Ursache allen Seins. Gott selbst? Und dann gab es noch die Hölle ...

Als hätte er meine unausgesprochene Frage verstanden, begann Franx von neuem zu sprechen. «Aus Cimön gibt es keinen anderen Ausweg als den Weg ins Absolute. Ich selbst habe diesen Weg viele Jahrhunderte lang gesucht. Meine Zeit ist gekommen, wird auch für dich kommen.»

«Moment mal. Du behauptest, es gäbe keinen anderen Ausweg

aus Cimön als den Weg ins Absolute. Die Hölle hast du dabei, so will es scheinen, völlig ausser acht gelassen. Du hast dich ganz schön verängstigt angehört, als du vorhin dachtest, ich sei ein Sendbote des Teufels.»

« *Touché*. Wie sprach doch der edle Vergil? ‹Der Weg in die Hölle ist leicht, aber zurück – ah, da gibt es Verzweiflung, da gibt's viel Müh›. Du kannst ohne weiteres von Cimön aus in die Hölle gehen, aber einen Weg zurück, den gibt es nicht. Dein Heiland Jesus Christus allein hat diese knifflige Frage gelöst. Den Gesetzen der Symmetrie zufolge sollte man meinen, dass es möglich ist, in den Himmel zu gehen und niemals zurückzukehren. Es sollte eine irreversible Erleuchtung möglich sein, ein Himmel, eine Vereinigung mit Gott, von der es ebenfalls kein Zurück mehr gibt. Es sollte ein Sich-Verlieren im Licht, als auch ein Sich-Verlieren im Dunkel geben.»

Ich nickte bloss, und Franx fuhr fort. Dass er über das Absolute sprach, schien ihm einen inneren Schmerz zu lindern, und das Frenetische, das Feindselige, welches seine früheren Äusserungen begleitet hatte, verlor sich allmählich. «Nachdem wir getrennt wurden, setzte ich meinen Weg am Berg weiter fort. Ohne dich auf dem Rükken fiel mir das wesentlich leichter, und es war gar nicht mehr nötig, mich von den Klippen abzustossen. Ich vergrösserte meinen Abstand zur Oberfläche des Berges um nur ein Weniges und flog dann einfach. Weit voraus konnte ich am Himmel ein schwaches Licht schimmern sehen, und als ich darauf zuflog und es betrachtete . . .» Franx stockte, und ich musste ihn drängen, weiterzusprechen.

«Ich wurde zum Weissen Licht», brachte er schliesslich hervor. «Du weisst wie das ist. Und das lässt einen nicht kalt. Ich sah das Eine, hielt es in den Händen, aber dann wurde alles wieder grau, und rauhes Felsgestein lag vor mir. Ich landete bei Aleph-eins.»

«Was sagtest du vorhin über die weissen Lichter?» fragte ich. «Die roten Lichter waren Träumer, grüne Lichter waren gestorbene Leute, und weisse Lichter waren was?»

«Leute, die innere Disziplin oder irgendeinen Trick angewandt haben, um ihren Körper aufzulösen und ihn irgendwoanders reformierten. Für Menschen ist das eine verhältnismässig einfache Angelegenheit – insbesondere, wenn sie den Rauch von Rauschkraut inhalieren. Ich aber entstamme nicht einer Sippe von Drogenabhängigen. Wir sind Poeten, Mystiker, Könige der Philosophie . . .»

Der angstvolle Unterton hatte sich erneut in seine Stimme geschlichen, und ich schnitt ihm das Wort ab. Allmählich begann ich, die Zusammenhänge zu begreifen. «Unterbrich mich, wenn ich etwas Falsches sage, Franx, aber ich glaube zu erkennen, was dich so aufgebracht hat. All die Jahrhunderte hindurch ist es dir nicht gelungen, ins Weisse Licht einzutauchen.» Er wollte etwas entgegnen, aber ich hob meine Stimme und liess ihn nicht zu Wort kommen. Nahm ich es nicht in die Hand, den Dingen auf den Grund zu gehen, würde er den ganzen Tag lang ums Thema herum reden. «Oben auf dem Berg angelangt, geschah es endlich. Du sahst das Licht. Du *wurdest* zum Licht. Die langen Jahre der Suche wurden endlich belohnt, und du gingst in den Himmel ein.» Schweigend nickte er, und ich fuhr fort. «Mag sein, dass es dir gefiel, mag sein, dass es dir nicht gefiel. Aber du kehrtest zurück. Du materialisiertest dich wieder – auf halbem Wege zum Gipfel des Mount On und soweit vom Absoluten entfernt wie eh und je.»

Franx zappelte nervös mit den Beinen, und als er jetzt sprach, kam es wie ein ersticktes Flüstern aus ihm heraus. «Ich wollte dort bleiben, Felix. Wirklich. Mir langte es. Zeit muss irgendwann einmal enden. Aber jetzt habe ich Angst, Angst zurückzugehen. Das Absolute ist Alles und Jedes, aber es ist auch alles Nichts.»

Ich strich ihm mit der Hand über seinen langen gewölbten Rükken. «Geht überhaupt jemals wer auf immer? Um bei Gott zu sein?»

Der Höhepunkt seines Kummers schien überwunden. Seine Beinchen zappelten nicht mehr so nervös, und seine ausdruckslosen Augen starrten mich an. Ich spürte, dass er irgend etwas vor mir verbarg. «Ich weiss nicht, wie ich's sagen soll. Leute weissen aus und verschwinden, aber vielleicht materialisieren sie sich auch nur an irgendeinem anderen Ort in Cimön. Schliesslich ist Cimön ja unendlich . . .»

Wieder schwieg er eine Minute und begann anschliessend unter sichtlichen Mühen, in seiner üblichen verwickelten Sprechweise den begonnenen Gedankengang fortzusetzen. «Wie dem auch sei, das Interessante an unseren zwei Trips, das wirklich Wunderbare daran ist, dass du ‹c› erreicht hast und ich Aleph-eins. Du machtest dir eine Vorstellung all deiner möglichen Leben und fügtest sie zu einer Einheit. *Fiat*. DIE LEBEN DES FELIX RAYMAN. *Imprimatur* und *Nihil Obstat;* Annie, besorg mal das Fernsehprogramm. Nein, unterbrich mich nicht, ich muss etwas klarstellen. Das Eine und das Viele. Du hast das Viele gesehen, Felix, und ich sah das Eine.» Seine Stimme wollte versagen, er aber zwang sich weiter. «Ich sah das Eine, ich *war* das Eine, aber dann wollte ich danach greifen, versuchte es festzuhalten. Ich . . . ich brachte es um, indem ich es ansah, und blieb bei Aleph-eins stecken.»

«Das nennt man auch das Reflexionsprinzip.»

«Bitte, führ das ein wenig näher aus; das ist neu für mich.»

«Das Reflexionsprinzip ist eine althergebrachte theologische Idee, die wir in der Mengenlehre zur Anwendung bringen. Jegliche spezifische Beschreibung des ganzen Mengenlehre-Universums ist auch auf eine kleine Menge innerhalb des Universums anwendbar. Jede Beschreibung des Absoluten ist auf etwas Begrenztes, Relatives anwendbar.»

Franx gab einen Laut der Enttäuschung von sich. «Du sagst gerade, dass das Absolute jenseits menschlicher Erkenntnis ist. Das gehört zu den Grundlehren des Mystizismus.»

«Ja, aber ich glaube immer noch nicht, dass du siehst, wie es auf den Mount On anwendbar ist. Wenn du beispielsweise ausweisst und nicht mehr da bist, dann *gibt es kein* Individuum, dann gibt's keine Vorstellung vom Absoluten. Aber die Situation ist unbeständig. Das Absolute teilt sich, versucht, aus sich selbst auszubrechen, und *Wham!* da ist ein Käfer, der sich Aleph-eins anschaut.»

Mein Kopf arbeitete völlig klar. Eines der wenigen Male, dass Franx nichts hinzuzufügen hatte. Wir blickten aus dem steingefassten Bogen hinaus in den tiefblauen Himmel, so klar und makellos.

Aber es gab dort draussen doch noch etwas anderes. Eine dunkle Form, oben rund, und drei kleinere Dinger, die von ihr herabhingen. Ein Begleiter mit drei Bergsteigern.

Aber er flog nicht mehr den Berg hinan, sondern vom Berg weg, in einer weiten Schleife nach unten. Wo wollten die wohl hin? Ich blickte hinab aufs Meer, tief, tief unten.

Das Meer wölbte sich in einer sanften Kurve vom Berghang weg, und mir schoss es durch den Sinn, dass der Begleiter seine Gruppe dorthin bringen mochte. Aber was war dort? Eine Art flackerndes orangefarbenes Licht kam von jenseits des Meeres, aber obwohl ich meine Augen anstrengte, konnte ich doch keine Einzelheiten ausmachen.

Als ich meinen Blick zum Himmel hob, fiel mir noch etwas anderes auf ... ein heller Punkt, der direkt auf uns zukam. Sagenhaft schnell. Bevor ich mich noch ducken konnte, gab es ein *Whopp!* und zwei Arme hingen von der Reckstange, an der ich mich festgehalten hatte. Zwei Arme in den Ärmeln eines dunkelgrauen Anzugs, weisse Manschetten lugten heraus. Die Arme pendelten leicht hin und her.

Franx zischte drohend und schob sich langsam rückwärts von den Armen weg. Die Kiefer hatte er weit geöffnet, bereit, zuzuschnappen. Ich folgte seinem Beispiel, und wir zogen uns beide in den Tunnel zurück.

Plötzlich blitzte noch mehr weisses Licht auf uns zu. Es hielt zwischen den Armen an, unregelmässige Formen wuchsen aus ihm hervor, dunkelten rasch und nahmen feste Gestalt an. Georg Cantor. Er stand da, die Hände fest um die Eisenstange geklammert. Mit durchdringend blauen Augen starrte er uns an und liess ein schwaches Lächeln um seine Lippen spielen.

«Felix Rayman und ... habe ich Sie vielleicht schon einmal irgendwo gesehen?»

«Mein Name ist Franx», sagte der Käfer und fügte stolz hinzu: «Ich bin heute bis hierher gestiegen, den ganzen langen Weg bis Aleph-eins. Und mein Kumpel hier hat ein Buch mit ‹c› Seiten in seiner Parkatasche. Hol's mal raus, Felix, und zeig's ihm.» Kumpel ... am Arsch. Ich machte Anstalten, mein Buch aus der Rückentasche zu ziehen, während Franx drauflos plapperte. «Warum bleiben wir nicht hier stehen und vergleichen das Buch mit den Klippen. Ihr Problem werden wir im Handumdrehen gelöst haben.»

Cantor nahm eine etwas steifere Haltung an. «Sie meinen das Kontinuumproblem?»

Ich hielt ihm das Buch hin und fühlte mich in Verlegenheit gebracht. Franx' Vorschlag schien mir ja gar nicht unvernünftig, aber ich war gleichermassen überzeugt, dass er irgendeinen Fehler enthielt, den Cantor mit einer beissenden Bemerkung aufdecken würde. «Es umfasst ‹c› Seiten», sagte ich lächelnd und nickte Cantor aufmunternd zu. «Franx wunderte sich nur, warum wir nicht einfach mit dem Versuch beginnen konnten, es Seite für Seite mit jenen Klippen zu vergleichen . . .» Meine Stimme verlor an Schwung und erlahmte dann vollends.

«Fahren Sie nur fort», sagte Cantor aufmunternd. «Lassen Sie sich von mir nicht aufhalten.»

Ich ging hinüber an den Klippenrand und blickte in die Tiefe. Diesmal war ich bereit und hatte keinerlei Schwindelgefühl mehr. Ich wollte die Klippen, eine nach der anderen, mit dem Auge verfolgen und abzählen, dann für jede gezählte Klippe eine Buchseite oben umknicken. Wenn jede einzelne Seite oben eingeknickt war und wenn ich mit dem Zählen durch war, würde ich wissen, dass «c» ebenso gross ist wie Aleph-null . . . dass das Viele auf das Eine reduziert werden konnte.

Aber so einfach war das nicht. Mein Buch hatte weder eine erste noch eine letzte Seite. Wo immer ich es auch aufschlug, gab es eine andere Seite, aber niemals eine *nächste* Seite. Die Sequenz der Klippen andererseits war perfekt angeordnet. Über jeder Klippe, oder Klippenmenge, gab es jeweils eine einzelne nächste Klippe. Die Aleph-eins Klippen und die «c» Seiten waren zwei verschiedene unzählbare Mengen, jede mit ihrer eigenen natürlichen Ordnung . . . und es gab keine sichtbare Möglichkeit, sie miteinander zu vergleichen. Es war, als wollte man Äpfel in Orangen sortieren.

Halbherzig ging ich in eine Beschleunigung, gab aber nach einiger Zeit auf. Um alle Aleph-eins Klippen durchzuackern, hätte ich erneut ausweissen müssen. Und ich wusste nicht wie.

«So gut kann ich mit unzählbaren Mengen nun auch wieder nicht umgehen», sagte ich und reichte Cantor das Buch. «Können Sie . . .»

Er winkte ab. «Für heute bin ich mal fertig. Ich werde Sie aber zu Ellie führen. Kommen Sie.» Er begann, in den Tunnel hineinzugehen.

Ich musste in einen leichten Trott fallen, um ihm folgen zu können. «Kennen Sie eigentlich die Grössenordnung des Kontinuums? Gibt es eine Lösung für das Problem?»

«Für einen Mathematiker ist das reichlich schwer», lachte er in sich hinein. «Aber Mathematik ist ja nun nicht alles, nicht wahr? Es gibt ja da noch die Physik, die Metaphysik.» Er ging immer schneller, und ich musste schon bald laufen, um mit ihm Schritt zu halten. Franx lief dicht hinter uns an der Decke entlang. Cantor fuhr fort: «Wäre ich noch auf der Erde, würde ich gewisse Experimente anstellen, gewisse physikalische Experimente, die das Kontinuumproblem sehr wohl lösen würden.»

Ich konnte mich kaum noch zurückhalten. «Was für Versuche? Wie würden Sie sie anstellen?»

«Die Idee ist in meinem 1885 verfassten Arbeitspapier enthalten», sagte er beiläufig. «Gäbe es eine dritte Grundsubstanz ... neben Masse und Äther ... dann wüssten wir, dass ‹c› mindestens eine Mächtigkeit von Aleph-zwei besitzt. Aber hier sind wir in Cimön, und hier hocken wir nun herum.» Dabei beliess er es und verdoppelte seine Geschwindigkeit.

Ich konnte ihm nun wirklich nicht mehr folgen und begnügte mich damit, hinterherzulaufen. Ich fragte mich, was für ein Experiment er wohl meinte. Ich versuchte, mit einer besonderen Anstrengung, mir das Jahr 1885 zu merken. Wenn ich jemals zur Erde zurückkam, musste ich unbedingt seinen Aufsatz lesen. Wenn ...

Die Tunnelwände glitten nur so an uns vorbei. Es schien viel weiter als auf dem Hinweg. In Tunnels ist mir sowieso immer ganz anders zumute. Man läuft oder fährt so schnell wie man kann, und nichts scheint voranzugehen. Da ist stets ein Kreis um einen herum, die Lichterketten, die nächste Kurve ... ein tiefgefrorenes Muster. Mit der Zeit bekommt man das Gefühl, dass selbst wenn man das Steuerrad wirbeln liesse, nichts passieren würde. Nichts als ein Spiel im Automatensalon ...

15 Tee in vornehmer Gesellschaft

Als wir durch das halbe Cimön hindurch waren, blieb Cantor unter einer runden, in die Decke eingelassenen Tür stehen. Die Tür wirkte massiv, in ihrer Mitte war eine Skalenscheibe angebracht. Sie sah wie eine Safetür aus.

Cantor wies auf die Skalenscheibe. «Sie sind Mathematiker, Dr. Rayman. Vielleicht können Sie das Schloss öffnen.»

Die Skalenscheibe war in nur zehn Zahlen unterteilt, in die Zahlen null bis neun. Ich folgerte, dass die Kombination eine Kette von Aleph-null Digitalzahlen sein musste, die dezimale Expansion irgendeiner realen Zahl. Aber welcher realen Zahl?

Ich langte nach oben und drehte die Skala langsam im Uhrzeigersinn und drückte mit der anderen Hand gegen die Tür. Bei drei hörte ich einen Bolzen fallen. Ich änderte die Richtung und drehte die Skala stückchenweise gegen den Uhrzeigersinn. Der nächste Bolzen klickte bei eins. Es gibt nur eine bekannte reale Zahl, die mit einer drei und einer eins anfängt. Stimmte meine Vermutung, würde der Rest ein Kinderspiel sein.

«Ach, o Herr, o bring Vertrauen in unsere Lehre, auf ewig fröhlich lobpreise, schöpfe, jubiliere.» Diesen Satz sagte ich mir langsam, Wort für Wort auf und drehte dabei die Skala in beiden Richtungen hin und her. Dieser Satz ist eine weithin bekannte Eselsbrücke, um sich die ersten fünfzehn Digitalzahlen von *pi* zu merken. Man addiert die Buchstaben und erhält 3,14159265358979. Mit jeder Dezimalzahl klickte ein Bolzen. Es war *pi*, das war klar. Ich ging in eine Beschleunigung.

Eine einfache Methode, um die volle Dezimalexpansion von pi zu erhalten, besteht darin, eine spezielle infinite Reihe zu addieren: $4/1 - 4/3 + 4/5 - 4/7 + 4/9 - 4/11 + \ldots$ Ich begann zu addieren und wählte die Dezimalzahlen so wie sie sich ergaben.

Schliesslich war es soweit. Ein befriedigendes *Ssock!* klang aus dem schweren Schloss. Noch ein Freispiel. Ich drückte gegen die Tür, sie sprang auf. Meine Arme waren schlaff vom Unter-die-Dekke-Langen, und ich liess sie erleichtert an mir runterbaumeln.

«Sehr gut», sagte Cantor. «Jetzt geht's tausend Meter aufwärts. Ich lugte in den schmalen dunklen Schacht und konnte an der einen Seite der etwa mannsdicken Röhre metallene Sprossen erkennen. Wie wir da wohl hochkommen sollten? Tausend Meter senkrecht in die Höhe ist für einen Mann in Cantors Jahren nun wirklich keine Kleinigkeit. Ich machte eine diesbezügliche Bemerkung, er aber beschwichtigte mich und meinte, dass der Aufstieg nicht sonderlich schwer sei, da die Schwerkraft unterwegs die Richtung ändern würde.

Wenn Franx von meiner Grosstat überhaupt beeindruckt war, dann verbarg er das sehr geschickt. Während Cantor und ich sprachen, kroch mir der Käfer den Rücken hinauf und durch die Luke in den Schacht hinein – als wäre ich ein Truthahnknochen, der an einer Mülltonne lehnt. Cantor nahm mich beim Arm.

«Wo hat *der* sich denn an Sie rangemacht?»

«Franx?» fragte ich und trat mit nach oben gerichtetem Blick einen Schritt zurück. Ich konnte ihn etwa fünfzehn Meter über mir die Röhre hochflitzen sehen. Er war hier oben immer noch mein einziger Freund – auch wenn er sich so merkwürdig benommen hatte. «Er stammt von einem Ort, der Praha heisst. Kennengelernt haben wir uns in Hilberts Hotel und kletterten zusammen bis Epsilon-Zero. Dort inhalierte ich eine ordentliche Portion Rauschkraut, weisste aus, zog durch Traumland und reformierte mich in der Bibliothek. In der Zwischenzeit flog Franx den Mount On hinauf. Er sah das Eine, ging in ihm auf und benutzte das Reflexionsprinzip, um nach Alepheins zu gelangen. Ich glaube, es macht ihm zu schaffen, dass er nicht weiss bleiben konnte.»

«Das könnte er schon, wenn er's wirklich wollte», bemerkte Cantor. «Es ist gleich auf der anderen Seite der Wüste.» Weiter sagte er nichts, also stieg ich in den Schacht. Cantor schloss die Luke hinter uns.

Die Schachtwände waren aus Metall. Das einzige einfallende

Licht kam aus Bullaugen, die in unregelmässigen Abständen in den Schacht eingelassen waren, um den Blick auf das hellschimmernde Eis des Traumlandgletschers freizugeben. Unsere Füsse erzeugten, indem sie die Metallsprossen anschlugen, ein laut widerhallendes Echo, so dass jede Unterhaltung unmöglich wurde. Ich fragte mich, ob Cimön im Innern ganz aus diesem kristallinen Traumstoff bestand.

Wie Cantor angedeutet hatte, machte der Aufstieg zusehends weniger Mühe. Obwohl die Röhre vollkommen gerade verlief, bekam man schon bald den Eindruck, als hätte sie sich in die Vertikale geneigt.

Franx konnte ich jedesmal dann erkennen, wenn er einen der lichten Punkte, die Bullaugen, passierte; um mit ihm mithalten zu können, musste ich ohne Rast hinterherklettern. Die dazu notwendigen Bewegungen waren einfach und wiederholten sich regelmässig. Mein Körper funktionierte wie ein Automat. Cantor folgte mir in etwa sechs Meter Abstand.

Als ich ans Ende der Sprossen kam, brauchte ich eine volle Sekunde, um es überhaupt zu merken. Der Schacht war weiter geworden und verwandelte sich jetzt in eine teppichbelegte Treppe. Die ersten Stufen krabbelte ich noch auf allen vieren, bis ich realisierte, dass ich ja auch aufrecht gehen konnte. Franx hatte sich am Treppenende vor einer Tür niedergelassen und wartete. «Felix», sagte er, «könntest du die Mühe auf dich nehmen, deinen Mathekollegen zu fragen, was . . .»

Cantors Schritte stoppten dicht hinter mir. «Läutet.»

Die Treppe war mit einem roten Teppich ausgelegt, über die ein blau-roter, von Messingstangen gespannter Läufer gelegt war. Wände und Decken waren dunkel, holzgetäfelt, alles von an der Wand befestigten Kerzenhaltern beleuchtet.

Die Eintönigkeit des Aufstiegs legte sich wie der Sturm nach einem Gewitter, und ich konnte wieder klar denken. Franx war immer noch dabei, sich mit Mühe auf dem schmalen Treppenabsatz umzudrehen, als ich ganz oben ankam. Ich griff über ihn hinweg an den Klingelknopf.

Rasche Schritte näherten sich, und die Tür wurde geöffnet. Eine spindeldürre Frau in einem grauseidenen Gewand öffnete. Jede Menge Schmuck: Brillanten, Platin. Ich nahm an, sie müsse reichlich alt sein, aber es war schwer, da sicherzugehen. Die Nähte ihres Knochenschädels schimmerten an der Stirn und an den Schläfen durch, und ihr Zahnfleisch hatte sich weit von den Zähnen zurückgezogen. Ihre Kniescheiben sahen wie Galläpfel an Grashalmen aus.

«Hallo, Georg!» sagte sie mit einer leichten, dünnen Stimme. «Es ist gut, dich wohlbehalten aus Flipside zurückkehren zu sehen. Ich bin sicher, dass du eine Menge neuer Ideen mitgebracht hast ... und vieles andere mehr.» Ihr Blick fiel auf mich. In ihren Augen lag ein merkwürdiges Glitzern.

«Dies ist Dr. Felix Rayman», stellte Cantor mich vor, «und ...»

«Mein Name ist Franx», fiel der Käfer ihm ins Wort; vielleicht hatte er Angst, nicht vorgestellt zu werden.

«Und dies ist Madame Elisabeth Luftballon», schloss Cantor.

Sie lächelte und trat einen Schritt zurück. «Nennen Sie mich einfach Ellie. Und treten Sie doch näher. Ich bin ganz entzückt, Georgs Schüler kennenzulernen.» Trotz ihres verwitterten Zustands strahlte sie einen ganz besonderen Charme aus. Die vollkommenen Kurven, die ideale Symmetrie, die das Lächeln auf ihrem Gesicht hervorzauberte, erinnerten mich an eine offene und ehrliche Zitronenscheibe.

Cantor führte uns an ihr vorbei und ins Innere der Wohnung. Sie glich in der Einrichtung Hilberts Hotel, mit den Orientteppichen und dem wunderschönen antiken Mobiliar. Auch gab es da Musikinstrumente. Piano, Geige, Cembalo.

Ein Panoramafenster gab den Blick frei auf eine sich stets verändernde Art von Landschaft, wie ich sie aus der Bibliothek der Formen her kannte. Ich verweilte einen Augenblick am Fenster und wandte mich wieder dem Zimmer zu.

Cantor wechselte ein paar geflüsterte Worte mit Ellie, und Franx schnupperte im Zimmer herum. Offensichtlich hatten sie sich auf Besuch eingestellt. Da stand ein Tischchen auf zierlichen Beinen, und obendrauf stand Teegeschirr und ein Prachtexemplar von einer Schwarzwälder Kirschtorte.

«Es geht schon wieder los», fistelte Franx mir zu. Eines seiner dürren Beinchen zitterte vor Angst.

«Was ist?» Ich schlich mich an die Torte ran. Hauptbestandteil war Schlagrahm, dekoriert mit geraspelten Schokostückchen. Ich war bereit, das erste Mal Cimön-Leckereien zu kosten.

Franx trat mir in den Weg, seine Stimme überschlug sich fast vor Angst. «Deine Prophezeiungen werden wieder wahr. All das habe ich bereits. Dieses Zimmer, diese Torte, diese Worte, und wieder nähert sich ein entsetzlicher Tod auf flüsternden Schwingen.»

Dachte er denn niemals an etwas anderes als an sich selbst? Ich hoffte, hier bei Cantor ein interessantes Gespräch zu führen, und jetzt kam Franx mit einem neuerlichen Freak-out dazwischen. Ich drehte mich heftig zu ihm herum und sagte kurz angebunden: «Dann tu doch mal etwas, das nicht im Drehbuch steht. Irgendwas Unerwartetes. Und wenn du das nicht fertigbringst, kann ich dir auch nicht helfen. Wenn du mich weiterhin derart belästigst, werde ich dir den Schädel einschlagen!»

Bevor ich noch ganz ausgeredet hatte, kreischte er, «Freiheit!» und sprang an mir hoch. Ich wich zurück, verlor den Halt und fiel mit einem erstickten Schrei auf den Rücken. Im Sturz riss ich das Teetischchen mitsamt Torte um.

«Das war im Drehbuch nicht vorgesehen», kicherte Franx mit heiterer Stimme. Ich liess ihn links liegen und setzte mich auf. Ellie war in die Küche verschwunden, aber Cantor stand in der Tür und betrachtete uns mit wachem, interessiertem Gesichtsausdruck.

Ich begann, das auf dem Teppich verstreute Geschirr einzusammeln. Die Teppiche waren ziemlich dick, und ausser dem Tischchen war nichts zerbrochen, aber alles war mit heissem Tee und Schlagrahm voll. Franx verlor nicht eine Sekunde und hatte sein Gesicht in die zermatschte Torte gesteckt.

«Tut mir leid», sagte ich, mich erhebend. «Ich hoffe . . .»

Cantor schnitt mir mit einer Handbewegung das Wort ab. «Das macht doch nichts. Ellie ist glücklich, wenn sie Gäste hat.» Mit einem Mal hob er die Stimme und rief: «Ellie! Wir hatten einen kleinen Unfall! Bring doch bitte frischen Tee und saubere Tassen!»

Franx vertilgte die letzten Krümel und die letzten Sahnespuren vom Teppich. Cantor stubste ihn nicht gerade zimperlich mit dem Fuss an. «Und Sie? Wollen sie Tee?»

Franx reagierte auf diese unfreundliche Geste mit einem warnenden Zischen und fuhr herum. Doch besann er sich seiner guten Manieren und zirpte: «Ja, bitte. In einer Schale mit Milch und einem Stück Brotrinde. Wenn es geht, in einer blauen Prozellanschale.»

Cantor gab die Bestellung weiter. Ich zog mir die Schuhe und den Parka aus und setzte mich kreuzbeinig auf eine purpurfarbene Couch mit grossen Samtkissen. Draussen vorm Fenster war ein Muster aus farbigen Linien dabei, sich in die Hülle einer Helix zu verwandeln. In ihrer Nähe lauerte ein rotes Licht. Die Helix verfestigte sich und fing dann an, wie eine Sprungfeder in einem Zeichentrickfilm herumzuhüpfen. Weitere Helixe traten auf und begannen miteinander zu tanzen.

«Was ist das dort draussen?» fragte ich Cantor. Er hatte sich in einen schweren Sessel sinken lassen. Franx lag auf dem Fussboden – ein Auge auf's Fenster, das andere auf uns gerichtet. Ich hoffte nur, dass er eine Zeitlang mal nicht den Drang verspürte, etwas Unerwartetes zu tun. Die Helixe hatten sich in Zeltwürmer verwandelt und umspannten den roten Lichtpunkt mit farbigen Spinnweben.

«Die da, das sind Träume», sagte Cantor in seiner tiefen Stimme. «Die roten Lichtpunkte sind die Träumer.»

«Das sagte mir jeder, den ich fragte; aber soll das heissen, dass die Lichtpunkte die ganze . . . kreieren . . .» Ich unterbrach den Satz auf der Suche nach dem richtigen Wort. Das farbige Zelt hatte an Grösse zugenommen. In einer Seite war ein Loch, und dadurch konnte man das rote Licht sich in zärtlichen Bewegungen an einem riesigen, feuchten Regenwurm auf und ab fahren sehen.

«Felice!» schrie Franx auf und war mit einem Satz am Fenster. «Mein Liebling!» Der weissliche Körper des Riesenwurms begann sich wellenartig zu bewegen, und eine mundähnliche Öffnung drückte sich aus seinem unteren Ende. Der rote Lichtpunkt schwebte davor wie eine Biene vor einer Blüte. Franx hatte sich gegen das Fenster gestellt und stotterte unverständliches Zeugs. Zwei erektile Haare traten aus seinem hinteren Körperteil hervor. Ein dicker Tropfen einer milchigweissen Flüssigkeit floss zäh an ihnen herab, blieb einen Augenblick zitternd an den Spitzen hängen und tropfte auf den Teppich.

Mit einem Mal fiel das ganze Zelt in sich zusammen, und der Lichtpunkt schoss nach links aus dem Bild. Buntschillernde Regenbogen kräuselten vorüber und verwandelten sich in zornige Gesichter. Ein anderer Lichtpunkt trieb sich in einiger Entfernung herum. Franx liess sich von der Fensterbank herabgleiten und schnupperte ohne eine Spur von Ekel an dem feuchten Fleck hinter sich. «Sie sah aus wie meine Partnerin! Dieser Träumer muss von Praha sein.»

Cantor nickte zustimmend. «Die Träumer suchen sich gewöhnlich Visionen aus, die zu ihnen passen. Aber», drohte er mit dem Finger, «die Träumer kreieren die Visionen dort draussen nicht. Sie beobachten sie, erleben sie, aber die Visionen werden noch da sein, wenn der letzte Träumer gegangen ist. Genau wie mit den Mengen . . .»

Vorm Fenster hatte sich ein Kreis aus Pilzen gebildet. Sie trugen grausame, spöttische Gesichter. Ein rotes Licht fuhr mit unsicheren Bewegungen in ihrer Mitte hin und her.

«Lassen Sie mich das bitte klarstellen», sagte ich. «Alle möglichen Träume sind dort draussen. Wenn jemand einen Traum träumt, verwandelt er sich tatsächlich in einen roten Punkt und kommt nach Traumland. Geleitet von so etwas wie Instinkt, sucht er sich ein paar passende Träume aus, erlebt sie und begibt sich dann zurück in seinen normalen Körper?»

In diesem Augenblick kam Ellie mit frischem Tee zurück. Als sie den zerbrochenen Tisch sah, runzelte sie die Stirn und sagte, «Aber Georg . . . da musst du mir aber einen neuen besorgen! Ich habe in Truckee gerade noch einen Laden für antike Möbel entdeckt.»

«Noch mehr Junk?» stöhnte Cantor. «Das ist wirklich zu . . .»

Bevor er seine Einwände vorbringen konnte, begann Ellie erneut zu sprechen. «Und die da sollen deine Studenten sein? Es wird ihnen guttun, wenn du ihnen einiges beibringst . . . Du befindest dich in einem Zustand, wo mal wieder eine deiner schrecklichen Depressionen ins Haus steht, ich seh's dir doch an.»

Cantor machte eine leicht abwehrende Handbewegung. «Nie wieder Studenten, Ellie. Nur Gott kann lehren. Aber gewiss sind sie eingeladen, über Nacht zu bleiben.» Er blickte mich an, ich nickte, und er fuhr fort. «Herr Raymann wird ein Bett benötigen.» An Franx gewandt fragte er mit gerunzelter Stirn. «Und Sie?»

«Ich werde in Felix' Zimmer auf dem Fussboden schlafen. Nein, an der Wand. Ich meine, unter . . . unter der Decke.» Weiter sprach er nicht, offensichtlich hatte er die Prophezeiungen wieder einmal mehr Lügen gestraft.

«Wird sich das einrichten lassen, Darling?» fragte Cantor an Ellie gewandt.

«Aber natürlich, Georg. Es wird beiden von uns guttun, ein wenig Gesellschaft zu haben.» Dabei sah sie mich seltsam an und hielt länger Augenkontakt, als es mir angenehm war. «Nehmen Sie auch ein Gläschen Brandy?»

«O ja, gern. Das ist sehr freundlich von Ihnen.»

Ellie verliess noch einmal das Zimmer, und Cantor wandte mir aufs neue seine Aufmerksamkeit zu. «Es gibt da noch etwas . . . ja. Diese Lichtpunkte. Eine schlafende Person kommt mit einem Lichtpunkt, den sie in ihrer Zirbeldrüse trägt, hier an. Diese roten Lichter sind wie Augen. Augen, die sich frei über die transdimensionale Brücke von der Erde nach Traumland bewegen können. Und nach dem Tod bleibt nur noch das Licht und ein wenig mehr.»

«Aber ich fühle mich nicht wie in einem Traum», protestierte ich. «Und . . . und der Raum verändert sich nicht.»

Aus der Küche ertönte ein schrilles Kichern, gefolgt von einem lauten Aufschlag.

«Ellie!» brüllte Cantor aus Leibeskräften. «Alles okay?» Die Antwort war kaum hörbar. Cantor blickte mich wieder an und sprach weiter. «Natürlich ist dies kein Traum. Wenn es mein Traum wäre, lebte ich nicht im Haus einer solchen Frau. Die Träumer sind dort draussen.» Er zeigte aufs Fenster. «Wie Sie in der Zwischenzeit sicherlich bemerkt haben, kann man Cimön mit einem riesigen Pfannkuchen vergleichen. Mainside, Flipside, die Füllung ist Traumland. An den meisten Stellen ist es mit lockerer Erde und Gestein bedeckt, aber in dieser Gegend hier reicht es bis an die Oberfläche. Schneestürme füttern den Gletscher, und der Gletscher ist Traumland.»

Ellie brachte eine Flasche Brandy und drei Gläser. Indem sie uns, vornübergebeugt, einschenkte, schien sie ganz besonderen Wert darauf zu legen, mich mit ihrem verwitterten Hinterteil anzustubsen.

Konnte eine solche Frau etwa mit sexuellen Hintergedanken spielen? Jetzt setzte sie sich gar neben mich auf die Couch. Ich goss Franx ein wenig Brandy in sein Schüsselchen, und jeder nahm schweigend einen Schluck.

Eine weitere Frage drängte auf Antwort. «Mir scheint, dass es keinen grossen Unterschied gibt zwischen Hilberts Hotel und dem hier. Dort hatte ich zählbare Unendlichkeiten im Griff, hier ebenfalls. Wie verhält es sich aber mit Aleph-eins und ‹c›? Und mit den höheren Unendlichkeiten? Wann werde ich sie wirklich sehen?»

«Das hängt ganz davon ab, was ‹man› bedeutet», sagte Cantor. Ich hob fragend die Augenbrauen, er aber schüttelte den Kopf. «Es wäre nicht gut für mich, versuchte ich das zu erklären. Sie denken immer noch wie ein Mathematiker. Nur auf den lieben Gott vertraun.» Er schenkte sich noch ein bisschen Tee nach. «Spielen Sie?» fragte er gänzlich unvermittelt.

Ich wusste nicht sofort, was er meinte, dafür liess Franx sich sogleich vernehmen. «Auf der Flöte bin ich gar nicht so übel. Vielleicht könnten wir ein Duett spielen?» Cantor lächelte ihm zum ersten Mal zu.

«Ein wenig Scarlatti, Ellie?»

«Wie schön, Georg. Eines der Concertos.» Sie begab sich ans Cembalo, Franx zockelte hinterher. Sie reichte ihm eine Partitur, die er rasch überflog und zurückgab.

«Ich stehe zu Ihrer Verfügung», erklärte Franx. «Bevorzugen Sie den Cimön-Stil oder den klassischen Stil?»

«Oh, geben Sie mir einfach den Oberton an», sagte Ellie und zupfte beschwingt eine Saite an. Dann schlug sie mit den Fingern ein paar Tasten an, und die scharfen Noten hingen in der Luft. Franx reckte den Kopf vor und stiess ein perfektes C aus – abgerundet und mit einem leichten Tremolo versehen.

Dann fingen sie an zu spielen. Cantor gab einen wohligen Seufzer von sich und lehnte sich mit geschlossenen Augen in seinen Sessel zurück.

Was meinen musikalischen Geschmack betrifft, so geht er kaum über Robert Johnson hinaus, aber mit Cimön-Ohren war das anders. Franx türmte endlose Sequenzen von Obertönen auf jede Note, und

Ellie schlug Zillionen kleiner Extraverzierungen zwischen jeden von Scarlatti geschriebenen Takt an. Die Musik füllte den Raum um uns herum und umfing alle meine Sinne. Gute, harmonische Gedanken kamen mir in den Sinn.

Sie spielten lange – vielleicht vierzig Minuten. Gegen Ende schlief Cantor ein. Das war nicht schwer festzustellen; ein träges rotes Licht sickerte aus seinen geschlossenen Augen. Einen Augenblick lang dachte ich, er blutete, aber dann nahm das Licht Kugelform an und schwebte vor seinem Gesicht. Cantors astrales Traumauge. Es blinzelte mir zu, glitt langsam durch das Zimmer und durch die Fensterscheibe hinaus nach draussen. Dort verweilte es wenige Sekunden lang und schoss dann, auf der Suche nach dem vollendeten Traum, davon.

Teil drei

«Die neue Rockmusik
soll uns die Augen öffnen,
soll die Nebel zerreissen,
den die Menschen Ordnung nennen.»

Patti Smith

16 Aufblasbare Liebespuppe

Cantors Körper war immer noch im Sessel, aber nur schwach erkennbar. Das meiste von ihm war eindeutig in das Traumauge gegangen. In seinem Sessel sah man eine leblose Hülle – grünlich transparent und unwirklich. Ich fragte mich, ob er lange fortbleiben würde. Es gab immer noch so viele Fragen.

Franx und Ellie beendeten ihr Duett mit einem raschen Arpeggio von Aleph-null Noten, und ich klatschte leise Beifall. «Das war wirklich wundervoll. Aber der Professor scheint eingeschlafen zu sein.» Ich fühlte mich ein wenig unbehaglich, allein mit dem Käfer und der spindeldürren Lady.

Sie nahm wieder neben mir Platz und schenkte sich noch einen Brandy ein. Franx liess sich einigermassen ausführlich über die Feinheiten in der Kompositionsweise Scarlattis aus, sie hörte ihm aufmerksam zu. Obwohl sie sich aber auf das zu konzentrieren schien, was Franx ihr erzählte, nahm sie immer wieder flirtend Tuchfühlung mit mir auf, ohne es vielleicht bewusst zu tun.

Mit einer solchen Frau Liebe zu machen, das kam wohl kaum in Frage . . . sie würde zerbrechen wie ein trockener Zweig. Aber meine männlichen Instinkte drängten blindlings, sich zu behaupten, die Aufmerksamkeit dieser Frau vollends zu erregen.

Als Franx eine Atempause einlegte, ergriff ich sogleich die Zügel der Unterhaltung. «Schade, dass er schläft. Ich hätte ihn gern noch einiges über das Kontinuumproblem gefragt. Er wies immerhin auf die Möglichkeit physikalischer Versuche auf der Erde hin.»

Ellie starrte mir, indem ich so sprach, unverwandt in die Augen, und meine Zunge wurde schwer. Was war bloss mit dieser Frau los? An einigermassen gesunden Massstäben gemessen war sie einfach abstossend . . . beinahe ein Freak . . . aber sie übte zweifellos eine sexuelle Ausstrahlung aus . . .

«Sie müssen Georg nicht immer so furchtbar ernst nehmen», sagte sie. «Ich habe ihn beweisen hören, dass Bacon die Stücke von Shakespeare verfasste und dass Josef der leibliche Vater Jesu war. Er versetzt seine Hörer gern in Erstaunen.»

«Er sagte auch, es gäbe einen metaphysischen Ansatz zum Kontinuumproblem», hakte ich wieder ein. Sie hatte ein so verdammt verführerisches Lächeln. «Wissen Sie ... wissen Sie etwas darüber?»

«Ja», hob sie zu sprechen an. «Er sagt, man muss zu ... *werden* ...»

Franx' einschneidendes Zirpen unterbrach unser Gespräch. «Ich bin mir völlig im klaren darüber, dass man mich des schweren Verbrechens des *lèse majesté* bezichtigen könnte, aber wie könnt ihr Mengentheoretiker bloss so sicher sein, dass ‹c› wirklich grösser ist als Aleph-null? Das ist doch reinste Poesie. Alle Unendlichkeiten sind wirklich dieselben. Warum sollte es keine Abbildung der natürlichen Zahlen auf die Punkte in einem Kontinuum geben ... eine Abbildung, an die man bisher einfach nicht gedacht hat. Mensch sein heisst im Irrtum sein, Felix.» Dazu gackerte er herablassend. Ich war mir ziemlich sicher, dass er selbst kein Wort von dem, was er sagte, glaubte.

Aber die Frage an sich interessierte mich schon. Ich wusste genau, wie ich sie beantworten würde und wartete auf den Augenblick, um mich hervortun zu können. Ich holte mein Buch aus der Parkatasche. «Sieh mal, Franx, dieses Ding hat ‹c› Seiten. Um zu beweisen, dass ‹c› grösser ist als Aleph-null, brauche ich lediglich zu demonstrieren, dass, ganz gleich, wie man daran geht, Aleph-null Seiten auszuwählen, ich mich jeweils einer Prozedur bedienen kann, mindestens eine Seite auszusuchen, die dir dabei fehlen wird.»

«Warten Sie», unterbrach Ellie und erhob sich von der Couch. «Benutzen Sie nicht das Buch. Ich habe etwas viel Hübscheres.» Sie ging zur anderen Seite des Zimmers und kehrte mit einer Pappschachtel zurück. Ihr Gang war reichlich affektiert, er liess ihren ganzen Körper schaukeln, und ich musste mich selbst daran erinnern, dass sie nicht viel mehr war als ein Skelett.

«Wenn Georg dabei ist, darf ich sie nie hervorholen.» Damit reichte sie mir die Schachtel. Drinnen befand sich ein Kartenspiel.

Als ich die Karten herausrutschen liess, beäugte sie mich, neugierig auf meine Reaktion. Ich sah mir die oberste Karte an.

Eine dunkelhaarige Frau mit sinnlichen Lippen und Haaren in den Achselhöhlen. Der Hinterkopf eines Mannes. Mein Herz begann schneller zu schlagen. Franx stellte sich mit den Vorderbeinen auf die Couchlehne und guckte zu. Ich teilte den Stapel Karten. Ein knackiges Hinterteil und oben in der Ecke ein vor Leidenschaft keuchendes Gesicht. Nochmals geteilt. Ein Mann. Vor ihm kniet eine Frau. Nochmals geteilt. Zwei Frauen stehen da und . . . Hhmmm!

Franx' Stimme unterbrach mein Sinnieren. «Ist das ein Saatgut-Katalog? Bei uns gibt's sowas auch.»

Meine Halsschlagader pochte, und ich hatte Mühe mit dem Sprechen. Ich nickte nur stumm mit dem Kopf und legte die Karten auf den Tisch. Ellie starrte mich immer noch unverwandt an. Sachte leckte sie sich die Lippen. Ihrem Blick konnte ich nicht mehr begegnen.

«Sollen das etwa ‹c› Karten sein?» erkundigte Franx sich mit einschmeichelnder Stimme. «Dann mal los! Zeig uns mal deinen Trick und nimm eine Karte auf, die sich von Aleph-null Karten, die ich aufnehme, unterscheidet.»

Mit einiger Mühe brachte ich es fertig, die Bilder auf den Karten zu ignorieren. Immer noch war ich mir nicht sicher, was für eine Reaktion Ellie von mir erwartete. Vielleicht war dies alles ja lediglich eine etwas kompliziertere Methode, mich lächerlich zu machen.

Ich teilte also das Spiel und legte beide Hälften auf den Tisch. «Und nun werden wir in eine Beschleunigung gehen, Franx. Du wirst hintereinander Aleph-null Karten nehmen. Wenn du damit fertig bist, werde ich eine einzelne Karte wählen, die in deinen Aleph-null Karten nicht enthalten ist.»

Franx zog eine Karte vom linken Stapel, und ich teilte den rechten noch einmal. «Nimm noch eine.» Diesmal nahm er eine Karte vom rechts liegenden Stapel, und ich teilte den Stapel, von dem er nicht genommen hatte, erneut in zwei Hälften. Und so machten wir weiter. Ich teilte den jeweils nicht berührten Stapel, der zwar kleiner wurde, aber niemals ganz zum Ende kam.

Nach Aleph-null Zügen hatte Franx offenbar alle Blondinen, die es im Kartenspiel gab, ausgesucht, und der unberührte Stapel bestand aus nur noch einer Karte. Ein frech dreinschauendes Mädchen, sittsam auf einem weissen Bett. Eine Sekunde lang sah ich April.

Bevor Franx irgend etwas sagen konnte, meldete Ellie sich zu Wort. «Möchten Sie jetzt zu Bett gehen, Doktor Rayman?» Sie stand auf und begann, ihr graues Kleid vorn aufzuknöpfen. Als erstes fiel mir ihr komischer Bauchnabel auf. «Sehen Sie mal», sagte sie, indem sie an ihrem Nabel herumfingerte. «Man kann mich aufblasen.»

Erschrocken zuckte ich zurück und trat dabei prompt auf den armen Felix, der neugierig nach vorn drängte. Ich stolperte, und als ich wieder sicher auf den Füssen stand, hatte Ellie einen Luftschlauch aus der Wand gezogen. Diesen befestigte sie am Ventil ihres Bauchnabels. «Sag wann, Felix . . .»

Sie begann jetzt zu schwellen. Zuerst ihre Brüste. Sie wuchsen und wuchsen, bis sie ihr Kleid und ihren BH abstreifen musste. Ein trauriges, altes Paar wollener Unterhosen hing auf ihren knochigen Hüften. Die Brüste schwollen weiter an und gingen rasch ins Groteske über, jenseits des Begehrenswerten.

Sie nahm beide Hände und drückte ihre gewaltigen Milchsäcke. Etwas Luft ging hinunter in Hüften und Beine. Sie drückte die Brüste so lange, bis ihre untere Hälfte ordentlich aufgeblasen war. Jetzt wurden die schloddrigen alten Baumwolldinger zum Platzen von ihrem Venushügel und zwei leckeren Gesässbacken ausgefüllt.

Sie klinkte den Luftschlauch aus und lächelte mich mit dünnen Lippen und verschrumpeltem Zahnfleisch voll an. «Ihr Gesicht», sagte ich wie benommen. «Ihr Gesicht haben sie vergessen.»

Ellie kicherte und hockte sich dann hin, um ihren Körper zusammenzupressen. Das Zahnfleisch kroch an ihren Zähnen hinab, die Lippen begannen aufzublühen, die Wangen wurden stramm . . . sogar ihr Haar wurde stärker. Sie sah jetzt wie eine der Frauen auf dem Kartenspiel aus. Vielleicht hatte sie zu diesen Fotos sogar Modell gestanden.

«Ich habe mir gemerkt, welche Karten Ihnen besonders gefallen haben», sagte sie leise. Dann nahm sie mich an der Hand. «Komm . . .»

«Eigentlich sollte ich sowas nicht tun», protestierte ich mir ersterbender Stimme. Sie zog mich ins Schlafgemach.

Franx sah uns von der Zimmerdecke aus zu, ab und an gab er ein Geräusch des Erstaunens von sich. Als wir fertig waren, begann ich sofort in wohltuenden Schlaf hinüberzudämmern, aber Ellie schüttelte mich wach. «Führ mich aus, Felix. Ich möchte tanzen.»

«Auf dem Berg? Es gibt doch nichts als Geröll . . .» Mir war wirklich nicht danach zumute, durch den Tunnel zurückzuwandern.

Sie rüttelte mich noch einmal kräftig und zog irgendwelche merkwürdigen Anziehsachen unter dem Bett hervor. «Nicht der Berg – Truckee. Es gibt dort ein sehr behagliches Lokal das ich gern besuche.»

Es dauerte nur wenige Minuten, und Ellie stand fertig angezogen da. Sie trug rosa Hosen und ein Oberteil aus Gummi, welches mehr oder weniger wie ein um sie gewickelter Schlauch aussah. Ich schlüpfte zurück in meinen Strampelanzug, und Franx kam von der Decke runtergekrabbelt.

Ellie sagte, es sei Sommer draussen, also liess ich meine Skistiefel und den Parka da. Ich ging aber rasch noch einmal ins Teezimmer zurück, um mein Buch zu holen. Schliesslich war nicht vorauszusehen, ob wir denselben Weg zurück nehmen würden. Cantor war immer noch in schwachen Umrissen in seinem Sessel zu erkennen. Er sah aus wie ein welkes Blatt. Ich warf ihm einen stummen Gruss zu und ging auf den Flur hinaus.

«Zeig das bloss keiner Seele dort draussen», ermahnte mich Ellie, als sie sah, dass ich mein Buch unter dem Arm hatte.

«Warum denn nicht?»

«Sie haben hier nicht sonderlich viel Unendlichkeiten.» Sie klang so verdammt vorsichtig . . .

«Würde es Sie denn so aus dem Gleichgewicht bringen, sähen sie welche?»

«Viele Leute in Truckee . . . haben Angst. Aber im Club ist es anders.» Zu dritt traten wir ins Freie.

So halb hatte ich damit gerechnet, mich auf dem Mount On oder in Traumland wiederzufinden, aber wir traten hinaus auf die Strasse eines Wohnviertels, die von angeschlagenen, alten Autos gesäumt wurde. Die City breitete sich in einem sanften Bogen vor uns aus. Zwielicht herrschte, und gelblich leuchtende Strassenlaternen spendeten gedämpftes Licht. Es gab Bäume, und eine laue Brise strich durch raschelndes Laub. Schatten tanzten auf Gehsteigen und Häuserwänden. Wir zockelten los. Es war still, und unsere Schritte hallten weithin hörbar nach.

«Wo ist Traumland?» fragte ich Ellie.

Sie schüttelte eine Strähne ihres fülligen, langen Haars aus der Stirn. «Nach Traumland gelangt man durch die Hintertür. Ich wohne hier, weil es so etwas ist wie ein Dreiländereck. Truckee vorne, Traumland hinten und zum Mount On durch den Tunnel.»

Bisher waren wir noch niemandem begegnet. Dies war meine Lieblingszeit . . . jene Tageszeit, wenn graues Licht die Stadt durchflutet und alles in seiner eigenen leuchtenden Bedeutsamkeit aufglüht. Ellie schien ihren Weg gut zu kennen. Wir folgten ihr um Strassenecken und schlenderten die menschenleeren, von Bäumen gesäumten Strassen hinab. Hier und da quoll eine Mülltonne über, und Franx erwischte diesen oder jenen Leckerbissen.

In dieser Gegend standen meistens kleinere Wohnhäuser, doch gab es auch etliche grosse Gebäude, die irgendwelche Tempel hätten sein können. Sie waren hell erleuchtet, und man konnte Stimmen herausdringen hören. Ich fragte mich, was für eine Religion das sein mochte, die die Himmelsbewohner praktizierten.

Ich fiel mit Franx in einen Gleichschritt. Er war aussergewöhnlich ruhig. «Was hältst denn du davon, Franx? Bist du jemals in Trukkee gewesen?»

«Ich sollte gar nicht hier sein», antwortete er mit düsterer Stimme. «Man wird mir schon bald den Schädel einschlagen. Ich sollte etwas tun, aber ich bin so müde, Felix. Der Strom der Geschichte fliesst zu reissend für mich . . .»

Zum ersten Mal teilte ich seine Befürchtungen. «Ich werde dich vermissen.»

«Ich werde dich wiedersehen.» Ich wollte noch etwas fragen, aber er fiel mir ins Wort. «Die Zeit wird knapp. Etwas solltest du aber noch wissen. Du wirst es schon bald bemerken. Alles hier lebt. Vergiss das nicht.» Er pausierte im Gehen, um ein halb aufgegessenes Sandwich aus der Gosse zu vertilgen.

«Was versuchst du mir da eigentlich zu erzählen, Franx?»

Seine Antwort kam gedämpft. «Du wirst schon sehen. Halt nur die Augen offen. Ich werde nachtanken, so lange ich noch kann.» Damit schoss er auf die nächste Mülltonne zu.

Das Tageslicht schwand mehr und mehr. Ellie ging einen Schritt schneller. Gelegentlich fuhr ein Auto vorbei und liess eine Wolke fauler Abgase zurück. Wir gingen an wenigen Passanten vorbei, jedesmal wenn einer Franx erblickte, strafften sich ihre Gesichter. Offenbar waren sie den Anblick von Fremden nicht gewohnt.

Ich ergriff Ellie am Arm, um sie ein wenig abzubremsen. «Wozu diese Eile? Und wie kommt es, dass die Leute Franx so komisch anstarren?»

Sie antwortete leise und gereizt. «Gleich um die Ecke und wir sind da», sagte sie. «Ist so eine Art Flüsterkneipe. Ich werde es dir dort erklären.» Sie versuchte, sich meinem Griff zu entwinden.

Franx hatte sich auf den Rand einer Mülltonne gestemmt, um den Inhalt besser in Augenschein nehmen zu können. Die Tonne rutschte unter ihm weg und rollte mitten auf die Fahrbahn. Bedächtig prüfte er die rausgeschleuderten Abfälle, probierte hier ein bisschen, schob da noch was hinterher. Ein Mann im Unterhemd erschien in einem Fenster, beäugte uns misstrauisch und griff zum Telefon.

«Kommt weg hier», sagte Ellie mit flehentlicher Stimme. «Wir müssen uns verstecken, bevor . . .»

Ein 1952er Ford mit einem Schriftzug an der Seite kam um die nächste Ecke und hielt auf gleicher Höhe an. Ein Suchscheinwerfer blendete mich, und aus dem grellen Licht tönte eine rauhe Stimme. «Gottesschwadron. Lasst mal eure Papiere sehen.»

Hinter mir hörte ich ein zischendes Geräusch. Ich wusste, es war Franx, drehte mich um und flüsterte: «Schön ruhig bleiben, ich werde reden.»

Eine Autotür wurde geöffnet, zugeschlagen, und eine schwere Hand legte sich auf meine Schulter. Ellie fing an zu schreien, und der Suchscheinwerfer schwenkte von meinem Gesicht weg. Ich war wie benommen, und es dauerte ein paar Sekunden, bis ich die Szene um uns herum in Augenschein nehmen konnte.

Franx war auf dem Gehsteig, nicht weit von der umgestürzten

Mülltonne und sah uns aus seinen ausdruckslosen Facettenaugen an. «Keine Sorge. Ich werd's schon beseitigen», sagte er, aber er war kaum zu verstehen, weil Ellie immer noch zeterte.

Jetzt sah ich zu ihr hinüber. Sie hatte die Luft aus ihrem Nabel gelassen und sah jetzt wieder aus wie jede andere knochige Alte. Sie zeigte mit dem Finger auf Franx und jaulte: «Der Teufel in Person! Rettet mich, o rettet mich doch!»

Die Wagentür krachte noch einmal ins Schloss, und eine ganz in Schwarz gekleidete Figur rannte hinüber zu Franx und sprang mit beiden Füssen auf ihn drauf. Ich zog den Kopf ein, um das *Gruusch!* des eingetretenen Schädels nicht hören zu müssen; aber das widerstandsfähige Exoskelett des riesigen Käfers liess den Mann abprallen und in einem Müllhaufen auf dem Gehsteig landen.

Franx gab irgend etwas von sich, das ich nicht verstehen konnte, irgendwas über sprechende Autos. «Flieg doch, Franx!» brüllte ich. «Hau doch einfach ab!» Der Mann, der mich festhielt, versetzte mir einen derben Schlag in die Magengrube. Ich sackte zu Boden.

Durch einen rötlichen Schleier hindurch sah ich Franx zappeln, die Deckflügel öffnen und einen ungeschickten Sprung in die Luft machen. Seine Flügel setzten sich in Bewegung, mit schwacher Stimme rief ich ihm noch etwas Ermutigendes zu. Der zweite Mann von der Gottesschwadron zog seine Knarre aus dem Halfter. Ich schrie eine Warnung. Ein Schuss löste sich. Franx wirbelte in der Luft herum und schlug schwer aufs Pflaster. Der Mann, der mich festgehalten hatte, zog einen kurzen Schlagstock aus dem Gürtel. Er rannte um das Auto herum auf die Strasse. Ich konnte hören, wie er Franx' Schädel kurz und klein schlug. Zuerst knackte es nur.

Dann war alles vorbei. Ein Flecken grünen Lichts erhob sich wie auf Schwingen von der Strasse und zog gen Himmel. «Den sind wir erstmal los», lachte der Mann auf der Strasse.

Der andere Mann mit der Knarre stand über mich gebeugt, das Schiesseisen hatte er auf meinen Kopf gerichtet. «Hey, Vince! Was machen wir mit diesem Bürschchen? Diesem Teufelsanbeter . . .» Seine Stimme klang hoch, selbstgerecht, wütend.

«Knall ihn bloss nicht gegen den Wagen ab», mahnte Vince. Jetzt mischte Ellie sich ein. «Er ist ein guter Junge.» Ihre Stimme war die eines uralten Weibes, sie zitterte ein wenig. «Er ist gerade erst angekommen, wisst ihr. Ich habe ihn unter meine Fittiche genommen.»

Der Mann mit der Knarre blickte an Ellie hinab und feixte höhnisch. Er war hochaufgewachsen, seine kurzen dunklen Haare waren in fettigen Wellen frisiert. Ein rechter Schlägertyp, wie man ihn aus der Schule kennt. «So, so! Du hast es also auf dich genommen, einen Frischling zu veredeln. Du ganz allein?» Ellie nickte schwach. «Und was is, wenn der auch mit dem Teufel im Bunde steht? Dieser Höllenkäfer war vielleicht ein guter Bekannter von ihm ... Ich sollte ihn erschiessen. Ich sollte ihn auf der Stelle erschiessen! Wenn er ein Mensch ist, wird er *wahrscheinlich* sowieso wieder durch den Müll marschieren und zurückkehren.» Ellie fing an zu schluchzen.

Er schob mich auf den Rücksitz des Autos. Ellie trat herbei, um ihren Kopf durch die Tür zu stecken. «Du kommst sofort zurück, Felix!» Ich wollte etwas erwidern, aber sie schnitt mir mit einem Stirnrunzeln das Wort ab. Ihre welken Lippen formten ein Wort. Bitte. Dann trat sie vom Auto zurück.

17 Städtischer Terror

Vince fuhr, und Carl sass neben ihm. Die hinteren Türen hatten innen keine Türgriffe, und zwischen Vorder- und Rücksitzen war ein Trenngitter angebracht. Mein Buch hatten sie keines Blickes gewürdigt.

«Ich habe nichts getan!»

Carl drehte sich um und blickte mich voller Verachtung an. «Du hattest gar keine Zeit dazu, oder?»

Jetzt versuchte ich es einmal anders. «Es ist doch einfach lächerlich. Wir sind doch bloss in unseren Astralkörpern hier. Ich möchte mal wissen, wovor Sie soviel Angst haben?»

«Hast du das gehört, Vince? Hast du dies okkulte Geschwafel gehört?»

Vince grunzte irgendwas. Der Verkehr hatte inzwischen zugenommen, und die Strassen waren hell beleuchtet. Wir fuhren an Geschäften vorbei; die Auslagen in den Schaufenstern schienen alle dasselbe zu zeigen – abgewrackte Ware aus zweiter Hand. Im Vergleich dazu musste der Ford, in dem ich sass, mindestens aus dritter Hand sein. Sprungfedern drückten sich durch das Sitzpolster, und die Vorderräder flatterten wie verrückt. Mehr als dreissig Stundenkilometer schaffte diese Mühle bestimmt nicht.

Schweigend kreuzten wir durch die Stadt. Immer mehr Geschäfte, mehr Leute. Hatte Truckee überhaupt ein Zentrum, dann mussten wir es bald erreicht haben. Mich überraschte, dass sich dort, wo man einen Stadtpark hätte erwarten können, eine gigantische Müllkippe erhob. Ganze Trauben von Menschen kletterten auf Bergen von Abfall umher. Manche von ihnen wühlten in fieberhafter Suche mit den Händen im Müll, andere blickten sich einfach nur erwartungsvoll um. Hier und da loderten kleine Feuer; Feuer, die jedermann zu vermeiden suchte.

Als wir dichter an die Müllkippe heranholperten, wurde ein völlig durchgerosteter 1956er Chevy sichtbar. Eine Handvoll Leute kraxelte die nachrutschende Müllhalde hinauf – jeder wollte als erster am Autowrack sein, jeder wollte es besitzen. Es sah so aus, als hätte ein kräftiger untersetzter Mann in einem T-Shirt das Rennen gemacht, aber plötzlich materialisierte sich dort, wo er seinen Kopf gehabt hatte, ein Fernsehgerät. Er begann umherzurennen und wie wild mit den Armen zu fuchteln. Zwei wilde schwarze Weiber drängten sich an ihm vorbei, um an das Auto ranzukommen. Der Mann rutschte aus und kugelte in einer Moräne aus Bierdosen den Hang hinab.

Block um Block fuhren wir am Müll entlang. Die Abfälle schienen sich endlos fortzusetzen, Mainside in zwei Hälften teilend, so wie Franx es beschrieben hatte. Alles mögliche Gerümpel wurde ununterbrochen zutage gefördert. Keiner der Leute, die wie die Bienen über die Müllhalde schwärmten, brachte irgendwas, aber jeder, der ging, nahm etwas mit. Gelegentlich konnte man beobachten, wie ein Mensch aus dem Abfall gekrochen kam, wie eine Made aus einem Kotelett.

Einer dieser neuen Leute kam aus dem Müll getorkelt und wankte auf die Fahrbahn. Er sah aus, als hätte er sein Gehirn mit zu viel Alkohol beleidigt. Vince überfuhr ihn, ohne das Bremspedal auch nur angetippt zu haben. Die Räder gingen *Wump-Wump* über ihn hinweg, und ich blickte aus dem rückwärtigen Fenster hinter ihm her. Ein ausgefranstes grünes Licht flatterte auf die Müllhalde zu und klappte wie eine vom Wind zugewehte Zeitung zusammen.

«Letzte Woche hab ich den Kerl schon mal umgemangelt», sagte Vince asthmatisch kichernd.

«Tut ihm das weh?»

«Man sagt, es sei die Hölle.»

«Und so ein entkörperlichter Geist ist für den Satan leichte Beute», fiel Carl ein. «Als ob *Sie* das nicht wüssten ...»

«Was meinen Sie damit?»

«Siehst du das Feuer dort drüben? Jedes Feuer führt geradewegs in die Hölle. Du gehst einmal zuviel durch den Müll, Bruder, und das ist alles, was sie schrieb.» Lachend schlug er sich auf die Schenkel.

Das Auto fuhr um eine Ecke und hielt vor einem weissgestrichenen Gebäude. Auf der Vorderseite war eine Plakatwand angebracht, die gut und gern zwei Stockwerke hoch war. Die Wand sah aus wie die einer Gebrauchtwagenfirma-Reklame mit einem hyperrealistischen Porträt vom Boss. Der Boss hiess «Bob Teeter.» Aber Autos verkaufen tat er nicht.

«GOTT WÄHLTE JESUS! JESUS WÄHLTE BOB TEETER! BOB TEETER WÄHLTE DICH!» stand neben dem Kopf. Carl und Vince führten mich in das Gebäude hinein.

Drinnen sah es aus wie in jeder x-beliebigen Polizeistation. «Ham'n Frischling aufgetrieben, Sergeant», sagte Vince zu dem Offizier hinter einem Holztresen. Ohne aufzublicken schob der Polizeisergeant ein Formular über die Platte.

«Trieb sich in der Stadt herum», fügte Carl hinzu. «Zusammen mit einem Riesen-Kakerlak.»

Der Sergeant schielte mit einem Fünkchen Interesse im Blick zu mir rüber. Er trug eine Krawatte, einen blonden, gepflegten Bart und eine Brille mit fleischfarben getönten Gläsern. Es war unschwer, zu erkennen, dass er sich für einen Intellektuellen hielt. «Was haben Sie da mitgebracht?» Er sprach mit tiefer, eindringlicher Stimme. Sein Blick fiel auf das Buch, welches ich in der Hand hielt. «Darf ich das mal sehen?»

«Ich denke nicht ...» begann ich zögernd, aber Carl versetzte mir einen kräftigen Stoss und entriss mir das Buch. Mit der Verachtung eines Mannes, der weder lesen noch schreiben kann, schmiss er das Buch auf den Tresen. Eine Ecke wurde eingestossen, und es landete aufgeschlagen auf dem Gesicht, wobei ein paar Seiten arg lädiert wurden.

Der Sergeant las, «DIE LEBEN DES FELIX RAYMAN» auf dem Buchrücken. Er drehte das Buch um und überflog flüchtig eine Seite; dort, wo die Schrift kleiner wurde, kniff er die Augen zusammen. Dann blätterte er weiter und betrachtete noch ein paar andere Seiten. «Wie kommt das, dass jede Seite in solch einem Geschmiere endet?»

«Das ist kein Geschmiere», protestierte ich. «Auf jeder Seite gibt es Aleph-null Zeilen.» Sie blickten mich völlig verständnislos an.

«Auf jeder Seite gibt es unendlich viele Zeilen, und das Buch enthält eine noch grössere Unendlichkeit von Seiten.»

Das Gesicht des Sergeants verdüsterte sich. Zu spät kam mir Ellies Wahrnung in den Sinn, dass die Idee von der Unendlichkeit etwas war, das man in Truckee wirklich nicht gerade schätzte. Carl drehte mir den Arm um und nahm mich in den Schwitzkasten. Ich spürte den Lauf einer Pistole an meinen Rippen.

«Sieht aus, als hättet ihr einen Leibhaftigen erwischt», meinte der Sergeant. «Bringt ihn nach oben. Wenn's sein muss, zögert nicht, ihn abzuknallen.»

Ich war der Versuchung nahe, Carl eins überzuziehen und alles hinter mich zu bringen. Wenn sie mich hier umlegten, würde ich irgendwo auf dem Müll wieder neu entstehen. Vom Verstandesmässigen her wusste ich das, vom Gefühlsmässigen her war ich allerdings nicht bereit, eine Kugel im Bauch zu riskieren. Es würde weh tun zu sterben, es würde verdammt wehtun. Es würde unter Umständen Tage dauern, bis ich ganz tot wäre. Und landete ich dann noch in einem jener Feuer, dann ginge es ab in die Hölle. Ich beschloss also, lieber neugierig zu sein, was Bob Teeter zu sagen hatte, und verhielt mich ruhig.

Wie sich herausstellte, hatte Teeter sein Büro für den heutigen Tag bereits verlassen, und ich landete für die Nacht in einer Zelle. Ich versuchte es mit Meditation, versuchte, mich wieder in ein Weisses Licht zu verwandeln; das haute aber alles nicht hin. Nachdem ich mitbekommen hatte, wie Cantor träumend ausgesehen hatte, wollte ich nicht unbedingt einschlafen; bevor ich mich aber noch anders entschieden hatte, war es schon passiert.

Meine Träume bestanden am Anfang aus den üblichen kaleidoskopartigen bunten Farbreflexen, aber irgendwann gelang es mir, mich in einen Zustand von Bewusstheit einzuschalten. Zum ersten Mal konnte ich spüren, dass ich eine Kugel aus rotem Licht war. Als ich's mit dem alten Trick probierte, meine Hände zu betrachten, reagierte die Lichtkugel ganz spontan und liess zwei Hände entstehen. Ich liess sie zurückschnellen und begann, mich in meiner Umgebung umzusehen.

Der Traum, den ich gerade geträumt hatte . . . als Arbeiter in einer Thunfischfabrik . . . spielte noch immer um mich herum. Silbrige Schuppen, Behälter mit Salzwasser. Ich marschierte aus der Fabrik heraus und überraschte einen Arbeitskollegen wie er einen Coca-Automaten von hinten nahm.

Mit einem Ruck trat ich in einen neuen Traumraum hinein. Leute schrien auf mich ein. Wieder ein Ruck. Ein Abschlussexamen. Ruck. Mit dem Auto unterwegs nach Florida. Dann legte ich eine Beschleunigung ein und suchte ganz Traumland ab. Ich hatte keine Ahnung, was ich eigentlich suchte, bis ich's gefunden hatte.

Es war ein Besoffener, der auf einem sommerheissen Gehsteig lag. Das ganze Gesicht spuckeverschmiert. Seine Brieftasche liegt neben ihm, das Innere nach aussen gekehrt. Er kommt mir bekannt vor. Da war auch schon ein anderer Träumer. Das übliche rötliche, glühende Licht, aber in Form eines weiblichen Körpers, der mir ebenfalls bekannt vorkommt. April.

Sie beugt sich über den Betrunkenen und versucht, ihn zu wekken. Er sieht genauso aus wie ich. Es war April, die träumte, dass ich besoffen und verletzt war, und dass sie mir beizustehen versuchte.

Schliesslich steht der Trunkenbold auf und sieht April mit verschwommenem Blick hasserfüllt an. Zwischen aufgeplatzten Lippen presst er Flüche hervor und stösst April zurück. Er fällt wieder hin und schlägt mit dem Kopf auf die Bordsteinkante. Der Kopf prallt einmal ab und bleibt dann liegen. April macht einen Schritt zurück, sie schluchzt haltlos.

Jetzt ging ich auf sie zu und berührte sie leicht. «April, Baby, ich bin's.»

Das gehört aber nicht in ihren Traum, und so ignorierte sie mich. Ich versuchte, sie fortzuziehen, aber sie entwand sich meinem Griff und beugte sich erneut über jenes Wrack auf dem Gehsteig. Glaubte sie wirklich, dass ich jemals so tief sinken könnte? Mein Gott, jetzt hatte er sich auch noch nass gemacht.

Könnte ich ihr doch bloss etwas mitteilen, ihr verständlich machen, dass mit mir alles in Ordnung war. Plötzlich fiel mir ein, wie ich's anstellen musste. Ich begann aufs neue durch Traumland zu zoomen und nach dem rechten Traum Ausschau zu halten. Viel Zeit blieb mir nicht, und ich musste mich in groben Zügen auf das, was ich wollte, einstellen. Ich merkte mir, wo es war, und schnellte in Aprils Traum zurück.

Der Typ auf dem Gehsteig scheint inzwischen seinen Exitus gemacht zu haben. Ein Hund schnuppert an ihm rum und beisst ihm behutsam ein erstes Stück von der Backe weg. Solche Alpträume konnte auch nur April haben. Sie schluchzte mit gebrochenem Herzen, während der Hund sein Mittagsmahl verzehrte.

Endlich nahm ihr Alptraum ein Ende, und sie schwebte davon. Jetzt war der Augenblick zum Handeln gekommen. Ich drückte mich ganz dicht an sie heran und schob sie vor mir her. Sie leistete keinerlei Widerstand, und schon bald hatte ich sie zu jenem Traum geführt, den ich sie schauen lassen wollte.

Im Cockpit eines Flugzeugs. Ein Modell aus dem Ersten Weltkrieg. Ein Typ, der mir irgendwie ähnlich sieht, am Steuerknüppel. Ein breites Grinsen legt seine Zähne frei. Die Erde tief unten sieht nur noch aus wie ein Ball. Die Funkanlage knistert. «Weisser Blitz, weisser Blitz. Könnt ihr mich verstähnn?» Die Stimme übereifrig, verrückt.

Der Pilot spricht ins Mikrophon. «Ich bin high, okay – aber nicht auf falschen Drogen. Alles, was *ich* brauche, ist eine saubere Windschutzscheibe, kraftvollen Treibstoff und die Schuhe geputzt.»

Diese Zeile stammte von einer Firesign Theatre-Schallplatte, die April und ich oft zusammen gehört hatten. Dies würde sie auf jeden Fall wiedererkennen. Jedesmal, wenn sie aus dem Traum schlüpfen wollte, drängte ich sie behutsam wieder hinein. Ich wollte ganz sicher gehen, dass sie sich an ihn erinnerte.

Indem ich sie wieder und wieder in den Traum schubste, fiel ich in einen leichten Trancezustand. Dann verlor ich die Kontrolle, glitt durch endlose halbzerfallene Gebäude und wachte auf. Ich war immer noch in meiner Zelle.

Nachdem einige Zeit verflossen war, brachte man mir was zu essen. Rührei auf einem Pappteller. Sie schoben's einfach unter den Gitterstäben durch. Zum ersten Mal, seitdem ich die Erde verlassen hatte, ass ich jetzt etwas.

Wenig später vernahm ich eine tiefe, Autorität gebietende Stimme. Carl und Vince holten mich ab. Bob Teeter hatte ein Büro mit zwei schallgedämpften Klimaanlagen, die in die Fenster eingebaut waren. Die Einrichtung war im übrigen recht schäbig. Ein Fuss seines Schreibtischs war mit Draht festgebunden.

Eine ganze Serie TEETER WÄHLTE DICH-Plakate hing an der Wand; ein paar von ihnen trugen Sonntagsschul-Illustrationen, auf denen Jesus Bob die Hand schüttelte, während Gottes strahlendes Auge im Hintergrund zustimmend dreinblickt. Weiterhin gab es eine Landkarte mit Stecknadeln gespickt und einen halbvollen Karton mit Büchern – DAS HIMMLISCHE GESETZ von Bob Teeter.

Teeter war ein stämmiger weisshaariger Mann, der aussah, als wäre er mal Barkeeper in Pittsburgh gewesen. Er hatte einen mächtigen Schädel; seine Augen waren so gross wie hartgekochte Eier. Der geborene Führer.

Vince gab ihm einen knappen Bericht, knallte mein Buch auf seinen Schreibtisch. Carl stand unterdessen hinter mir und drückte mir seine 38er gegen die Schläfe.

Bob Teeter blickte völlig verständnislos auf mein Buch und sah mich dann aus seinen grossen Kulleraugen an. «Haben Sie das auf dem Müll gefunden?»

Seine Stimme klang tief und melancholisch.

«Ich bin nie auf dem *Müll* gewesen.» Teeter schaute betroffen drein. Carl entsicherte seine Pistole.

«Du bist vom Satan gesandt.» Das war keine Frage. Der Pistolenlauf bohrte sich tiefer in meine rechte Schläfe.

Als ich keine Antwort gab, drückte Carl noch ein wenig stärker. Auf einmal war es mir völlig gleichgültig, ob sie mich umlegten oder nicht. Blitzschnell duckte ich meinen Kopf nach unten und nach rechts, stieß gleichzeitig den linken Arm nach oben und hoffte, auf gut Glück was zu erwischen. Ich hatte Glück, erwischte mit dem kleinen Finger die Pistole und blockierte den Abzug. Ich zerrte den Arm nach unten und merkte, wie Carl den Griff lockerte. Schon hatte ich die Pistole in meiner linken Hand.

Ich machte einen raschen Schritt rückwärts. Schon stürzte Carl sich auf mich. Mir blieb gerade noch Zeit, die Pistole in die rechte Hand zu nehmen, da hatte er mir die Arme schon an den Körper geheftet.

Seine breiige Visage blickte mich mit einem Ausdruck tiefster Verachtung an. «Wir werden dich langsam zu Tode quälen, du Teufel. Ganz langsam . . .»

Ich schnellte mit dem Gesicht vor und biss zu, so fest ich konnte. Meine Zähne drangen tief in sein Fleisch ein. Ein Fetzen Wange löste sich.

Er heulte auf vor Schmerz und lockerte den Griff, genug dass ich meinen linken Arm befreien und ihn von mir stossen konnte. Die Pistole lag jetzt sicher in meiner Hand, und als er wieder auf mich losging, schoss ich ihm zwischen die Augen.

Er taumelte zurück, seine Füsse verfingen sich, und er stürzte schwer zu Boden. Sein Hinterkopf sah aus wie ein Teller Spaghetti. Sein Körper fing an zu schrumpfen und sich zusammenzuziehen. Innerhalb weniger Sekunden hatte er sich in einen Bausch aus grünem Licht verwandelt, welcher sich aus dem Fenster und auf den Müll zu bewegte.

Teeter drückte auf einen Knopf an seinem Schreibtisch. Ich richtete die Pistole auf ihn. Schritte polterten die Treppe hinauf. Ich trat ihm in den Weg und fauchte ihn an. «Dir bleiben höchstens noch zehn Sekunden zu leben, Bob.»

«Nichts übereilen!» kreischte er mit seiner tiefen Stimme.

«Okay.» Ich stellte mich hinter ihn und drückte ihm meinen linken Arm um den Hals. «Bring mich lebend hier raus, sonst . . .»

Als die Tür eingetreten wurde, stand ich hinter ihm in Deckung und drückte ihm die Pistole in die Rippen. Ich befahl ihm, was zu sagen. Die Gottesschwadron tat wie ihr geheissen. Zehn Minuten später sassen Teeter und ich in Vinces Ford. Teeter sass hinten eingesperrt, ich fuhr. Ich hatte zwei Pistolen und eine Maschinenpistole neben mir auf dem Sitz liegen; dazu mein Buch und ein Exemplar des HIMMLISCHEN GESETZES. Das war noch mal gut gegangen. Als nächstes wollte ich ausweissen und aus Truckee verschwinden.

18 Schweinespucke

Die Gottesschwadron hatte sich darauf eingelassen, erst in einer halben Stunde mit der Verfolgung zu beginnen. Mein Plan war es, den Wagen irgendwo in einem Strassengraben verschwinden zu lassen und mich dann zu Fuss durchzuschlagen. Ob ich Bob Teeter abknallen würde oder nicht, hatte ich mir noch nicht überlegt.

«Gib mir einen Grund an, warum ich dich nicht umlegen sollte.»

«Die Leute hier brauchen mich», tönte es mit Grabesstimme. «Bevor ich hierher kam ... das ist nun schon fünfundzwanzig Jahre her ... gab es keine Stadt, keine zentrale Autorität. Alles das habe ich ihnen gegeben und noch mehr. Ich habe ihnen etwas gegeben, an das sie glauben können.» Seine Stimme nahm einen sanfteren Klang an. «Felix ... ich weiss, dass du Angst hast ... du hast dir nie vorgestellt, dass es im Himmel so aussehen würde ...»

«Das ist nicht der Himmel. Nicht, solange es hier Polizei gibt. Und nennen Sie mich nicht Felix!»

Teeter lachte vorsichtig in sich hinein. «Ich könnte dein Vater sein. Natürlich hast du einiges durchgemacht, so jung hierher zu müssen ... Und es überrascht mich nicht, dass du solch bittere Gefühle hegst, so rebellisch bist. Und du hast recht, dies ist noch nicht der richtige Himmel ... dies ist nichts als eine Zwischenstation, eine Raststätte sozusagen.»

Inzwischen waren wir in die schäbigeren Viertel von Truckee gelangt. Viele Leute hingen auf den Gehsteigen rum, die meisten von ihnen waren alt. Arm sahen sie aus, und was mich wunderte, war, dass keiner von ihnen irgend etwas zu sich nahm ... keiner ass etwas, trank etwas, nicht mal 'n Kaugummi. Alle standen bloss umher, blickten stumpf vor sich hin, waren in irgendwelche Lumpen gehüllt, die sie auf dem Müll aufgetrieben hatten. Gelegentlich gab es einen, der Teeter erkannte und wie wild zu winken begann.

«Wenn das nur eine Zwischenstation ist, warum sind Sie dann fünfundzwanzig Jahre geblieben?»

«Weil man mich braucht. Ich habe immerhin diese Stadt errichtet.»

Langsam formte sich in mir ein Bild. «Wollen Sie damit sagen, dass es, bevor Sie hier ankamen, keine Stadt gab?»

«Nur den Müll. Wo alles hingeht, wenn es stirbt.»

Der Müll. Nicht nur Menschen rekorporierten sich hier. Ich hatte Autos gesehen, sogar Fernsehapparate. «Was geschah mit den Leuten, bevor Sie Truckee gründeten?»

«Sie zogen einfach weiter», antwortete Teeter mit klagender Stimme. «Weiter in die Wildnis.»

Und begegneten wahrscheinlich Gott, brachte ich seinen Satz zu Ende. Aber dann hatte Teeter diesen Engpass gebaut, dieses Denkmal für sich selbst, und die Leute blieben hier hängen . . . möglicherweise für immer. Mir schauderte bei dem Gedanken, irgendwo in Schlappen auf einem Gehsteig rumzugammeln und auf das Ende der Zeit zu warten.

Die Nachricht, dass Teeter in der Stadt rumkurvte, musste sich schneller verbreitet haben, als unser alter Ford fahren konnte, denn immer mehr Leute standen am Bordstein und winkten uns zu. Teeter strahlte gütig aus dem Fenster und segnete die armen Schlucker mit würdevollen Handbewegungen. Man hätte denken können, ich sei sein Chauffeur.

«Aber warum bleiben *die* denn hier?» fragte ich. «Was liegt für die denn drin?»

«Sie haben Angst», antwortete Teeter. «Truckee ist für sie die Heimat. Und eines Tages wird uns der Herr in sein Haus nehmen.»

Ich hatte keine Lust, mit diesem Mann über Jesus zu reden. Ich war mir ganz sicher, dass ich Jesus auf dem Friedhof gesehen hatte, vielleicht hatte Bob Teeter Ihn ebenfalls gesehen. Wer war ich, das zu sagen? Trotzdem gab es da noch eine Sache . . . «Wofür haben Sie die Gottesschwadron? Ich kann mir nicht vorstellen, dass Gott von Ihnen verlangt haben könnte, Menschen zu foltern und abzumurksen.»

«Du hast Carl getötet», schnitt Teeter mir das Wort ab. «Er hatte eine Frau und vier Kinder in Truckee. Vor sechs Jahren kamen sie in ihrem Winnebago hier an, und es gab keinen anständigeren Bürger als Carl. Wer weiss, ob er sich unbeschadet rekorporieren kann», seufzte Teeter kummervoll.

«Das ist keine Antwort auf meine Frage. Ich habe Carl getötet, weil er mich töten wollte; reinste Selbstverteidigung.»

«Wenn du mich aber tötest, wird es keine Selbstverteidigung sein, Felix. Das wäre Mord. Willst du denn gar nicht wahrhaben, dass ich dein Freund bin? Ich will dir doch bloss helfen.»

Die Menschen wurden immer seltener. Mittlerweile schienen wir in einer Gegend gelandet zu sein, wo Junk und Alkohol die Parole waren. An jeder Strassenecke war eine Bar, und die paar Leute, die man sah, lagen entweder auf dem Gehsteig oder glitten langsam die Wände hinunter, an die sie sich gelehnt hatten. Es stimmte, was Teeter sagte. Ich würde ihn nicht umbringen können. Carl umzulegen hatte mir noch ein gutes Gefühl gegeben, diesen alten Gauner umzupusten, würde mir den Magen umdrehen.

«Ich werde dich jetzt rauslassen, Bob.» Es war unmöglich, ihn nicht mit seinem Vornamen anzureden. «Aber gib mir erst eine Antwort auf meine Frage.»

«Auf welche Frage, Felix?»

«Wozu die Gottesschwadron? Wozu die Gestapotaktik?»

«Für Leute wie dich», lautete die simple Antwort. «Ich weiss nicht einmal, ob du menschlichen Ursprungs bist. Du kommst nicht vom Müll. Ich weiss, dass es andere Teile der Nachwelt gibt. Gute Teile und ... böse Teile. Ich habe mein Volk zu beschützen.» Ich hielt den Wagen an, und Teeter schloss: «Persönlich habe ich nichts gegen dich, Felix, aber du solltest besser dahin zurückkehren, wo du hergekommen bist. Ich kann nicht für deine Sicherheit bürgen.»

Ich nahm die Pistole in die Hand und stieg aus, um ihm die Tür zu öffnen. «Nur nicht aufgeben, und eines Tages wirst du noch Jesus ans Kreuz schlagen.»

Er schälte sich aus dem Auto und musterte mich unerschrocken von oben bis unten. «Du bist nicht Er.»

Ich stieg wieder ein und fuhr ein paar Häuserblocks weiter. Die Gottesschwadron würde mir schon bald auf den Fersen sein. Teeter würde ihnen genau sagen, wo sie zu suchen hätten. Ich musste diese Mühle loswerden! Dort drüben war eine Bar, die ein wenig auffälliger aufgemacht war als die andern. Die Bar hiess Golden Diamond. Zwei Frauen in Miniröcken und rückenfreien Oberteilen lungerten vor der Tür herum.

Die 38er schob ich in die Tasche meines Strampelanzugs und betrat die Bar. In der Linken hielt ich mein Buch, in der Rechten die Maschinenpistole.

Das Publikum bestand zumeist aus knallig gekleideten Schwarzen. Ich schoss eine Salve aus der MP in den Fussboden, und jegliches Gespräch verstummte. Ich hoffte, keiner würde auf mich schiessen und behielt die Knarre im Anschlag, schwenkte sie einmal nach rechts, einmal nach links.

«Wer will diese Spritze kaufen?» brüllte ich los.

Als die Bedeutung dessen, was ich gebrüllt hatte, sich gesetzt hatte, fingen ein paar Gäste zu lachen an. Ein langer, dürrer Kerl mit einem übergrossen roten Käppi auf dem Kopf winkte mich zu sich heran. «Komm her, du böser Hurensohn.»

Er stellte seinen Freund vor, der einen kahlgeschorenen Schädel und völlig weisse Augäpfel hatte. «Dies ist Orphan Jones. Was willst'en für die Puste?»

Keine Ahnung, was sowas hier wert war. «Weiss nicht, ein, zwei Hunderter.»

Orphan Jones nickte, und der andere Mann sagte: «Genau zur richtigen Zeit.» Die Gespräche an den anderen Tischen waren inzwischen wieder aufgelebt.

«Noch was», sagte ich. «Hab da draussen noch 'n Wagen vor der Tür. Is heiss. Gottesschwadron. Ich suche wen, der 'n mir beiseite schafft.»

Orphan Jones stand auf und fragte mit tiefer, raspelnder Stimme: «Schlüssel drin?»

«Ja, aber . . .»

«Ich kann sehen», fing er meinen Einwand ab. «Und fahrn kann ich auch. Guter Gott, kann der Orphan Jones Auto fahren.» Rasch durchquerte er den Raum und war aus der Tür. Die MP hatte er mitgenommen und feuerte erstmal eine Salve in die Luft. «Kill, kill,

kill», ratterte er mit höher werdender Stimme. Dann hörte ich die Wagentür schlagen und die Reifen quietschen.

«Der is weg», sagte Jones' Partner zu mir und fügte dann hinzu: «Mich nennt man Tin Man.»

«Felix», sagte ich und streckte ihm meine Hand entgegen. Wir schüttelten ordentlich, und mir fiel ein, wie man das Händeschütteln zum Brudergruss ausbaut. Aber Tin Man hatte seinem Händegeben weitere Verschnörkelungen hinzugefügt, und ich fühlte mich am Ende wie ein Schwarzer.

«Wo bist'en her?»

«New York City.»

«Ich bin von der Southside.»

Ich nickte. Er hatte mir immer noch nicht die zweihundert Dollar gegeben. «Was für Dope gibts'n hier?» Ich stellte mir vor, dass wenn ich den richtigen Stoff erwischte, ich aus Truckee ausweissen könnte.

«Coke?»

«Ich denke nicht. Gras?»

«Ihr weissen Jungs . . . Du gehst zu Speck. Speck wird's schon machen.» Er fiel in Schweigen und lehnte sich in seinem Stuhl zurück. Mit leerem Blick fixierte er den Barraum und begann, seinen Unterkiefer langsam hin und her zu schieben.

«Nun, ich denke, ich geh jetzt mal», sagte ich ungewiss. «Aber du solltest mir . . . solltest mir noch das Geld geben und sagen, wo ich Speck finden kann.»

«Speck überall.» Er fuhr fort, seine Kinnlade zu bewegen. Seine Augen schimmerten stumpf vor Desinteresse.

Ich zog die 38er aus der Tasche und legte sie mit der Mündung auf ihn gerichtet auf den Tisch. «Mach schon, Tin Man. Ich habe keine Zeit.»

Er zog zwei Hunderter aus der Tasche, ohne den Blick von den Flaschen hinter der Bar zu wenden. «Dreiundvierzig Eins-zehn», sagte er wie zu sich selbst.

Ich bedankte mich und verliess den Golden Diamond. Der Himmel war strahlend hell. Es war heiss. Ich hörte Motorenlärm auf mich zukommen und verdrückte mich um die nächste Häuserecke. Ein Streifenwagen der Gottesschwadron brauste vorbei. Vince sass am

Steuer und Carl hinter 'ner Knarre. Er schien keinen Schaden genommen zu haben. Ich war bereit, ihn nochmal über den Haufen zu schiessen, wenn es nötig war.

Die Strasse, auf der ich mich befand, war die 128. Strasse. Ich ging ein paar Blocks weiter und bog dann ab, um zur 110. Strasse zu kommen. Wenn ich Tin Man richtig verstanden hatte, würde ich dort Gras kaufen können.

Ich trug immer noch meinen Strampelanzug, hatte aber meine Schuhe bei Ellie stehen lassen. Auf dem reichlich ramponierten Gehsteig gab es Stellen, wo der Teer von der Hitze weich geworden war. Das fühlte sich unter meinen nackten Sohlen gut an. Cimön hat keine Sonne, aber der Himmel verströmte soviel Hitze, dass ich leicht zu schwitzen anfing. Ab und zu rumpelte irgendeine alte Mühle vorbei und zog eine dichte Rauchwolke hinter sich her. Vielen Fenstern fehlte die Verglasung. Hier und da lehnten sich Leute aus leeren Fensterhöhlen. Die Fusswege waren von Glassplittern übersät, und ich musste achtgeben, wohin ich trat.

Ich strich mir mit den Fingern über die Stirn und spürte den Schweiss. Es fiel mir irgendwie schwer, zu glauben, dass ich mich lediglich in meinem Astralkörper hier herumtrieb. Ein seltsamer Gedanke begann, an mir zu nagen, ein Gedanke, den ich nicht wahrhaben wollte. Dann kam ich an einem Schnapsladen vorbei. In einem Anflug von Leichtsinn ging ich hinein, um eine halbe Flasche Whisky zu kaufen.

Keine einzige Flasche in den Regalen war versiegelt, auf vielen Flaschen war das Etikett abgerissen. Ich suchte eine Flasche aus, deren Inhalt nicht allzu trüb aussah, und trug sie rüber an die Kasse. Eine drahtige alte Frau betreute den Laden. Sie hatte weisses Haar und eine dicke Schicht rosa Lippenstift aufgetragen. «Achtundsiebzig», sagte sie.

«Wie bitte?»

«Achtundsiebzig Dollar.» Ich zog einen Hunderter aus der Tasche und versuchte, nicht zu überrascht dreinzublicken.

Lächelnd nahm sie den Geldschein entgegen, und ich beschloss, eine Frage zu stellen. «Wo wird dieser Whisky hergestellt? Ich habe hier in Truckee keine einzige Brennerei gesehen.»

Sie mass mich mit einem kontrollierenden Blick. «Sie sind neu hier, stimmt's?»

«Aber ich bin registriert», warf ich rasch ein. Ich betete zu Gott, dass sie nicht die Gottesschwadron rief.

Sie nickte und legte das Wechselgeld auf den Tresen. «Mein Mann arbeitet auf dem Müll. Findet er mal eine Flasche, so schüttet er die letzten Tropfen zusammen. Ein wirklich guter Whisky.» Wohlwollend schaute sie mich an. «Sollten Sie Arbeit suchen, wenden Sie sich an ihn; er könnte gut jemanden gebrauchen.»

Eine direkte Absage wollte ich ihr nicht erteilen – «Hört sich interessant an. Aber taucht hier wirklich *jedes* Stück Müll von der Erde wieder auf?»

Jetzt musste sie lächeln. «Nur solche Sachen, die eine Seele haben. Sachen, die einst für irgend jemanden eine Bedeutung hatten, in dem allgemeinen Geschiebe aber unterging. Bob Teeter sagt, dass wir alle hier zusammengekommen sind wegen Liebe. Haben Sie sich schon einen Tempel ausgesucht?»

Sachte zog ich mich zur Tür zurück. «Vielleicht später. Jetzt will ich mich erstmal richtig betrinken.»

Zustimmend lächelnd flötete sie mir zu: «Und kommen Sie recht bald wieder.»

Der Whisky war nicht besonders scharf. Wahrscheinlich mit Wasser oder Schlimmerem verschnitten. Und doch verspürte ich eine Wirkung, als ich so über den warmen Zement weiterstiefelte. Schwer zu glauben, dass ich nicht auf der Erde sein sollte. Es sah hier eher so aus wie in Cleveland oder vielleicht Detroit. Ein Lieferwagen mit Möbelstücken tuckerte vorbei.

Schwer zu glauben, dass ich nicht auf der Erde sein sollte. Dies war der Gedanke, den ich nicht hatte wahrhaben wollen. Dies war der Gedanke, der mich in den Schnapsladen getrieben hatte. Was geschähe, wenn ich doch auf der Erde wäre . . . wenn alles, was ich seit dem Weg zum Friedhof erlebte, nichts anderes als Träume und Halluzinationen gewesen wären? Ich liess alles, was ich erlebt hatte, vor meinem geistigen Auge Revue passieren.

Ich hatte im Drop Inn ein paar Bierchen gekippt, war dann zum Temple Hill gewandert und dort eingeschlafen. Ich hatte meinen

Körper verlassen und Kathy getroffen; dann war ich nach Cimön geflogen, hatte den Mount On bestiegen, war ausgeweisst und auf Skiern durch Traumland gezogen. Schliesslich hatte ich mehrere Tunnels durchwandert und war in Ellies Haus gelandet. Und dann hatte ich ihr Haus verlassen und mich in dieser Stadt wiedergefunden.

Aber was, wenn – was, wenn ich mich im Drop Inn nur hatte volllaufen lassen und alles andere nur im Geiste passiert war. Vielleicht hatte mir Mary, das Mädchen hinter der Bar, auch nur was ins Bier geschüttet ... zum Beispiel STP. Unmöglich war das nicht. Auch war vor dem Drop Inn eine Trailway-Busstation. Vielleicht war ich einfach in einen Bus gestolpert und kam jetzt hier in Cleveland wieder zu mir.

Ich genehmigte mir noch einen kräftigen Schluck dünnen Whiskys und merkte, dass ich die Flasche schon leergemacht hatte. Ich schleuderte sie hoch in die Luft und sah zu, wie sie auf dem Strassenpflaster zersplitterte. Es sah schön aus, wie sich das Licht in den Glasscherben brach. Eine Zigarette! Ich kramte in meiner Tasche rum. Aber da war nur die 38er und eine Hundertdollarnote. Das Wechselgeld hatte ich im Schnapsladen liegenlassen. Kein Wunder, dass die Alte mich so stinkfreundlich verabschiedet hatte.

Jetzt fiel mir auf, dass ich in der linken Hand irgendwas trug; ich schaute hin, es war mein Buch. O ja. Das Buch. Indem ich es erkannte, konnte ich mich nicht entschliessen, ob ich nun lieber auf der Erde sein wollte oder nicht. Jedenfalls hielt ich hier einen Beweis in der Hand. Ich schlug es auf und überflog eine Seite, um zu sehen, ob sie wirklich Aleph-null Worte enthielt.

Über die fünfzigste Zeile kam ich allerdings nicht hinaus. Von da an war es nur noch ein einziges Geschmiere. Mein Herz sank mir in die Hose, und ich realisierte, wie sehnlichst ich mir wünschte, dies möge nicht die Erde sein. Ich wollte einfach nicht, dass ich all das, was ich durchgemacht hatte, einfach so verlieren sollte; dass alles nur ein anderer Wahnsinnstrip gewesen war. Es musste dieser verdammte Whisky sein, der mich so fertig gemacht hatte.

Schwerfällig schwenkte ich den Kopf nach oben, um an den Gebäuden vorbei den Himmel zu sehen. Der Himmel war strahlend hell, aber keine Sonne war sichtbar. Keine Sonne in Cimön. «Ruhm wartet auf dich», sagte ich mit tiefer Comicstimme. Das hörte sich so witzig an, dass ich lachen musste. Und da mein Kopf so weit nach hinten gebeugt war, kam mein Lachen wie ein albernes Gegurgel. Ich lachte noch mehr, und eine Menge Rotz lief mir aus der Nase – was die ganze Situation nur noch lächerlicher machte.

Es gab einen heftigen Ruck, und ich fiel zu Boden. Ich war von hinten in jemanden hineingelaufen, in einen alten Mann mit Krückstock und einem schweren schäbigen Mantel.

Unbeholfen stand er wieder auf, und ich zerrte an einem Zipfel seines Mantels. «Mann, zieh doch diesen Mantel aus. Ist doch Blödsinn . . .»

«Nimm gefälligst die Hände weg», kreischte der Alte, schlug mir mit dem Stock auf die Finger und schlurfte weiter.

Ich brach in ein so irrsinniges Gelächter aus, dass mir der Bauch weh tat. «Warte doch», kriegte ich raus. «Was ich wissen will . . . Was ich will . . . Wawaw . . . Wawawawa . . .»

Es war noch interessant, zu beobachten, wie meine Backen sich bewegten. Ich bewegte sie immer weiter und liess einfach Geräusche aus meiner Kehle dringen. Die Schwingungen meines Kehlkopfes klangen in meinen Stirnhöhlen wider. Mehr Rotz rann mir aus der Nase, und ich fing, immer noch auf dem Gehsteig liegend, erneut zu kichern an.

«Schweinespucke», sagte ich. Irgendwie kriegte ich das nur unter grossen Mühen raus. «Spuspu . . . spuspuckuck . . .» Ich quälte meine Stimme in höhere Tonlagen, bis es sich wie Schweinequieken anhörte. Ich wusste, dass ich jeden Augenblick aufhören konnte, aber dafür gab es gar keinen Grund, überhaupt keinen Grund.

19 Zuckerherzen

Es war der Gehsteig, der mich aufweckte. «SCHWIRR AB», sagte er und rollte mich hin und her. Ich setzte mich auf, mit so einem Gefühl, welches man hat, wenn einen eine transzendentale Offenbarung kurzgeschlossen hat. Oder war das *Aufwachen* die Offenbarung? Irgendwas über das Eine und das Viele . . . ich kriegte es nicht zusammen. Meine Hose war nass. Es war immer noch Tag . . . oder schon wieder Tag. Spätnachmittag.

Ich ging erst mal die Verluste durch. Die 38er und das Geld waren natürlich weg. Mein Buch war noch da. Es brummelte «SCHWEINSKERL», als ich's aufhob.

Auf unsicheren Füssen stand ich da und blickte mich um. Während ich meinen Blackout hatte, hatte sich zweifellos etwas verändert. Alles lebte! Ich weiss nicht, wie ich es beschreiben soll. Es sah immer noch aus wie das gute alte Truckee. Aber alles, was ich anschaute, erinnerte mich an Gesichter . . . selbst nackte Wände.

«JUHU», sagte die Wand neben mir.

«Ich geh'», murmelte ich und begann, mich auf die Socken zu machen. Tin Man hatte gesagt, Speck wohne in der Nummer 43, 110. Strasse. Vielleicht konnte Speck mir helfen, meine Sinne wieder zu sortieren.

Eine leere Flasche zwinkerte mir zu und kicherte: «GANZ KLAR.» Ich zog weiter. Der Gehsteig war weich und wellig. So, als ginge man über ein Wasserbett.

Ein stetiges Summen von all den Gegenständen, die sich unterhielten, umgab mich. Für mich stand jedenfalls fest, dass ich nicht auf der Erde war.

Ich fühlte mich völlig zerschlagen. Dieses Zeug, was ich da in mich reingeschüttet hatte, musste mit Drogen versetzt, vielleicht sogar vergiftet worden sein. Vielleicht hatte die Alte mich vergiftet, damit sie an meine Pistole und meinen zweiten Hunderter rankam. «Ein wirklich guter Whisky.» Mir war zumute, als wäre ich wirklich *gestorben*.

Was war nach dem Schweinequieken passiert? Wie ein Korkenzieher hatte ich mich auf spiralförmigen Bahnen durch einen dunkelroten Tunnel bewegt, an dessen Wänden unzählige Fernsehschirme montiert waren; auf jedem Schirm ein quatschendes Gesicht. Und dann war ich ins Licht eingestiegen, ins Weisse Licht. Irgend etwas war mir eingefallen, genau in dem Augenblick, als der Gehsteig mich weckte . . . irgendwas Wichtiges . . .

«SAG'S DOCH», meinte das Strassenschild vor mir. Ich schaute auf. Die 110. Strasse.

«Wie komme ich zu Speck?» fragte ich das Strassenschild. «Er wohnt Nummer 43.»

«WÜRFEL?» machte das Strassenschild. «NO, NO.» Ich versetzte ihm einen Tritt und ging nach rechts. Ab und zu tuckerte ein Auto vorüber, aber von der Gottesschwadron hatte ich niemanden mehr gesehen, seitdem ich den Golden Diamond verlassen hatte. Konnte aber auch sein, dass sie im revidierten Truckee, in dem ich aufgewacht war, überhaupt nicht existierten.

Nach anderthalb Strassenblocks fand ich die Nummer 43. «LUFTSCHUTZ», sagten die Stufen, als ich hinaufstieg. Ich drückte auf den Klingelknopf, und der sagte: «TRAUMMANN».

Rechts von mir rasselte ein Fenster hoch, und eine pfeifende Stimme rief: «Wer ist da?» Ich trat auf die Stufen zurück und sah einen ziemlich feisten Burschen mit speckigem Haar aus dem Fenster lehnen.

«ZEIG'S MIR», sagten die Stufen; ich fügte hinzu: «Tin Man hat mich geschickt.»

«*Dieser* verdammte Lumpenhund.» Speck sah mich einmal von unten bis oben an. «Kleinen Moment mal.» Er verschwand aus dem Fensterrahmen, und ich vernahm seine schweren Schritte, die sich der Tür näherten.

«Komm rein», sagte Speck, und ich folgte ihm in seine Wohnung. Ein langer dürrer Kerl mit Walrossschnauz und spärlichem schwarzen Haar hing, in sich zusammengesunken, in einem klapprigen Lehnstuhl. Auf einer blauen, fettbeschmierten Couch sass ein Mädchen mit welligem Haar. Sie hatte volle Wangen mit leichten Aknenarben. «Dies ist S-Kurve, und dies ist Kathy», sagte Speck.

«Ich heisse Felix», sagte ich und setzte mich neben Kathy auf die Couch. «DIE MACHT'S», sagte die Couch lakonisch. Speck liess sich auf einen Klappstuhl nieder und beugte sich über einen flachen Tisch.

Auf dem Tisch brannte eine dicke fette Kerze, daneben lag ein Häufchen grüner Blätter auf einem Stück Zeitungspapier. Dann ein roter Plastik-Bong, ein Aufziehauto, aus dem die Triebfeder herausguckte, ein paar leere Streichholzschachteln. Daneben ein billiger Aschenbecher aus Blech, voll mit abgebrannten Streichhölzern – eine grosse Pinzette, ein Küchenmesser, fünf leere Bierflaschen und Einwickelpapier von einer Packung Twinkies. Alle Gegenstände waren von einer dünnen Schicht grauer Asche überzogen. Hier war ich richtig gelandet.

«Wir werden jetzt mal einen durchziehen», sagte S-Kurve an mich gewandt. «Dabei?» Ich nickte, und mein Buch sagte: «A-OK.»

Speck bereitete ein paar Blätter zum Rauchen vor. Sie sahen wie kräftige Farnwedel aus. S-Kurve schnitt mit dem Messer ein Ende ab und hielt es über die Kerze, um's zu trocknen. Die trockenen Blattstückchen legte er auf ein kleineres Häufchen. Das Mädchen neben mir fuhr fort, in die Kerzenflamme zu starren. Bis jetzt hatte sie mich nicht ein einziges Mal angesehen.

«Ich bin mit einem Mädchen nach Cimön gekommen, das auch Kathy hiess», sagte ich zu ihr.

«Felix Rayman», säuselte sie mit einer Stimme, die aus weiter Ferne zu kommen schien. «Felix Rayman.»

«TOLL WAS», machte die Couch, der Tisch schob hinterher: «EINS AUCH.»

«Kathy!» rief ich vor Überraschung lachend aus. «Bist du's wirklich?»

Jetzt nahm sie endlich mal den Blick von der Kerze und sah mich lächelnd an. «Es hat funktioniert», sagte sie.

«Was?»

«Ich habe dich gerade eben erscheinen lassen – ich zog dich aus dem Kerzenlicht.» «HAUT REIN», liess die Kerze sich vernehmen. Kathy klopfte mir aufs Knie. «Ich bin schon eine ganze Weile hier», sagte sie. «Und hatte gehofft, dass du einmal auftauchen würdest.»

«Wiedervereinigung», sagte S-Kurve. Er erhob sich und legte eine Platte auf. Sie hatten einen kleinen Plattenspieler und drei verkratzte Platten ohne Hüllen. Dies war die zweite Seite von *Exile On Main Street*. Die mir so vertraute Musik erfüllte mich mit einem Gefühl des Wohlbehagens. *«And I hid the speed inside my shoes»,* sang Jagger gerade.

Speck hatte inzwischen den Bong geladen und angezündet. Er liess ihn auf dem Tisch stehen, lehnte sich darüber und sog den Rauch tief ein. Indem er ausatmete, verschwommen die Umrisse seines Körpers und begannen zu leuchten.

Auf einmal schrumpfte er zu einer Kugel aus weissem Licht zusammen, die ein paar Sekunden lang bewegungslos im Zimmer schwebte. Dann tropften andere Farben hinein, aus der Kugel wuchsen Projektionen, die Intensität des Lichts liess nach, und dann war es wieder Speck, der in einem lässigen Grinsen seine gelben Zähne zeigte.

«SEI MEIN», sagte der Bong, und seiner Einladung folgend beugte ich mich über ihn und legte meine Lippen um das weite Mundstück. Ich sog den Rauch ein. Meine Bewusstseinssphäre schrumpfte rasch zu einem Punkt zusammen. Vor mir erschien ein Mandala. Ich schwirrte hin und her, indem ich auf den nektarbeladenen Mittelpunkt zutrieb. Dort hing ich einen kurzen Augenblick lang, bis eine lautlose Explosion folgte. Ich schoss aus dem Zentrum heraus, lud mich auf wie ein Saugnippelprophylaktikum, gedrückt in . . .

«DU DER», rief die Couch, als ich auf sie zurückfiel. Es hatte einen Augenblick gegeben – als ich mich durch das Zentrum bewegt hatte . . . einen Augenblick, der es mir gestattet hatte, das Eine, das Absolute zu sehen, zu begreifen, dass JA ein und dasselbe ist wie NEIN . . . dass Alles gleichzeitig Nichts ist . . .

Und dann kam ich wieder zurück. Gerade so. Dieser Schritt von der totalen Erleuchtung zurück ins alltägliche Bewusstsein hatte das an sich, welches den wirklichen Kern dieser Erfahrung auszumachen schien. Irgend etwas, das mit dem Durchschreiten der Zwischenebene zu tun hatte ... der Zwischenebene, die das Eine vom Vielen trennt, das Sein vom Werden, den Tod vom Leben, «c» von Aleph-eins ...

Kathy nahm einen tiefen Zug aus dem Bong, zog sich zu einer Lichtkugel zusammen und pendelte zurück. Dann war S-Kurve dran. Eindeutig einer, der ganz schön drauf war. Er inhalierte eine ganze lange Weile, und der kleine Pfeifenkopf glühte dazu und zischte: «HOT DOG.»

S-Kurve war inzwischen zu einem fetten Klumpen Licht geworden, mehr glockenförmig als rund. Als er zurückkam, gab es zwei von ihm. So schmächtig, dass sie beide auf den Lehnstuhl passten.

«Gottverflucht, S», sagte Speck. «Einer von euch zwein muss gehn. Ich denk gar nicht dran, euch beide anzutörnen.»

«Bleib cool», sagte der eine S-Kurve. «Wir treiben morgen wieder was auf», fügte der andere hinzu.

«WEITER», drängte der Bong. Der Pfeifenkopf war leergebrannt.

«Was ist'n das für'n Zeug?» erkundigte ich mich.

«Man nennt es Fuzzweed, Cimön-Rauschkraut», sagte Kathy. «Es wächst auf dem ganzen Berg ... Mount On?»

«Ungefähr fünfzig Kilometer von hier gibt es einen Tunnel», sagte S-Kurve in seiner langsamen, betonungslosen Sprechweise. «Hübsches grosses Feld voll mit diesem Zeug. Alles, was du tun musst, ist hinfahren und durchlatschen ...»

«Und die Gottesschwadron?» Ich stellte mir den üblichen Film vor – das Szenario von Anbauern gegen die *Federales*.

«Die was?» Kathy und S-Kurve schauten drein, als wüssten sie nicht, wovon ich sprach.

«Ihr wisst doch, Bob Teeters Privatarmee ...»

Speck lachte sein asthmatisches Lachen und hustete einen marmornen Propfen Schleim hoch. «Ach, diese Duschbeutel. Gibt höchstens zehn Stück davon.»

«Aber ich dachte, Teeter wär' der Chef in dieser Stadt. Er behauptet, sie vor fünfundzwanzig Jahren gegründet zu haben.»

Die Wand hinter mir schnarrte: «NIX DA».

«Meinste den Typen mit dem dicken Kopf?» warf der eine S-Kurve ein. «Und den vielen Tempeln?» Ich nickte, und er schnitt eine verächtliche Grimasse. «Pah! Das ist doch was für alte Leute, die immer noch darauf warten, dem Heiligen Sankt Penis persönlich zu begegnen und die Jadepforte mit eigenen Augen zu sehen.» Er machte sich daran, den Bong neu zu füllen. «Zum Teufel nochmal, ich sehe Gott jedesmal, wenn ich high bin. Man kann da bloss nicht bleiben. Wenn du ausgeweisst bist, bist du dasselbe wie ihr Gott. Aber du kommst immer wieder irgendwohin zurück.»

«Was aber, wenn du mal nicht zurückkommst?» fragte ich, während der andere S-Kurve den Bong wieder in Gang brachte. «Was, wenn du einfach dort bleiben würdest? Zusammen mit dem Einen.»

Der S-Kurve, mit dem ich gesprochen hatte, hatte sich erneut in eine Lichtkugel verwandelt, und sein Zwillingsbruder beeilte sich, den Bong zu rauchen. «Es gibt keinen Unterschied zwischen zehn Sekunden und der Ewigkeit», sagte er rasch, bevor er seinen Mund an den Bong führte. Indem er sich in eine Lichtkugel verwandelte, kam der erste S-Kurve kurz zurück und rauchte den Pfeifenkopf leer.

«Hör endlich mit der Schnorrerei auf!» brüllte Speck und griff über den Tisch, um den Bong zu retten. Ein grober Furz riss sich von ihm los, und sein Stuhl quäkte mit näselnder Stimme, «HOT LIPS.»

Speck und die S-Kurven brachen wie die Verrückten in Gelächter aus. Während ich Mühe hatte, überhaupt noch mitzukommen. «Woll'n wir 'n kleinen Spaziergang machen?» flüsterte ich Kathy zu. Sie nickte, und wir erhoben uns. Ich hatte immer noch mein Buch dabei.

«Ich denke, wir werden mal ein wenig Luft schnappen», sagte ich.

Speck lehnte sich über seinen «Arbeitstisch» und sagte: «Was auch immer, bringt aber Bier und Zigaretten mit.»

Wir gingen nach draussen, und die Stufen knotterten: «HAUT HIN.»

«Hörst du das?» fragte ich Kathy. «Hörst du, wie alle Gegenstände ständig reden?»

«WAS SONST», warf eine Mülltonne ein. Kathy nickte. «Genau wie diese Zuckerherzen zum Valentinstag. Sie reden auch immerzu dummes Zeug.»

Inzwischen war es wieder Abend geworden, und schweigend schritten wir dahin. Der Gehsteig war von der Hitze des Tages immer noch ziemlich warm. Das fühlte sich unter nackten Fusssohlen recht angenehm an.

Kathy ging mir bis an die Schulter. Sie trug ein locker sitzendes Kleid, das aus einem indianischen Bettuch genäht worden war, und sie sah darin überhaupt nicht so aus, wie ich es mir vorgestellt hatte. Weder deformiert oder so, noch besonders schön. Doch hatte sie angenehm volle Wangen, und ihre Augen erinnerten mich an meine eigenen. Ihre leicht fettig glänzende Haut hatte für mich irgendwie etwas Anziehendes. «DIE MACHT'S», hatte die Couch vorhin versprochen.

Kathy spürte, wie ich sie unter die Lupe nahm und blickte leicht gereizt zurück. «Was ist los?» fragte sie. «Komme ich nicht an dein Wunschbild heran?»

«HOT STUFF», kicherte ein Laternenmast anzüglich.

Ich war völlig verwirrt und suchte nach Worten. «Ich ... ich wusste einfach nicht, wie du ausgesehen hast. Du siehst gut aus ... wirklich gut.» Umständlich legte ich einen Arm um sie. Ihre Taille war schlank und sehr flexibel.

«Was geschah mit der Möwe?» wollte ich jetzt wissen. «Wie ging es weiter, nachdem wir uns trennten?»

«Ich flog auf den Hafen zu, erinnerst du dich?» Ich nickte und sie fuhr fort. «Dort gibt es eine Menge seltsamer Dinger. Wie Ungeheuer. Ständig gingen sie ins Wasser und kamen wieder raus. Andere Möwen entdeckte ich keine und so flog ich allein übers Meer. Es war gebogen.»

Irgendwie kam ich mir ein bisschen blöd vor, so wie ich meinen Arm um sie gelegt hatte. Wie gut kannte ich sie wirklich? Ich nahm meine beiden Hände und verschränkte sie auf dem Rücken, ging neben ihr her und hörte zu. «SCHLAPPSCHWANZ», raunte mir eine Mülltonne zu. Heimlich versetzte ich ihr einen Tritt.

«Der Himmel war ganz komisch», berichtete Kathy. «Zuerst konnte ich den Mount On in seiner ganzen Grösse sehen, wenn ich zurückblickte, aber dann . . . dann war ich um die gewölbte Meeresoberfläche herum geflogen und es gab nur noch Himmel. Aber auch Feuer.»

«Willst du etwa sagen, das Meer hätte gebrannt?»

«Nein, nein. Das Meer kochte, aber das Feuer war am Himmel. Wenn ich in den Himmel blickte, war es, als würde ich runterschauen in ein . . . in ein Feuerloch?»

Wir hatten uns ein paar Häuserblocks von Speck entfernt. Ein Stückchen weiter, auf der anderen Strassenseite, entdeckte ich sowas wie einen Lebensmittelladen, nahm Kathy am Arm und steuerte darauf zu. Ihre Stimme hatte sich nicht verändert, ein wenig heiser, ein wenig zögernd. Sie war wirklich ganz schön attraktiv.

«LIEBE», gab ein Kanaldeckel seine Meinung kund, gerade als wir über ihn schritten.

Ich hob meine Stimme, um ihn zu übertönen. «Gab es da Leute? Ich meine in dem Feuer?»

«Ja. Irgendwelche Dinger bewegten sich im Feuer und man konnte kurze Schreie hören. Und . . . und dann gab es . . . Kreaturen, die brachten immerzu mehr Leute. Grosse Dinger, die genau so aussahen wie du, als du mir damals auf dem Friedhof Angst machen wolltest.»

«Teufel», sagte ich mit belegter Stimme.

«Ja», fuhr Kathy fort, «auch waren da Maschinen, die Leute brachten . . . Maschinen mit kugelförmigen Köpfen, die immer drei Leute gleichzeitig herbeitrugen.»

Das Bild rundete sich allmählich ab. «Das waren die Begleiter», rief ich aus. «Die müssen für den Satan arbeiten. Was du dort oben . . . oder dort unten gesehen hast, muss die Hölle gewesen sein.» Ich begann, mit den Armen in der Luft herumzufuchteln, um ihr zu zeigen, was ich meinte. «Ich glaube, Cimön gleicht ungefähr einem gefalteten Stück Papier. Wir fingen auf der Seite mit Mount On unsere Wanderung an und jetzt sind wir auf der anderen Seite. Dazwischen befindet sich Traumland und an der Falte liegt das Meer. Jenes Feuer, welches du gesehen hast, muss die Hölle gewesen sein, unter der Falte, draussen im Raum.»

«Ich weiss überhaupt nicht, wovon du sprichst, Felix.» Ihre dunkelbraunen Augen betrachteten mich durch eine Haarsträhne hindurch. «Lass mich meine Geschichte zu Ende erzählen.»

Unterdessen waren wir an dem Lebensmittelladen angelangt und mir fiel ein, dass ich gar kein Geld bei mir hatte. Aber davon wollte ich jetzt noch nicht sprechen. Ich setzte mich auf den nachtblauen Kotflügel eines schneidigen 52er Hudson Hornet. Kathy setzte sich neben mich.

Mittlerweile war es völlig dunkel geworden. Gelbes Licht fiel aus dem Laden auf den Gehsteig. Drinnen konnte man ein paar Burschen mit der Verkäuferin flirten sehen. Aus irgendeinem Fenster drang leise Musik auf die Strasse. Kein Windzug regte sich. Die Luft war lau, erfüllt von einem leichten, unbestimmten Geruch, der an Abfall und Autos erinnerte. Ich wünschte, dieser Abend würde niemals enden.

«MONDKALB», flüsterte das Auto. Kathy nahm den Faden ihrer Geschichte wieder auf.

«Zum Hafen zurück hatte ich keine Lust . . . Ich wollte wissen, was auf der anderen Seite des Meeres lag. Aber es gab da das Feuer und die Ungeheuer am Himmel, und das Meer kochte, so weit ich blicken konnte. Das Wasser stieg in dichten Wolken zum Himmel empor und regnete dann wieder herab. Nutzloser Regen, der in endlosem Rhythmus zurückfiel aufs Meer.» Kathy blickte mich kurz an und erzählte weiter. «Ich beschloss, unter dem kochenden Teil hindurchzuschwimmen. Also tauchte ich, tauchte hinunter bis auf den Meeresgrund. Ich flog regelrecht durchs Wasser . . . wie ein Pinguin. Der Meeresboden bestand aus Eis, aus Eis mit bunten Lichtern drin, und ich schwamm den Meeresboden entlang, bis ich nicht mehr konnte. Als ich wieder auftauchte, hatte ich das kochende Wasser hinter mir.»

Während sie so erzählte, hatte ich begonnen mit ihren Fingern zu spielen. «Hast du auch Fische im Wasser gesehen?»

«Naja, richtige Fische waren das nicht. Eher so was wie leuchtende kleine Quallen.»

«Vielleicht die ungeborenen Seelen», überlegte ich. Sie aber fuhr mit ihrer Geschichte fort.

«Es war windig, als ich aus dem Wasser kam und ich liess mich von der Brise an das gegenüberliegende Ufer treiben. Wie lange das dauerte, weiss ich nicht mehr. Ich war so verwirrt und sah so viele Dinger.»

«Was für Dinger?»

«So ganz komische Muster, Strukturen ... Linien, Linien und farbige Punkte. So viele davon ... zu viele.» Sie legte, auf der Suche nach den passenden Worten eine Pause ein und gab's dann auf. «Jedenfalls wurde es kälter und das Meer wurde zu Eis. Der Wind blies ununterbrochen und es fing an zu schneien. Es wurde immer schwieriger, zu fliegen. Später klarte der Himmel dann auf und ich befand mich über einem Gletscher. Gegen Ende des Gletschers sah ich eine tiefe Spalte.»

«Dann hab ich dich gesehen!» rief ich aus. «Ich sass mit Franx an der grossen Spalte am Ende des Gletschers und sah einen Vogel vorüberfliegen.»

«Lässt du mich bitte zu Ende erzählen, Felix? Ich flog bis ans Ende des Eises und sah dann eine riesige Ebene mit einer Kette von Städten. Städte, und dann eine Wüste.»

«Aber wie ...»

«Darauf komme ich jetzt gerade.» Sie hob beide Hände vor sich in die Luft, um das Bild festzuhalten. «Ich sah eine Lichtung mit grossen Haufen und Hügeln. Grüne Lichter landeten dort und ich meinte, Vögel zu sehen. Ich liess mich tiefer hinabgleiten und da stand ein Mann, der einen Stock auf mich richtete. Aber es war kein Stock.»

«Schoss jemand auf dich?»

In Gedanken versunken fuhr sie sich mit den Händen übers Gesicht. «Ich ... ich glaube ja. Irgendwas traf mich und dann war es so wie im Spital ... dieses komische Gefühl und das Grünwerden. Zuerst dachte ich, ich wäre wieder in meinem Sarg. Aber es war so furchtbar eng und Daddy hat mir einen *grossen* Sarg gekauft, weisst du, mit rosa Taft und ...»

Ich nahm eine Hand von ihrem Gesicht. «Ich erinnere mich, Kathy ...»

Sie zog ihre Hand zurück. «Ich wollte diesen Körper nicht zurückhaben! Als ich aus dem Müll herauskam und merkte, was passiert war . . . wollte ich sterben. Aber ich kann nicht. Wir sind hier auf alle Ewigkeit gefangen, Felix; weisst du das überhaupt? S-Kurve hat's mir genau erklärt. Ich weiss nicht, was zum Teufel ich hier in alle Ewigkeit machen soll. Ich weiss wirklich nicht, was ich tun soll!»

«FLIEG MICH», schlug das Auto vor, auf dem wir sassen.

20 Sprechende Autos

Die Schlüssel steckten. «Machen wir's», schlug ich Kathy vor.

«Was machen?» Wir sassen auf dem Kotflügel eines nachtblauen 52er Hudson Hornet. Wo andere Autos eine Windschutzscheibe haben, hatte der Hudson einen Sehschlitz – wie an einem Panzer.

«Lass uns dieses Auto nehmen. Du hasts ja selbst gehört, es hat uns eingeladen.» Ich streichelte den Kotflügel.

«STEIGT EIN», sagte das Auto und öffnete eine Tür.

Kathy zögerte einen Augenblick, nickte mir dann einmal kurz zu. «Okay», sagte sie. «Warum nicht? Ich habe diese Typen sowieso erst einen Tag lang gekannt. Aber lass mich erst Zigaretten und Bier besorgen.»

«Fantastisch», sagte ich, stieg auf der Fahrerseite ein, liess mich in das weiche staubige Polster sinken und legte mein Buch neben mich. «Eine Sache noch», sagte ich zu den leeren Sitzen, «Ihr müsst mal in Sätzen sprechen, die länger sind als zwei Silben. Ich verlange keine Unterhaltung auf gehobenem Niveau, versteht ihr ... aber bloss keine scharfsinnigen DA-DA-Sätze mehr.»

«KANN ICH», sagte das Auto. Ich stiess einen Seufzer aus.

Kathy kehrte mit einem ganzen Karton Bier zurück. Die Flaschen waren verkorkt, trugen aber keinerlei Etikett. Speck hatte ihr wohl Geld gegeben. «Wofür?» wollte eines der hässlichen Kämmerchen meines Verstandes wissen.

«Glaubst du, das ist echtes Bier?» fragte ich sie, als sie die andere Seite öffnete und den Karton auf den Rücksitz schob.

«NAPALM», sagte das Auto und Kathy stieg lachend ein. «BALSAM» sprach das Auto zuende. Kathy sah glücklich aus.

Das Auto sprang ohne weiteres an und fuhr die Strasse hinab. Niemand lief hinterher, um uns anzuhalten – soweit ich wusste, *hatte* es keinen Besitzer. Franx hatte, kurz bevor er starb, von sprechenden

Autos geredet. Ich fragte mich, wie er sich wohl rekorporiert haben mochte, und in welcher Form.

Die schwere, warme Luft schlug mir ins offene Fenster. Ich merkte, dass das Auto gern selbst lenkte und liess das Steuerrad los. «ZERO COOL», bemerkte es dazu.

Ich griff nach hinten und zog zwei Flaschen Bier aus dem Karton. Das Bier war kühl und schmeckte längst nicht so abgestanden wie der Whisky. Vielleicht braute man es hier in Truckee tatsächlich selbst.

«Es tut gut, wieder in Bewegung zu sein», sagte Kathy. «Ich könnte mich in alle Zeiten immerzu bewegen. Weisst du, wie eben, so herumzustehen . . .»

«Ich weiss», sagte ich und musste an die Leute denken, die Bob Teeter zugewinkt hatten. «Das Nächstschlimmere nach dem Tod ist das ewige Leben.»

«Bitte, sag das nicht.» Sie streckte ihr Gesicht dem Fahrtwind entgegen. «Irgendwas ist immer besser als nichts.»

Wir fuhren jetzt auf einer Hauptverkehrsstrasse und etliche Lichter strömten an uns vorbei. Es gab viele parkende Autos, aber nicht allzu viele, die auch fuhren. Plötzlich durchzuckte mich ein Zweifel. «Brauchst du Benzin?» fragte ich das Auto.

«ICH HABE EINE GRABSTEINHAND UND EINE FRIEDHOFSSEELE», antwortete es in einem einzigartigen Ausbruch von Redseligkeit. «ICH BIN ERST EINUNDZWANZIG UND'S STERBEN MACHT *MIR* NICHTS AUS.» Erst später sollte ich erfahren, was das bedeutete. Wenigstens schien genügend Benzin im Tank zu sein. Ich schaltete das Radio ein. Die Skala leuchtete auf. Ich war gespannt, was für ein Programm es wohl geben würde.

Auf der Skala waren keine Zahlen, als Kathy aber an dem rechten Knopf drehte, bewegte sich in dem kleinen rechteckigen Fenster ein Zeiger hin und her. Auf einmal knisterte es und sie erwischte einen Sender.

Ein Saxophon spielte in abgehackten Rhythmen. Es hörte auf und eine Männerstimme mit schwachem Bostone Akzent sprach ein Haiku: *«Nutzlos, nutzlos. Schwerer Regen treibt ins Meer.»* Mehr Saxophon, mehr Haiku. Nach einiger Zeit hörte das Saxophon ganz auf und ein Piano übernahm. Die Männerstimme trug einen längeren Text vor, der mit dem Satz endete: *«Ich wollte, ich wäre frei von jenem sklavischen Fleisch-Rad und sicher tot im Himmel.»* Dazu lachte sie einmal verlegen auf.

Kathy war auf ihrem Sitz in sich zusammengesunken. Sie hatte sich eine Zigarette angezündet und ihr Gesicht war dem meinen leicht abgewandt. Sie streckte eine Hand aus, spielte an der Sendereinstellung herum und das erste Haiku-Gedicht kam noch einmal. *«Nutzlos, nutzlos. Schwerer Regen treibt ins Meer.»* Sie seufzte und das Saxophon wanderte ruckartig aus dem Bild heraus und machte lässig gezupften Gitarrentönen Platz.

«Was ist das, Kathy?»

«Das, was ich hören wollte.» Sie blickte immer noch unverwandt hinaus in die pochende Nachtluft. «In Specks Auto gibts auch so ein Radio. Alles wird immerzu gleichzeitig gesendet.»

Eine andere Männerstimme sprach jetzt über die dann und wann gezupften Gitarrensaiten. Viele Daten, Zahlen. *«Ich wusste, ich hätte mehr Kaschmir tragen sollen.»*

«Das ist Neal», sagte Kathy. «Viel von ihm ist nicht drauf.»

«Ich weiss immer noch nicht . . .»

«Das ist eine Platte von Cassady und Kerouac, aufgenommen bei einer Jazz & Poetry-Lesung. Mein grosser Bruder schenkte sie mir, als ich noch zur High School ging und ich habe sie oft gehört. Mit dieser Platte bin ich zum ersten Mal auf Kerouac gestossen.»

Die erste Stimme, Kerouac, war jetzt wieder dran. Er sprach über den Tod, die Leere, über Erleuchtung und kahlköpfige Künstler mit schwarzen Berets, die die Wirklichkeit an Eisenzäune am Washington Square Park hängen. Ab und zu streute er ein seltsam verschämtes Lachen ein. Kathys Lippen bewegten sich mit den Worten. Ich begann, eifersüchtig zu werden.

«Ich schätze, du würdest ihn am liebsten finden und dich zu seinen Füssen niederlassen», sagte ich.

«Eine gute Idee», sagte Kathy und schnippte ihre Zigarette aus dem Fenster. «Entweder das oder einen Weg zurück zur Erde finden.» Dann lenkte sie ein und lächelte mich an. «Möchtest du etwas anderes hören?»

«Klar. Was gibts sonst noch?»

«Was immer du willst. Du brauchst nur am Knopf zu drehen und was dir gerade durch den Kopf geht, wirst du aus dem Radio hören.»

Ich drehte den Knopf durch ein Geplärr von Möglichkeiten, nicht sonderlich sicher, was ich überhaupt hören wollte. Irgendwie blieb ich dann an Led Zep mit *Whole Lotta Love* hängen. Der übertrieben harte Rhythmus schien mir genau das Passende zu sein, um durch Truckee zu kreuzen. Die leere Bierflasche warf ich einfach aus dem Fenster und öffnete die nächste.

Nach einer Weile fuhren wir direkt am Müll entlang. Die grünen Lichter, welche hineinfielen, hoben sich scharf gegen den sternenlosen Himmel ab. Ein Stück vor uns tappste eine Gestalt auf die Strasse. Ein Tramper. Ich dachte daran, wie Vince einen Mann überfahren hatte und hielt mich am Lenkrad fest. Unser Auto hielt aber noch rechtzeitig an, schaltete die Scheinwerfer ein und öffnete eine der beiden hinteren Türen.

«Sie *müssen* nicht einsteigen», rief ich der dunklen Gestalt zu, im zwecklosen Versuch, wenigstens etwas Kontrolle über den Lauf der Dinge zu halten.

«Felix?» gab der zerlumpte Kerl zur Antwort. «Bist du's?» Er steckte den Kopf zur Tür hinein und musterte mich von oben bis unten. Es war ein Mann mit wuscheligen schwarzen Haaren und eingefallenen Wangen. Um den Mund hatte er etwas Insektenartiges. Die Lippen waren leicht geöffnet und man konnte seine schmalen Zähne sehen. Seine Ohren standen ab wie Parabolantennen, den Ausdruck seiner tiefschwarzen Augen konnte ich nicht lesen. Er trug einen schäbigen schwarzen Anzug, dazu ein weisses Hemd ohne Krawatte.

«Ich fürchte, ich erkenne Sie nicht», sagte ich. Ein mörderisches Gitarrensolo ergoss sich aus dem Radio.

«Er sieht aus wie Franz Kafka», meinte Kathy und drehte das Radio leiser.

Der Mann stieg ein, machte es sich auf dem Rücksitz bequem und lächelte, an mir vorbei, Kathy an. Sein Grinsen war fürchterlich. Er sprach unheimlich schnell, mit einer Stimme, die hoch und brüchig war. «Gregor Samsa, wirklich . . . wenn auch in umgekehrtem Sinn. *Vor* meiner unglücklichen Verwandlung war ich ein riesiger

Käfer.» Er strich sich mit nervösen Oliver Hardy-Bewegungen über seinen Anzug. Seine Finger schienen in alle Richtungen gleichzeitig davonzufliegen. Mit einem Mal war mir alles klar.

«Du bist Franx!» rief ich begeistert. «Du hast auf dem Müll von Truckee einen neuen Körper erhalten!»

Er machte ein Geräusch mit den Lippen wie es ein Insekt machen könnte und blähte die Nasenflügel. «Ich kann mir nicht vorstellen, wie ihr Menschen es bloss aushaltet, Felix ... all dies weiche Fleisch.» Er zupfte an seinen ausgemergelten Wangen. «Marshmallow-Körper mit Zahnstocherknochen. Ich muss unbedingt zurück zur Praha-Sektion des Mülls und diese groteske Transformation rückgängig machen.»

Sein Blick fiel auf den Bierkarton; er machte eine Flasche auf und leerte sie in wenigen Zügen. Bevor ich noch irgend etwas sagen konnte, sprach er schon wieder. «Ich hatte recht, Felix, nicht wahr? Als ich sagte, dass man mir den Schädel einschlagen würde. Ich las die Seite. Ich kannte die Zukunft. Dies muss deine Freundin Kathy sein, stimmts?»

Sie nickte. «Felix hat mir ein wenig von dir erzählt ...»

«Und eine gewaltige Menge mehr über sich selbst, nehme ich an», fügte Franx hinzu. «Aber von Ellie hat er kein Sterbenswörtchen gesagt, oder?» Ein feuchtes, klickendes Gekicher.

«Franx, würdest du bitte so gütig sein, und aufhören ... Wenn dich meine Gegenwart stört, hätte ich nicht das geringste einzuwenden, wenn du einfach aussteigen würdest. Und wenn du es ganz genau wissen willst, so hatte ich nicht einmal Zeit, Kathy überhaupt irgend etwas zu erzählen.»

«Ich sehe, du schleppst immer noch dein Buch mit dir rum», sagte Franx über die Rücklehne der vorderen Sitze gebeugt. «Hast du in letzter Zeit mal drin gelesen?»

Eigentlich nicht. Wenigstens nicht, seitdem ich auf jenem heissen Gehsteig das Bewusstsein verloren hatte. Nicht einmal Kathy hatte ich es gezeigt. Sie nahm es jetzt in die Hand und schlug es auf. «Ist ja alles verschmiert», sagte sie. «Ist es ...»

Ich nahm Kathy das Buch aus der Hand und besah es mir erstmal selbst. Die Seite endete in einem unleserlichen Geschmiere.

Plötzlich wurde mir bewusst, dass ich gar keine Beschleunigungen mehr versucht hatte, seit . . . seitdem ich Ellies Haus am Stadtrand von Truckee verlassen hatte. Ich versuchte jetzt, Aleph-null «La's» runterzurattern, aber ich kriegte es nicht hin.

Das Auto machte auf einmal eine scharfe Wendung und bog in einen Feldweg ein, der zwischen zwei Müllbergen hindurchführte. «Das ist 'ne Sackgasse», fuhr Franx mich an. «Kehr um!»

«Er fährt nicht selbst», erklärte Kathy. «Das ist ein sprechendes Auto.

Franx murrte irgendwas vor lauter Angst und riss am Türgriff herum. Schon hielt er den Griff in der Hand. Der Weg war tief ausgefahren und führte in engen Windungen durch den ganzen Müll, das Auto aber fuhr so schnell wie noch nie. Es schlingerte wie ein Schiff bei schwerem Seegang; die Scheinwerfer glitten spielerisch über das Gerümpel rechts und links. Ein Kühlschrank. Eine Matratze, aus der die Sprungfedern spriessten. Vergammelte Zucchinis.

Ich trat das Bremspedal bis zum Anschlag durch. Es gab durch den Wagenboden hindurch nach, ohne dass ich den geringsten Widerstand spürte. Das Steuerrad drehte leer wie ein Glücksrad. Dann klickte das Radio aus und in die plötzliche Stille hinein sagte das Auto, «GOTT WEISS.» Franx fing an zu kreischen.

Ich drehte mich auf meinem Sitz herum und fasste ihn bei den Schultern. «Sag mir, was du weisst!» sagte ich und schüttelte ihn kräftig.

«Ich hab's vergessen», wimmerte er. «Ich wollte mich auch nicht erinnern. Du und deine Scheisskarre da, habt mich gefangen genau wie's das Buch vorausgesagt hat. Ich wollte das nicht wahrhaben und jetzt, jetzt passierts wirklich. Oh nein! Ich will Cimön nicht verlassen! Ich will nicht nach . . .»

Er verdrehte die Augen, weisse Spuckebällchen sammelten sich in seinen Mundwinkeln. Ich rüttelte ihn nochmals, aber etwas sanfter als zuvor.

«Wohin willst du nicht, Franx?»

Das Antworten bereitete ihm Mühe. Langsam sprach er: «Ins Licht. Über die Kante und ins Licht. Ich habe dir die Wahrheit vorenthalten . . . Die Wahrheit darüber, warum ich so traurig war.»

Ich musste mich besinnen, auf sein Verhalten an der Gletscherspalte, die Dinge, die er im Tunnel nach Aleph-eins gesagt hatte. «Du sagtest, du wärst sauer gewesen, weil du nicht im Weissen Licht bleiben konntest. Aber jetzt?»

Es kostete ihn eine ganze Minute, bis er antworten konnte. Das Scheinwerferlicht reflektierte ganze Ketten roter Rattenaugen. Und in gelben Katzenaugen – sowie in Augen wie ich sie noch nie gesehen hatte. Grässlich aussehende Flammen züngelten hier und da. Dunkle Schatten gingen vor den Feuern hin und her. Die Feuer schienen aus Löchern im Boden herauszulodern. Ich dachte an die entsetzliche Spalte, die der Teufel auf dem Friedhof geöffnet hatte.

Und wieder sprach Franx. «Ich habe Angst vor dem Weissen Licht. Ich liebe mich selbst viel zu sehr, um mich einfach so aufzulösen. Keiner von den Leuten am Mount On will den Gipfel erreichen. Für die Leute, die wirklich zu Gott wollen, gibt es einen einfachen Weg. Jenseits vom Müll. Aber über die Kante.» Seine Lippen zitterten und seine Hände liefen ihm am Körper auf und ab wie lebende Insekten. «Ich will das nicht, ich will das nicht . . .» Er begann zu schluchzen, ich wendete mich ab.

Die Autofenster hatten sich von selbst geschlossen und keine der Türen liess sich mehr öffnen. «Was wird hier eigentlich gespielt?» wollte Kathy wissen. «Weiss einer von euch, was sich hinter dem Müll befindet?»

«Die Wüste», stöhnte Franx. «Die Kante.» Daraufhin verfiel er in katatonisches Schweigen. Kathy starrte mich aus dunklen Augen an, die den meinen so sehr ähnlich waren. «Was meint er damit, Felix?»

«Der Müll ist ein Streifen aus Abfallbergen, der die Städte auf Mainside gegen eine Wüste abgrenzt. Du hast das aus der Luft gesehen. Vor der Wüste scheinen alle Angst zu haben. Ausser diesem Auto.»

«Wer hat dich geschickt?» fragte Kathy das Armaturenbrett. Aber es gab keine Antwort. War das Auto ein Teufel oder ein Engel? Oder nur ein anderes Unterpfand des Schicksals wie wir?

Der Weg war zusehends schlechter geworden, die Fahrt ging aber sanfter. Dann hielten wir dicht bei einem grossen Feuer. Die Flammen loderten aus einem steinernen Schacht empor. Würden wir da etwa hineinfahren?

Eine ganze Reihe Autos stand dicht beim Feuer. Mit grazilen Bewegungen strichen sie umeinander herum. Zwei von ihnen rollten zu uns herüber und begannen, sich mit unserm Hudson zu unterhalten. Sie liessen ihre Kühlerhauben auf und abwippen und die Motoren röhren. Gelegentlich beulte sich ein Reifen aus, um den Gegenstand der Unterhaltung plastisch zu untermalen.

Andere Autos gesellten sich hinzu. Manche stellten sich auf die Reifenspitzen, um neugierig in unser Auto hineinzulugen. Nach einem abschliessenden Aufbrüllen der Unterhaltung setzten sie alle zurück . . . alle, bis auf einen sexy roten Jaguar mit heissen Kurven und zugeklappten Frontscheinwerfern.

Sie schien mit unserem Auto ein vertrauliches Verhältnis zu haben. Sie plauderten eine ganze Weile miteinander, gelegentlich streichelten sie sich mit den Reifen. Das leise Liebesgeflüster lullte mich allmählich in tiefen Schlaf.

An irgendwelche Träume konnte ich mich nicht erinnern, als ich vom heftigen Beben unseres Autos aufgeweckt wurde. Das Auto hatte sich in schrägem Winkel aufgestellt und bewegte sich, auf's äusserste erregt, heftig auf und nieder. Der Himmel war rosafarben.

Einen kurzen, aber schrecklichen Augenblick lang fürchtete ich, unser Auto würde jede Sekunde ins Feuer springen. Dann entdeckte ich aber einen sinnlich ausgestreckten roten Kotflügel unter mir.

Auch Kathy war erwacht. «Stecken wir auf irgendwas fest?»

Genau in diesem Moment schüttelte sich unser Auto in einem wohligen Zittern und rutschte dann langsam vom Jaguar herunter. Sie kuschelten sich aneinander, die Reifen fest zusammengepresst. «Die sind verheiratet», rief Kathy aus. «Und da ist auch schon das Baby!»

Ein süsser kleiner Fiat 500 kam angesprungen. Es war höchstens einen Meter fünfzig lang und seine endgültige Form war noch nicht voll entwickelt. Sein stubsiger kleiner Kofferraum und die niedliche Kühlerhaube hoben sich kaum von seinen grossen Kullerfenstern ab. Es rief uns mit einem kurzen *Tut!* freundlich zu.

Als die Eltern es zufrieden streichelten, kamen andere Autos herbei. Noch einmal klapperten sie alle mit den Kühlerhauben und liessen die Motoren aufheulen. Schliesslich fuhren wir rückwärts ein Stück vom Feuer weg. Die meisten Windschutzscheiben waren feucht und die Scheibenwischer wedelten ihre Halbkreise. Ein mitgenommenes altes Dieseltaxi spielte eine elegische Melodie mit seiner krächzenden Hupe, und bald schon tuteten alle ein herzliches Goodbye. Mit resigniertem Ruck fuhr unser Auto an und tiefer in den Müll hinein.

«Nicht einmal das Auto will gehen», sagte Franx mit erstickter Stimme. Die Autohupen hatten ihn geweckt. «Das ist alles dein Fehler, Felix. Du wirst uns noch alle mit dir über die Kante ziehen. Ich weiss nicht, wie ich nur so dumm sein konnte. Ich habe doch nur gedacht . . .» Er stöhnte und rang verzweifelt die Hände.

Der Himmel hing ziemlich tief und wir waren jetzt mitten im Müll. Hier und da flackerten die Höllenfeuer im immer noch hellen Tageslicht. Vor uns wurden die Müllberge flacher und ich konnte manchmal schon die weite rote Wüste auf der anderen Seite erkennen.

«Wir sind schon fast da», jammerte Franx. Plötzlich nahm seine Stimme einen entsetzlichen Klang an. «Ich muss ja gar nicht mitgehen. Noch gibt es einen Ausweg für mich, noch gibt es . . .» Er zerschlug eine leere Bierflasche an der Tür und hielt einen zackigen Flaschenhals in der drohend erhobenen Rechten.

Ich dachte schon, er wollte sich auf uns stürzen und schob mich rasch zwischen ihn und Kathy. Mein Buch hielt ich wie einen Schutzschild vor mich und klammerte mich mit der anderen Hand am Sitz fest.

Aber er kam mir zuvor. Mit einer blitzschnellen Bewegung drückte er sich das messerscharfe Glas an die Kehle und riss sie auf. Ein breiter Blutschwall quoll heraus und er war hinüber.

Ich blickte aus dem Rückenfenster hinter dem grünen Licht, das einmal Franx gewesen war, hinterher, wie es sich sachte davonmachte. Eines der Feuer, welches in der Nähe flackerte, streckte einen Flammenarm empor und schnappte ihn sich. Für den Bruchteil einer Sekunde konnte man noch sehen, wie das schwache grüne Lichtchen sich gegen die orangefarbenen Flammen wehrte – das Letzte, was man hören konnte, war ein dünnes Pfeifen; das war alles. Er hatte es einmal zuviel auf eine Rekorporierung ankommen lassen. Ich zuckte zusammen und blickte Kathy an.

«Diese Flammen», sagte sie langsam. «Diese Flammen haben dieselbe Farbe wie das Feuer, das ich am Himmel sah.»

Ich nickte. «Ich habe sie auch schon mal gesehen. Auf dem Friedhof.»

21 Der absolute Nullpunkt

Sobald wir den Müll hinter uns gelassen hatten, stellte das Auto seinen Motor ab. Eine trostlose Ödlandschaft breitete sich vor uns aus. Wenn ich mich umwandte, konnte ich den Müll sehen, wie er sich in einer endlosen Linie von links nach rechts ausdehnte. Hier und da bewegten sich, wie Pünktchen in der Landschaft, ein paar Figuren. Eremiten, heilige Männer. Und sonst gab es nichts als die leere rote Wüste. Nichts – soweit das Auge reichte.

Der Boden bestand aus rotem Lehm, der von der Hitze hart wie ein Strassenpflaster gebacken worden war. Der Schwerkraftsvektor musste sich vom letzten Müllberg an geneigt haben, denn wir rollten immer schneller. Unser Weg warf eine Staubfahne auf, die wie ein langer gerader Schweif hinter uns in der Luft zitterte.

Wie immer kam das Licht aus allen Ecken des Himmels, aber der vor uns liegende Horizont war entschieden heller. Eine schmale weisse Linie wie der Riss in einem Hochofen.

Es wurde zunehmend heisser und ich rüttelte an der Fensterkurbel. Sie gab abrupt nach und so konnte ich das Fenster runterlassen. Kathy tat dasselbe und die trockenheisse Luft wirbelte um uns her. Wir fuhren ungefähr achtzig Kilometer in der Stunde und die Schwerkraft wirkte aus einem solch steilen Winkel, dass ich auf meinem Sitz nach vorne rutschte. Wir waren das Einzige, welches sich in der flachen roten Wüste bewegte.

Kathy lehnte sich, so gut es ging, in ihren Sitz zurück und griff nach einer Flasche Bier. «Noch ist es Zeit, sich zu entscheiden», sagte sie. Ich nahm mir ebenfalls ein Bier und wir stiessen schweigend an. «Was glaubst du, wie es sein wird?» fragte Kathy. «Im Himmel sicher tot zu sein.»

«Verschmolzen. Eins mit der Leere.»

«Vielleicht ist Truckee besser.»

«Für eine Zeitlang schon. Aber nicht für immer.» Obwohl wir jetzt noch schneller fuhren als vorher, liess der Wind allmählich nach. Es war, als wäre die Luft draussen weniger geworden. «Aber ich weiss auch nicht, zu was ich dir raten soll.»

«Du glaubst nicht, dass du dort wirst bleiben müssen», fragte Kathy plötzlich. «Du rechnest damit, dass das Weisse Licht dich zu deinem Körper auf die Erde zurückführen wird?»

«Schon . . . ja», gab ich zu.

Meine Flasche war leer. Ich warf sie zum Fenster raus und fuhr mit dem Kopf herum, um sie dreissig, vierzig Meter hinter uns zu Staub explodieren zu sehen.

«ENDE», sagte das Auto unvermittelt.

«Bist du immer noch da?» fragte ich.

«COUNTDOWN.»

Kathy lehnte sich vor und fragte das Armaturenbrett, «Wie lange noch, bis . . . bis was auch immer?»

«ZEIT FLIEGT.»

Achselzuckend sah sie mich an. Auf einmal erwischte der Fahrtwind mein Buch und wehte es auf. Die Seiten schienen wirklicher, weniger dicht gepackt. Ich betrachtete sie eingehender und es stimmte. Es gab kein Kontinuum von Seiten mehr, nicht einmal mehr Aleph-null Seiten . . . es war ein ganz normales Buch, zwei-, dreihundert Seiten lang.

Jetzt nahm ich mir eine einzelne Seite vor und stellte eine weitere Veränderung fest. Bei Ellie hatte das Buch noch Aleph-null Zeilen pro Seite gehabt. Sobald ich hinaus und nach Truckee gegangen war, hatte der untere Teil der Seiten sich verändert, sah wie verschmiert aus. Jetzt waren diese Stellen völlig verschwunden. Auf jeder Seite gab es ein paar hundert Zeilen, fein säuberlich gedruckt.

Da bemerkte ich ein eigenartiges Flickern am unteren Seitenrand. Eine halbe Minute lang verfolgte ich es, wieder begann es zu flickern. Die Zeilen lösten sich in Nichts auf, eine nach der anderen. Ich schlug das Buch jetzt ganz hinten auf und nahm die allerletzte Seite zwischen Daumen und Zeigefinger. Zwanzig oder dreissig Sekunden vergingen und auf einmal war nichts mehr zwischen meinen Fingern. Und dann . . .

«Unser Haar ist weg», schrie Kathy entsetzt.

Ich fuhr mir mit der Hand über den Schädel und fühlte fast nur noch Haut. Ich liess das Buch aus den Händen gleiten und guckte Kathy an. Sie war fast völlig kahl. Höchstens ein paar hundert langer Haare flatterten um ihren runden weissen Kopf.

Die auslösende Struktur kam mir in einem Flash der rechten Gehirnhälfte. «Wir kommen auf Null zu, Kathy. Aufs Nichts. Auf der anderen Seite von Cimön führt diese Richtung zum Absolut-Unendlichen, Zero und Unendlichkeit. Das ist dasselbe wie das Absolut . . .»

In diesem Moment rauschte das Auto über eine leichte Bodenwelle und fiel nicht mehr zurück. Irgendeine Kraft schubste mich von meinem Sitz und drückte mich gegen das Armaturenbrett. Als ich mich zu orientieren versuchte, verschob sich die Perspektive so verrückt wie ich's noch nie erlebt hatte. Die flache rote Wüste erstreckte sich hinter uns bis an die endlose Linie, die den Müll bezeichnete, genau wie vorher. Anstatt aber über sie hinwegzugleiten, fielen wir irgendwie an ihr herunter.

Kathy stemmte sich mit ganzer Kraft von der Windschutzscheibe ab. Das Auto neigte sich nach vorne und wummste einmal hart auf. Die Reifen platzten und die Felgen kreischten über die verschwommene rote Oberfläche. Der hintere Teil hob sich in die Luft und langsam begann das Auto, sich Hals über Kopf zu überschlagen, wobei es jedesmal, wenn es den Boden, der irgendwie zu einer Klippe geworden war, berührte, ganze Schwärme von Funken hochstieben liess.

Die restlichen Bierflaschen purzelten aus dem Karton und rasselten, gemeinsam mit uns, durchs Wageninnere. Kathy schrie wie am Spiess und es gelang mir irgendwie, sie mit den Armen fest zu umklammern. Die Schwerkraft hatte erneut die Richtung geändert. Wir fielen nach oben, nach unten, oder über die rote Wüste hinweg auf den weissglühenden Horizont zu.

«GOD SPEED», sagte das Auto noch, bevor es sich um uns herum auflöste. Es zog sich zu einer weissen Lichtkugel zusammen, umkreiste uns noch einmal und dann blitzte es, in einer so schnellen Bewegung, dass man sie mit dem Auge kaum verfolgen konnte, auf den glühenden Riss im Himmel zu.

Irgendwie kam mir der freie Fall wie eine Erleichterung vor. Der Luftwiderstand war unwesentlich, und so fielen Kathy und ich, das Buch und zwölf Bierflaschen in einem Pulk dahin. Ganz sachte drehten wir uns in der Luft und fielen parallel zum Boden. Mit einem Mal spürte ich einen meiner Zähne verschwinden. Wir mussten jetzt knapp unter hundertsechzig sein.

Kathy und ich hielten uns noch immer fest umschlungen. «Jetzt bleibt kaum noch Zeit übrig», sagte ich ganz ruhig. Ihre Augen waren schreckgeweitet und sie brauchte schon eine Sekunde, um den Sinn meiner Worte zu begreifen.

Schliesslich begriff sie. Ausser den Vorderzähnen hatte sie alle verloren und sie sprach schnell, «Bring mich zurück, Felix. Ich bin darauf nicht vorbereitet.» Der Horizont war noch heller geworden und sehr viel näher gerückt.

«Bist du sicher? Früher oder später musst du sowieso hierher ... oder der Teufel wird dich hinbringen.» Jetzt waren alle unsere Zähne dahin, auch die Bierflaschen lösten sich, eine nach der anderen, auf.

«Schick mich zurück, Felix», schrie sie ausser sich. «Und bitte schnell.»

Das war einfach. Ich wartete, bis wir uns in eine Position gedreht hatten, bei der sie sich zwischen mir und dem Boden befand ... und gab ihr einen Schubs. Langsam trieben wir auseinander. Der Boden ging weiter von mir weg und dichter an sie dran. Unsere Blicke blieben fest aneinander ... wie gekettet. Vier abgrundtiefe Teiche. Und dann wurde sie von der Wucht des Aufpralls zerfetzt.

Ich sah nicht weg. Ich blickte solange zurück, bis ich das grüne Licht sich vom Boden erheben und unentschlossen in der Luft kreisen sah. Es war ihre eigene Wahl gewesen, trotzdem fühlte ich mich schuldig, dass ich sie hatte gewähren lassen. Was war es doch gewesen, was ich Jesus versprochen hatte? Ich betete, dass sie sich sicher rekorporieren würde.

Die Bierflaschen waren alle weg und alles, was von meinem Buch geblieben war, war eine flatternde Broschüre, die neben mir herflog. Das blendend Weisse Licht schien durch die Seiten. Ich streckte meine linke Hand nach ihm aus, hielt in der Bewegung aber inne, als ich sah, dass es nur noch ein Armstumpf war. Alle meine Zehen, alle meine Finger der linken Hand waren einfach weg. Meine rechte Hand war noch intakt und damit presste ich mein Büchlein an mich.

Fünf Seiten waren noch da. Wäre es noch eine Seite mehr, dann wären es ... wären es ... Mir kam keine andere Zahl in den Sinn, die grösser als fünf war.

Grösser als was? Mein linkes Bein und ein Teil meines Bauches lösten sich auf. Kopf, zwei Arme und ein Bein. Das machte vier. Irgendwann hatte ich noch etwas anderes gehabt ... aber was?

Langsam brachte ich sie vor mein Gesicht. Mein linker Arm war weg. Zwei. Zwei Dinge. Ich und das Buch. Kopf und Arm. Daumen und Zeigefinger. Was sonst war es noch gewesen?

Den Buchdeckel gab es längst nicht mehr und ich konnte die oberste Seite sehen. Zwei Worte standen drauf. Ich strengte mich an, das eine Wort zu lesen.

Und las es. Ein Auge. Eine Seite. Ein Wort. Eins.

Teil vier

«Ich glaube, dass die meisten Personen, die es auf die Probe gestellt haben, folgendes als zentralen Punkt der Erleuchtung akzeptieren werden:
Dass geistige Gesundheit nicht die grundlegende Eigenschaft von Intelligenz ist, sondern bloss eine Kondition, welche variabel ist, und gleich dem Summen eines Rades die musikalische Stufenleiter, gemäss einer physikalischen Aktivität aufwärts oder abwärts geht; und dass es nur bei gesundem geistigen Zustand formales oder kontrastreiches Denken gibt, während das nackte Leben einzig und allein ausserhalb geistiger Gesundheit realisiert werden kann; und es ist der unmittelbare Kontrast dieses ‹geschmacksfreien Wassers der Seele› zu formalem Denken, in dem wir ‹zu uns kommen›, welcher in dem Patienten ein Staunen darüber zurücklässt, dass das schreckliche Mysterium des Lebens letztendlich nichts als etwas Heimeliges und ein ganz gewöhnliches Ding ist, und dass neben dem bloss Formalen das Majestätische und das Absurde von gleichwertiger Erhabenheit sind.»

Benjamin Paul Blood

22 Allerheiligen

Die Luft war angefüllt von einem irrsinnigen Gekreische. Die kleinen hellen Figuren strömten an mir vorbei auf den Brunnen zu, um den sie jetzt herumliefen. Ein Mann mit fettigem Haar beugte sich über sie und machte kurze Eintragungen auf einem Block, drückte dann einer jeden von ihnen etwas in die kleine Hand. Warum konnte ich mich bloss nicht an seinen Namen erinnern?

Ich sass aufrecht inmitten einer Schar dunkler Formen, die von nickenden weissen Punkten gekrönt wurden. Leere weisse Gesichter, die voller Angst zum Gericht aufblickten. Sammy.

Blau-weisse Lichter zischten durch die Luft. Sie flickerten und die Bewegungen der Maskentänzer wurden in Serien von Stilleben zerhackt. Ein Wagen mit einer Hundehütte. Ein Silberwürfel mit Beinen. Bunte Tücher, Kleber, Federn, Farbe.

Ein kleiner roter Teufel lief mir gegen die Beine, als er sich vorüberschlängelte. Sein Gesicht strahlte vor Erwartung. In der rechten Hand hielt er einen ausgehöhlten orangefarbenen Kopf.

Der Lärm wollte und wollte nicht enden. Er kam aus einem elektrisch betriebenen Trichter. Grau-metallische Musik von Eingeweiden, eine Stimme, welche Namen aufrief. Statisches Knistern – jedes für sich.

Um mich herum ein Murmeln, Wörter, die aneinanderschlugen, die zusammenklebten. Ich brauchte irgendwas, um es dazwischen zu tun. Ein Klumpen glitt von meiner Brust, öffnete sich und meine Finger nahmen einen schmalen weissen Zylinder heraus. Feuer, warmer Rauch. Dazwischen.

Sie flüsterten meinen Namen, schubsten mich sachte vorwärts. Aber ich war für sie viel zu schnell, zu grob. Ich brach aus, kämpfte mir einen Weg frei, vorbei an ihren ärgerlichen Rufen, an den ausgefransten Rand der Menschenmenge. Ich konnte hingehen, wohin ich wollte. Ich begann, mich von dem schrecklichen Getöse zu entfernen.

Hinter mir Schritte und eine Hand auf meiner Schulter. «Felix! Was ist denn mit dir passiert?»

Ich drehte mich um, atmete zwischendurch Zigarettenrauch. Ich studierte das Gesicht eine Minute lang. Gelblicher Teint, volle Lippen, eindringliche Augen. Es war April.

Sie nahm meinen Arm und zog mich zum Lärm zurück. Iris sass in einem Häschenanzug in ihrer Kinderkarre. Ihre vor Erregung strahlenden Augen verweilten einen Augenblick auf mir. «Da-da!» Ich beugte mich runter, um ihre Wangen und ihr Bäuchlein zu tätscheln. Sie lächelte und sah dann wieder zu den andern Kindern rüber.

Aprils Gesichtsausdruck war eine Mischung aus Erleichterung und Ärger. Ich machte eine schwache Handbewegung. «Lass uns ein wenig die Strasse runtergehen, Baby. Ich kann bei diesem Höllenlärm einfach keinen klaren Gedanken fassen.»

Ihr Gesicht nahm einen strengen Ausdruck an. «Natürlich, Felix. Wir müssen doch Rücksicht auf dich nehmen.»

Ich versuchte, einen Arm um sie zu legen, aber sie machte einen Schritt zurück. «Bist du betrunken?»

«Ich . . . ich weiss es nicht.»

Wir entfernten uns einen halben Häuserblock von dem Bullhorn, welches über Sammy's Imbissstube montiert war. Hier war es einfacher, zu denken, zu reden. «Ich war im Drop Inn . . .»

In Aprils Augen blitzte es. «Und letzte Nacht?»

Ich fuhr mir mit zitternden Händen übers Gesicht. Meine Haut war ziemlich fettig und meine Finger glänzten vor Dreck. «Die sagen, ich hätte hier geschlafen. Die sagen, ich wär' gestern um sechs mit vierzig Dollar in der Hand reingekommen, hätte den ganzen Abend lang gezecht, hätte einen Blackout gehabt und heute den Tag über in den Fernseher geglotzt. Aber . . .»

«Das habe ich mir gedacht», spuckte April förmlich aus. «Ich habe dich ja auch ins Haus schleichen und das Haushaltsgeld aus meinem Portemonnaie stehlen sehen. Ich habe dich und deinen Kumpan die Strasse runterrennen sehen. Und weisst du, was?» Benommen schüttelte ich den Kopf; ich wusste, jetzt kam ein Hammer. «Den ganzen Tag lang habe ich gehofft, du würdest niemals zurückkommen.»

Die Prämierung der Kostüme war zu Ende und die Kinder strömten an uns vorbei. «Es muss Allerheiligen sein», sagte ich.

April hielt im Gehen innen, auch ich blieb stehen. Sie wollte sagen, dass sie mich verlassen würde. Ich konnte spüren, wie es in ihr aufstieg. Rasch redete ich ihr dazwischen. «Das im Drop Inn war nicht *ich*, April! Ich bin die ganze Zeit aus meinem Körper heraus gewesen. Ich war . . . ich war in dieser Art Nachwelt. Sie heisst Cimön und ich musste bis zum Weissen Licht vordringen, bevor ich zurückkehren konnte . . .»

«Deine Eltern haben gestern abend angerufen», schnitt sie mir das Wort ab. «Mir blieb nichts anderes übrig, als mit ihnen zu sprechen und so zu tun, als sei alles in Ordnung. ‹Ja, Mom, Felix ist in der Bibliothek. Er hat dieser Tage wirklich sehr, sehr viel zu tun.› » Sie ging wieder ein Stück und ich zog, die Kinderkarre schiebend, wie ein begossener Pudel hinterdrein. «Aber deine Mutter *wusste*, dass ich log. Hat dich irgendjemand im Drop Inn gesehen?»

«April, ich bitte dich, hör mir mal zu. Ich habe gerade etwas getan, das nie ein Mensch zuvor getan hat. Ich werde berühmt werden.» Mir fiel die kleine Broschüre über Cimön wieder ein, die Sunfish mir gegeben hatte; ich kramte in meinen Taschen, aber sie war weg . . . war irgendwo anders . . .

«Berühmt für was, Felix?»

«Ich . . . ich werde dir . . .» Meine Stimme versagte. Es musste doch einen Weg geben, die Erfahrungen, die ich soeben gemacht hatte, nutzbringend anzuwenden. «Ich werde mir schon was ausdenken.»

Inzwischen waren wir in die Tuna Street eingebogen. April blieb stehen, nahm Iris aus der Karre und führte sie an beiden Händen zur hell beleuchteten Veranda irgendwelcher Nachbarn. Mengenweise schwirrten die Kinder umher, die nach einem Kunststückchen oder Süssigkeiten an den Türen der Leute verlangten. Nasse Blätter bildeten einen schlüpfrigen Teppich unter den Füssen. Der Himmel hing tief, sternenlos.

Iris stand auf der hölzernen Veranda und blickte erwartungsvoll auf die Haustür, wobei ihre ausgestopften Hasenohren nach hinten schlappten. Von beiden Seiten der weissgestrichenen Tür leuchtete je eine freundliche Kürbislaterne. Die Tür öffnete sich, eine schlanke Frau begrüsste Iris überschwenglich und gab ihr ein buntes Bonbon. Iris liess es fallen und April bückte sich, anmutig und sexy in den engen Jeans, um es vom Boden aufzulesen. Sie kamen den Torweg zurückgetippelt und sahen sehr zufrieden aus.

Ich unternahm keinen weiteren Versuch zu reden, sondern tapste hinter den beiden her, lächelte vor mich hin und freute mich der simplen Wirklichkeit dieses Bildes. Als wir vor unserem Haus anlangten, ging April hinein, um ein paar Süssigkeiten zu verteilen, während Iris und ich noch ein paar weitere Häuser abklapperten.

Die Kazars lebten nur zwei Häuser weiter, und obwohl sie etwas älter waren als wir, hatten wir uns im Laufe der Zeit miteinander angefreundet. Indem wir auf die Haustür zugingen, hatte Marguerite Kazar bereits geöffnet. «Twüssigkeitn», zwitscherte Iris und warf ihre bisherige Beute auf den Boden, um zu sehen, was sie schon alles geschenkt gekriegt hatte.

Marguerite lachte herzlich auf, ein wenig theatralisch, aber aufrichtig, und rief: «Ist sie nicht süss! Und ich wette, Mommy hat den niedlichen Anzug selbst genäht.» Ich nickte, versuchte ein Lächeln. Es war, als funktionierte mein Gesicht noch.

Marguerite gab Iris einen Schokoladenriegel, dann musterte sie mich. Sie war von etwas gedrungener Statur und hatte ein hübsches Gesicht. «Du armer Kerl! Du siehst aus wie der aufgewärmte Tod!» Sie warf in gespieltem Entsetzen die Arme in die Luft.

«Ich . . . ich war auf'm Trip.»

Ihre Augen weiteten sich. «Machst du dir denn überhaupt keine Sorgen um deine Chromosomen?»

«Naja, so ein Trip nun auch wieder nicht.» Ich bückte mich, um Iris' auf dem Boden verstreute Beutestücke einzusammeln. Ein langes Schweigen voll ungestellter Fragen schloss sich an und ich beliess es dabei, weiter nichts zu sagen.

«Grüss deine reizende Frau», sagte Marguerite, als wir aufbrachen. Sie war eine versierte Klatschtante und ich zuckte bei dem Gedanken an die Stories über meinen «Trip» innerlich zusammen. Mit grosser Wahrscheinlichkeit würden sie – und das war der bedenkliche Teil der Geschichte – April irgendwann zu Ohren kommen. Nun ja. Immerhin sah es mehr und mehr danach aus, als hätte ich den Verstand noch nicht völlig verloren.

Die DeLongs hatten uns gegenüber ein Haus gemietet, und ihnen galt unser letzter Besuch. Nick DeLong war der einzige echte Freund, den ich in Bernco hatte. Er war Dozent für Physik und ebenfalls neu am College. Sein blondes Haar lichtete sich und er trug den obligaten Bart. Er machte sich ständig eine Menge unnötiger Sorgen.

Nick selbst öffnete und winkte uns herein. Iris schüttete ihre Süssigkeiten auf den zerfledderten Teppich. Nicks Dackel schoss heran und schnappte sich einen Keks. Iris' kleines Gesichtchen lief knallrot an und Tränen quollen ihr aus den Augen. «Hünn'chen, NEIN!» schrie sie mit aller Kraft.

Nicks Frau Jessie lachte ihr Aber-was-soll-denn-das-Lachen und sperrte den Hund in die Küche.

«Bier?» fragte Nick und ich sagte ja. Jessie fertigte ein paar weitere Kinder an der Haustür ab und Nick ging in die Küche, um das Bier zu holen. Der Dackel nutzte die Gelegenheit und kam zurück ins Wohnzimmer. Iris kreischte auf und ich brachte ihn wieder in die Küche. Schliesslich machte ich's mir in einem hölzernen Schaukelstuhl bequem und schlürfte mein Bier. Iris sass neben Nick auf der Couch und knabberte Süsses. Jessie stand hinter der Couch und beobachtete die beiden interessiert. Im kommenden Frühjahr erwartete sie ihr erstes Kind.

«April ist ganz schön sauer auf dich», sagte Jessie.

«Gestern abend kam sie zu uns rüber», fügte Nick mit sorgenvoller Miene hinzu. Er nahm die Beziehungen anderer Leute wirklich ernst.

Ich nahm einen tiefen Schluck. Als ich am Nachmittag ins Drop Inn gekommen war, musste ich mich mit Coca-Cola und ein paar Hamburgern ausnüchtern. Aber jetzt konnte ich durchaus wieder ein kräftiges Bier vertragen.

«Es ist eine lange Geschichte», sagte ich, «und ich muss unbedingt zurück zu April.»

«Warum kommt sie eigentlich nicht auch zu uns rüber?» schlug Nick vor. «Jessie, ruf sie doch mal an.»

«Das fände ich prima», stimmte ich seinem Vorschlag zu. «Das könnte vieles erleichtern.»

Jessie ging zum Telefonieren in die Küche. Der Hund schaffte es sofort, noch einmal aus seiner Verbannung zu entwischen; Iris hatte ihre Süssigkeiten inzwischen aber wieder in ihren kleinen Beutel gestopft. Der Dackel stellte seine kurzen Vorderbeine auf die Couch und schnupperte gierig. Iris fixierte ihn mit eiskaltem Blick. «Gwierig», bemerkte sie abschliessend und der Dackel zog sich auf sein Kissen neben der Heizung zurück.

Ich öffnete April die Tür und sie bedachte mich mit einer kaum wahrnehmbaren Spur eines Lächelns. Etwas Hoffnung schien noch vorhanden. Jessie holte auch ihr ein Bier und April setzte sich, nicht weit von mir, in einen Faltstuhl.

«Ich hoffe, die Kinder stürmen nicht unser Haus», meinte sie.

«Hast du den Kürbis reingeholt», sagte ich, im Versuch wie ein verantwortungsvolles Familienmitglied zu klingen.

Sie blockte meine Anstrengungen mit einem kalten Seitenblick ab. «Du weisst doch nicht einmal ob *wir* überhaupt einen Kürbis *haben . . .*»

«Also ich bin heute wirklich deprimiert», warf Nick ein.

«Warum denn das?» fragte April auf ihn eingehend.

«Nun, zuerst ist ein Artikel von mir abgelehnt worden und dann hat die Verwaltung durchblicken lassen, dass das nächste Jahr wohl mein letztes sein würde.» Mit finsterer Miene blickte er vor sich auf den Boden. «Ich habe mich für meine Vorlesungen derartig abgerakkert und jetzt sieht es so aus, als krähte kein einziger Hahn nach mir.»

«Worum ging's denn in deinem Artikel?» fragte ich, um einer ausführlichen Diskussion über Nicks Karriere zuvorzukommen. Wenn ihn niemand hinderte, würde er seine miserablen Aussichten bis spät in die Nacht diskutieren. Und April würde die ganze Zeit dasitzen und ein interessiertes Gesicht machen. Das war etwas, das mir völlig gegen den Strich ging. Wenn *ich* mal versuchte, zu jammern, wurde sie höchstens wütend darüber, dass ich bei all den Opfern, die *sie* brachte, auch noch unglücklich sein konnte. In unserer Familie hielt April das Monopol des Leidens fest in der Hand, ebenso wie Nick dieses Privileg in seiner Familie innehatte.

Eben bemerkte ich, dass Nick zu mir sprach und versuchte, zu begreifen, worum es gerade ging. «... Äther-Theorie. Zum Teufel nochmal, ich argumentierte, dass sie mit der speziellen Relativitätstheorie in Einklang stünde, aber ich glaube nicht, dass sie es über die Inhaltsangabe hinaus überhaupt gelesen haben ... geschweige denn, meine Messwerte durchgesehen, oder nachgeprüft. Ich meine, der Grundgedanke ist wirklich plausibel. Es sollten tatsächlich zwei Arten von Grundsubstanzen existieren ...»

Irgendwo läutete es in meinem Kopf. In Cimön hatte ich was von verschiedenen Grundsubstanzen gehört. Cantor hatte eine seiner Abhandlungen aus dem Jahre 1885 erwähnt und vorgeschlagen, die Kontinuum-Hypothese in einem physikalischen Versuch zu testen. Nick hatte früher schon über seine Arbeit mit mir gesprochen, aber die Bedeutung seiner Ideen war nie zu mir durchgedrungen.

Voller Erregung beugte ich mich vor. «Du hast mit Masse und mit Äther gearbeitet, Nick. Könnte es aber auch eine *dritte* Grundsubstanz geben?» Noch bevor er zu einer Antwort ansetzen konnte, ratterte ich bereits weiter. «Gäbe es sie nämlich, dann wüssten wir, dass die Kontinuum-Hypothese falsch ist. Das sagte mir Cantor in Cimön ... bevor er nach Traumland ging. Ich muss seine Abhandlung von 1885 einmal nachlesen und ich wette, wir können Wege finden, ein Experiment auszuarbeiten. Wir werden berühmt werden!» Alle starrten mich an, ich redete weiter. «Ich weiss auch, wo die Menschen hingehen, wenn sie gestorben sind. Ihr würdet mir nie glauben, was ich alles gesehen habe ...»

«Felix hat gerade vierundzwanzig Stunden im Drop Inn hinter sich», warf April mit beissender Stimme ein. «Und ich glaube, dass er obendrein noch auf Acid war.»

Auf einmal erinnerte ich mich des Traums, den ich April gezeigt hatte. «Ich bin high, okay – aber nicht auf falschen Drogen. Alles, was *ich* brauche, ist eine saubere Windschutzscheibe, kraftvollen Treibstoff und die Schuhe geputzt.» April zögerte. «Kannst du dich erinnern, April? Der Mann im Flugzeug? Das träumtest du, gleich nachdem du träumtest, du hättest mich sternhagelvoll auf einem

Gehsteig liegen sehen. «Ich bin high, okay – aber nicht auf falschen Drogen.»

«Ist das nicht aus dem Firesign Theatre?» warf Nick ein. «Jessie und ich sahen es im . . .»

«Bitte», sprach ich dazwischen und bedeutete ihm, zu schweigen. «Dies ist so wichtig. Ich sah April träumen. Ich *weiss,* was sie träumte. Das ist die einzige Möglichkeit, zu beweisen, dass . . .» Ich brach ab und wartete, dass April etwas sagte.

Schliesslich sagte sie. «Das ist ja so verrückt, Felix. In dem Moment, wo du das sagtest, ist mir ein Traum eingefallen: Heute vorm Abendessen habe ich mich ein wenig hingelegt und es war gerade so, als . . .» Völlig verdutzt blickte sie mich an.

Ich erzählte mehr und mehr Einzelheiten aus den beiden Träumen und April konnte sich an alles erinnern. Bis wir damit durch waren, sprach sie wieder mit mir. Sie glaubte mir.

«*Wo* sagtest du, bist du gewesen?» fragte Nick. Er lächelte, glücklich darüber, dass wir uns wieder vertrugen. Iris war auf der Couch eingeschlafen und Jessie stellte einen Kuchen auf den Tisch.

Die nächste Stunde lang redete ich und gab einen groben Abriss dessen, was ich auf meiner wilden Reise erlebt hatte. Fasziniert hörten mir alle zu und es wurde mir klar, dass ich wenigstens das Material für einen Renner von einem surrealen Roman mitgebracht hatte. Nick stand ein paar Mal auf, um noch Bier zu holen. Ich wartete mit meiner zweiten Flasche, bis ich fertig erzählt hatte.

«Welches war das eine Wort, das du am Schluss gelesen hast?» fragte Jessie. «Ich *muss* das Wort wissen.»

«Grüsse», schlug Nick lachend vor. «Wie in jenem Buch von Vonnegut, wo der Roboter eine Botschaft im ganzen Milchstrassensystem verbreitet, die aus nur einem Wort besteht. *Grüsse.*»

«Oder *Hallo*», sagte April und kicherte dabei. Sie hatten mir bis ans Ende zugehört, aber ich blieb doch nur der liebe versponnene Felix. Das war immerhin schon mal eine Erleichterung.

«Es sollte nur aus einem Wort bestehen», grübelte Jessie.

«Ich erinnere mich nicht, *welches* das Wort war», sagte ich. «Als ich an das Wort gelangte, gab es nur noch eines aus allen möglichen Dingen. Was soviel bedeutete, dass das Wort, ich und das Absolute, alle miteinander identisch waren. So wie . . . es gab keine Unterschiede mehr, keine Gedanken.»

«Aber dann hattest du noch immer nicht das Nichts erreicht», bemerkte Nick. «Ich vermute, dass du zu diesem Thema nicht allzu viel zu sagen hast?»

«Felix hat *immer* was zum Thema zu sagen . . . was immer das Thema auch sein mag.» April lächelte mich an.

23 Forschen

Es verging geraume Zeit, bis ich einschlafen konnte. Ich war argwöhnisch, mein Wachbewusstsein wieder zu verlassen. April fiel sofort in tiefen Schlaf, nachdem wir uns geliebt hatten. Es war ein guter, vollendeter Liebesakt . . . besser sogar als mit Ellie. Allen meinen Erfahrungen in Cimön hatte es irgendwie an Körperlichem gemangelt. Und April war nun wirklich körperlich dabei. Ich liebte sie genauso bedingungslos wie ich die Erde liebte.

Wir lagen löffelchenweise dicht beieinander und ich drückte mich ein wenig fester an ihren langgliedrigen, warmen Körper. Sie schnurrte wie ein Kätzchen und rückte ebenfalls noch näher an mich. Draussen fuhr ein Auto vorüber und ein Lichtfächer wischte über die Zimmerdecke. Meine Augen zuckten ein bisschen, indem ich die Bewegung verfolgte. Ich dachte immer noch, ich sähe Bloogs.

Als wir uns auf dem Rückweg von den DeLongs befanden, war ich mir ganz sicher gewesen, einen über unserem Schornstein schweben zu sehen. Indem ich aber genauer hingeblickt hatte, war er nicht mehr da. Und jetzt sah ich etwas in unserem Schrank flickern. Ich versuchte, mir selbst einzureden, es seien lediglich optische Täuschungen.

April und die DeLongs hatten gar nicht erst versucht, Argumente gegen meine Schilderung vorzubringen, aber es war offensichtlich, dass sie ihr auch nicht den rechten Glauben schenkten. Ihre stillschweigende Vermutung musste die sein, dass ich eine schwere Ladung Acid genommen hatte und im Drop Inn meinen Trip hatte laufen lassen. So war es viel einfacher, mein Wissen um Aprils Träume zu erklären, als einfach nur durch Telepathie. Zwar ungewöhnlich, aber nichts, womit man meinen Realitätssinn in Frage stellen konnte.

Solange ich auf der Erde geblieben war, waren mein Astralkörper und mein physischer Körper auf derselben Zeitspur geblieben. Aber die zwei Tage, die ich in Cimön verbracht hatte, hatten auf der Erde nur eine einzige Stunde gefüllt. Von Mittwochnachmittag bis Donnerstagnachmittag war ich in Bernco und Boston rumgegeistert. Etwa gegen fünf Uhr Erdzeit war ich in Cimön gelandet und um sechs war ich schon wieder zurück. Der dicke Barkeeper . . . Willie . . . hatte die Veränderung sofort wahrgenommen.

«Der Tote kann wieder gehen», hatte er geblökt, als ich schwerfällig wieder auf die Beine gekommen war. Ich hatte an einem leeren Tisch gesessen und in den Fernseher gestarrt. Ein paar Gäste, die an der Bar hockten, hatten sich nach mir umgedreht. «Wir haben rauszufinden versucht, ob es sich um Katatonie, um Autismus, Aphasie oder ganz gewöhnliche geistige Umnachtung handelt», hatte Willie vergnügt hinzugefügt. Er hatte, Jahre zuvor, mal Psychologie als Hauptfach belegt.

Dann hatte ich mehrere Flaschen Coca und ein paar Hamburger verdrückt. Zum Sprechen war ich viel zu ausgelaugt gewesen. Gegen sieben war ich nach draussen gegangen und hatte mich unter die Zuschauer des Allerheiligen-Umzugs gemischt. Morgen musste ich unbedingt ins Drop Inn zurück und mit dem Barmädchen . . . mit Mary sprechen.

Noch ein Auto fuhr vorbei. Wieder sah ich aus den Augenwinkeln ein Licht flickern. Ein Gesicht. Wie der Blitz sass ich auf der Bettkante. Es hatte ausgesehen wie das Gesicht von Kathy.

Irgendwie war mir, was Kathy anbetraf, nicht so ganz wohl. Ich hätte sie bis ans Ende, bis zum Absoluten mitnehmen sollen; ich wusste, dass sie aus eigenem Antrieb niemals gehen würde, und früher oder später würde sie der Teufel dann doch noch einkassieren. Das war das eine, was Jesus von mir verlangt hatte, Kathy zu Gott zu führen, und im letzten Augenblick hatte ich das verpatzt. Und er hatte mich gewarnt – ich solle sichergehen, sie nicht zurückzubringen. Aber wie sollte sie zurückkommen können? Auf der Erde war sie ja tot.

April und Jessie hatten beide über ihren Vater und die Geschichte mit dem teuren Sarg Bescheid gewusst. Die Tatsache, dass ich das ebenfalls herausgefunden hatte, beeindruckte die zwei überhaupt nicht. «*Ich* hab's dir doch erzählt, Felix», hatte April beteuert. «Du hast einfach nur nicht zugehört.» Wieder fragte ich mich, ob Kathy mir zur Erde hatte zurückfolgen können. So richtig hatte ich nicht darauf geachtet, welchen Weg ihr Licht genommen hatte, nachdem ich sie gekillt hatte.

Jetzt sah aber alles normal aus. Ich schlurfte in die Küche, um mir ein Sandwich und ein Glas Milch zu gönnen. Während ich ass, hörte ich, wie es vom College her Mitternacht schlug. Eine endlose Erleichterung überkam mich. Allerheiligen war vorüber. Vielleicht würde alles wieder so sein wie zuvor.

Ich schaute kurz bei Iris rein, die mit beiden Händchen von sich gestreckt auf dem Rücken lag und schlief. Sie sah aus als machte sie Gymnastikübungen, oder wie ein grosses Y. Ihre Vollkommenheit, ihre stabile Struktur trieben mir das Wasser in die Augen. Ich dankte Gott, dass ich zurück war.

Irgendwann im Verlaufe der Nacht wachte ich in Traumland auf. Ich war eine rote Lichtkugel und bewegte mich durch das vertraute Kontinuum möglicher Visionen. Auf ein inneres Geheiss suchte ich mir eine Vision aus und fand mich erneut auf dem Temple Hill-Friedhof. Jesus und der Teufel waren beide anwesend. Ein schauriger Traum.

Satan hält ein in Folie eingeschweisstes Päckchen mit einem Styroporteller drin. Wie eine Fleischverpackung aus einem Supermarkt. Irgend etwas Grünes ist da eingepackt. Eine Möwe oder Federn. Kathy.

Als er mich sieht, fletscht er die Zähne. «Entweder du oder sie, Rayman. Worauf setzt du?» Seine Stimme klingt wie ein rostiges Stück Eisen, das man über einen zementierten Hof zieht.

Hilfesuchend blicke ich Jesus an. Die Erde hat sich aufgetan wie zuvor. Er und ich stehen auf der einen, der Teufel und Kathy auf der anderen Seite.

Von Jesus geht ein gleichmässiges, goldenes Licht aus. Seine Augen sind tief . . . schwarze Löcher. Er lächelt ein wenig und streckt eine seiner Hände vor. Am Handgelenk ist ein Loch, umgeben von geronnenem Blut.

Ich trete einen Schritt zurück und schüttle den Kopf. «Ich kann das nicht. Ich bin nicht Du.»

Satan lacht und das Lachen fängt sich in einem Echo.

Schweissüberströmt wachte ich auf. Der Morgen dämmerte bereits. Iris plapperte nebenan fröhlich vor sich hin.

Ich stand auf und fütterte sie, und als April in die Küche kam, bereitete ich uns Rührei. Beim Kaffee fragte April, «Und weisst du, was ich letzte Nacht geträumt habe?»

Ich schüttelte den Kopf. «Ich habe diesmal nicht zugesehen.» April wartete auf meinen Bericht, so erzählte ich ihr meinen Traum. «Ich träumte, dass der Teufel dieses Mädchen da erwischt hatte, diese Kathy . . . wie heisst sie gleich?»

«Kathy Scott. Ich weiss gar nicht, warum sie dir immerzu im Kopf rumgeistert. Du hast sie ja nicht einmal kennengelernt, oder?»

«Nur in Cimön.»

April steckte sich eine Zigarette an und sah mir besorgt ins Gesicht. «Vielleicht sollten wir weggehen von hier, Felix. Ich glaube nicht, dass es hier gut für dich ist. All diese verworrenen Gedanken, die du plötzlich hast . . .» In Ihrem Gesicht zuckte es, sie war den Tränen nahe. «Früher bist du nie so gewesen.»

Ich ging um den Tisch herum und legte ihr einen Arm um die Schulter. «Ich wünschte ebenfalls, es wäre vorüber, April.»

Sie drückte ihre Zigarette aus. «Gestern abend bei den DeLongs sah alles wie ein lustiges Abenteuer aus. Aber wenn du wirklich nichts genommen hast . . .» Sie zögerte, fuhr dann aber stockend fort. «Ich meine, einen ganzen Tag so völlig vergessen, wer du bist . . . einfach so vergessen. Das ist doch nicht, das kann doch nicht normal sein.» Sie blickte mir flehentlich in die Augen. «Bitte, Felix. Bitte geh' zu einem Arzt. Ich glaube, diesmal brauchst du ihn wirklich. Du bist einfach viel zu weit weg.»

Von ihrem Standpunkt aus gesehen hatte sie natürlich recht. Aber diese Bitte störte mich, und zwar ganz schön. Mich mühsam unter Kontrolle haltend, sagte ich so gelassen ich konnte, «Der einzige Weg, mich ins Irrenhaus zu kriegen, ist in einer Zwangsjacke. Ich bin selbst hier hineingeraten, und ich werde mir auch selbst wieder heraushelfen.»

«Muy macho», sagte April bitter. «In der Zwischenzeit ruinierst du mir mein Leben.»

In meinem Brustkasten blähte sich ein heisser Ballon aus purem Zorn, und mein Solarplexus fühlte sich wie die gespannte Feder einer Spielzeugente an. Ich musste raus, bevor ich irgendwas Fürchterliches sagte. «Bitte, April», sagte ich, indem ich mich langsam vom Tisch entfernte. «Lass mir nur ein wenig Zeit. Ich muss das alles überdenken. Als was du meine Reise nach Cimön bezeichnest, ist mir völlig egal. Aber ich habe eine Idee, oder eine Idee für eine Idee, die wirklich . . .»

Mit einem Mal wurde sie sanfter. «Oh, Felix, mach dir nicht zuviel Sorgen.» Sie stand auf, kam zu mir und drückte mich. Eine Minute verharrten wir engumschlungen. Iris kam herangekrabbelt und schlängelte sich durch unsere Beine. April nahm das Baby hoch und hielt das kleine Blondköpfchen an unsere Gesichter. Wir standen da und herzten uns. Auf dem Küchenboden spielte ein Sonnenstrahl.

Mein Stundenplan sah so aus, dass ich donnerstags unterrichtsfrei hatte; so war meine Abwesenheit nicht weiter aufgefallen. Freitags hatte ich Differential und Mathe für Grundschullehrer. Die Stunden verliefen ziemlich reibungslos. Mit den angehenden Grundschullehrern gingen wir noch ein paar Punkte der für kommenden Montag angesetzten Übungsarbeit durch; in Differential behandelten wir die Formel für die Bogenlänge einer Kurve.

Nach dem Unterricht eilte ich hinüber zur Bibliothek, um die Abhandlung zu suchen, die Cantor mir gegenüber erwähnt hatte. Seine *Gesammelten Abhandlungen* sind nur in deutscher Sprache erschienen und es dauerte eine ganze Weile, bis ich die betreffende Passage gefunden und übersetzt hatte. Sie liest sich in etwa so:

Der dreidimensionale Raum unseres Universums besteht aus einem Kontinuum von «c» abstrahierten mathematischen Punkten. In diesem Raum bewegen sich zwei Arten Substanz: Masse und Äther.

Wir alle haben eine ziemlich deutliche Vorstellung davon, was Masse ist. Aber Äther? Äther ist eine äusserst dünne Substanz, die im Zusammenhang mit Energieübertragung auftritt. Wir nehmen nun nicht zwingend an, dass Äther den ganzen Raum zwischen Massepartikeln ausfüllt. Alles, was wir wissen, ist, dass gewisse Regionen im Raum Masse enthalten, andere Äther, wieder andere sind leer.

Nun kann jedes Masse-Objekt . . . ein Felsbrocken etwa . . . unendlich in immer kleinere Stücke gespalten werden. Am Ende erhält man *Aleph-null* unendliche winzigste Masseteilchen. Diese unteilbaren Teilchen werden *Masse-Monaden* genannt. Folglich setzt sich, allgemein betrachtet, jedes Masse-Objekt aus Aleph-null punktförmigen Masse-Monaden zusammen.

Äther ist ebenfalls unendlich teilbar ... oder mehr noch! Jedes ätherische Objekt stellt man sich als eine Anordnung von Aleph-eins punktförmigen *Äther-Monaden* vor. Da wir im Raum «c» Punkte haben und da «c» mindestens so gross ist wie Aleph-eins, gibt es für all diese Monaden sicherlich Platz.

Folglich kann, zu jedem Zeitpunkt, die Lage in unserem Universum spezifiziert werden, indem man feststellt, welche der «c» möglichen Stellen unseres Raums von Masse-Monaden, und welche Stellen von Äther-Monaden besetzt sind. Um es anders auszudrücken – der Raum enthält eine Menge M von Aleph-null Punkten, die von Masse besetzt und eine Menge A von Aleph-eins Punkten, die von Äther besetzt sind. Der Zustand des Universums hängt zu jedem Zeitpunkt von den Eigenschaften der beiden Punktmengen M und A ab.

Cantor lässt sich in seiner Abhandlung von 1885 grösstenteils über eine spezielle Methode aus, M und A in fünf Teilmengen zu beschreiben. Er schliesst mit den Worten: «Der nächste Schritt wird sein, festzustellen, ob die Beziehungen zwischen diesen einzelnen Mengen die unterschiedlichen Arten von *Existenz* und *Handeln*, die Masse aufweisen – wie zum Beispiel ein *physikalischer Zustand, chemische Unterschiede, Licht und Hitze, Elektrizität und Magnetismus* – erklären können. Ich ziehe es vor, meine weiteren Vermutungen in dieser Richtung nicht explizit darzustellen, bis ich sie einer sorgfältigeren Prüfung unterworfen habe.» Cantor liebte Kursivschrift. Nachdem ich meine Lektüre beendet hatte, blieb ich noch eine Weile sitzen und blickte aus dem Fenster. Die Wolken hatten sich über Nacht verzogen und es sah fast so aus, als erlebten wir noch einen schönen Ausklang des Altweibersommers. Der blaue Himmel wirkte wie eine straff gespannte dünne Schicht Farbe. Trockene Blätter raschelten auf den Pfaden des College-Geländes.

Mein Verstand arbeitete aussergewöhnlich klar, und ich konnte mich an jedes einzelne Wort erinnern, das Cantor während der Tunnelwanderung nach Aleph-eins an mich gerichtet hatte. «Wenn es eine dritte Grundsubstanz ausser Masse und Äther gäbe, dann wüssten wir, dass ‹c› die Mächtigkeit von mindestens Aleph-zwei besitzt.» Ich dachte darüber nach. Angenommen, es gäbe eine dritte Substanz . . . nennen wir sie einmal Essenz. Masse, Äther, Essenz. Wie müssten Essenz-Gegenstände aussehen?

Wenn man Masse mit einem Haufen Sand vergleicht, dann ist Äther wie Wasser. Essenz würde sogar noch feiner sein, und auch kontinuierlicher. Vielleicht waren die weissen Lichter aus Essenz gemacht. Höhere Ebenen.

Eines war klar. Um sich von Masse und Äther zu unterscheiden, müsste jedes Essenz-Objekt aus *Aleph-zwei* Monaden gemacht sein. Gäbe es aber Essenz-Objekte in unserem Raum, dann hätte der Raum mindestens Aleph-zwei Punkte . . . und die Kontinuum-Hypothese, dass der Raum Aleph-eins Punkte hat, wäre widerlegt.

Schön und gut. Aber wie . . . Plötzlich hörte ich's vom Turm zwei Uhr schlagen. Es wurde Zeit für die Grundlagen der Geometrie. Hastig packte ich meine Notizen zusammen. Den Cantor liess ich auf dem Tisch am Fenster liegen und verliess im Laufschritt die Bibliothek.

Eine schwache Brise trieb Sachen zusammen und wieder auseinander. Blasse, orangefarbene Blätter zwickten mich am Fussgelenk. Ich versuchte, mir vorzustellen, dass es auch noch feinere Formen um mich herum gab. Ätherische Formen – Astralleiber, Geister, Bloogs.

Die Annahme, dass das meiste, was ich in Cimön gesehen hatte, aus Äther bestand, schien vernünftig. Jedes Ding aus Aleph-eins *Äther-Monaden.* Für den Augenblick wollte ich nicht weiter versuchen, über die Möglichkeit von Essenz-Objekten nachzudenken. Für heute würde es genügen, den eigentlichen Sinn von Cantors ursprünglichen Ideen über Masse und Äther zu begreifen.

Von der Bibliothek bis zum Unterrichtsgebäude war es ein längerer Spaziergang. Irgendeinem idiotischen Zufall war es zu verdanken, dass die Stunde in einer der Sport-Unterrichtsräume, gleich neben der Turnhalle, stattfand.

Der Lake Bernco tritt häufig über seine Ufer und ist deshalb von fruchtbarem Erdreich umgeben. Äcker und Weiden umschliessen ihn wie ein Bilderpuzzle, durchzogen von Bächen und Rinnsalen, die sich in den See ergiessen. Der wichtigste Zufluss wird von Bäumen gesäumt und unter den Bäumen führt ein Feldweg lang. Indem ich gemächlich dahinschlenderte, konnte ich die Staubwolken eines Lieferwagens erkennen, der eine Windung des Flusses entlangeilte. Fliegen summten in der Luft, ihr Summen hörte sich an wie das Geräusch von Sonnenschein. Ich konnte es nicht lassen, mich zu fragen, was es für einen Geist bedeuten mochte, aus Aleph-eins Äther-Atomen zu bestehen. Dazu kam mir zweierlei in den Sinn.

Erstens. Stellt man sich einen leeren Schuhkarton vor, so kann man ihn entweder mit Aleph-null Masse-Monaden füllen oder mit Aleph-eins Äther-Monaden. Auch wenn beide Monaden-Typen verschwindend klein sind, müsste es so sein, dass die Masse-Monaden sich irgendwie so verhalten, als wären sie grober, rauher, weniger dicht gepackt. Folglich kann ein ätherischer Körper durch die Zwischenräume in einem soliden Gegenstand aus Masse hindurchsikkern. Deshalb können Geister durch Wände gehen. Gut.

Zweitens. Einem Tier mit vier Füssen bereitet es keine Schwierigkeiten, bis drei zu zählen. Ein physikalischer Körper hat Aleph-null Masse-Monaden und ist mit kleineren Zahlen wie zehn oder zehntausend zufrieden. Wenn ein astraler Körper Aleph-eins Äther-Monaden hat, dann heisst das, dass er mit Aleph-null umgehen kann. Deshalb müssten Astralkörper in der Lage sein, unendliche Beschleunigungen auszuführen; mit Aleph-eins hätten sie allerdings Schwierigkeiten. Auch gut.

Meine Studenten warteten ausserhalb des Turnhallen-Anbaus. Ein paar fingen an zu grinsen, als sie mich sahen. Ich setzte ein freundliches, professionelles Gesicht auf.

Der lange Typ mit dem Schnauzbart ... Percino ... sprach mich an, «Wie fühlen Sie sich denn, Doktor Rayman?»

«Gut», sagte ich so gleichgültig wie möglich. Mir fiel ein, dass Percino der Freund des Barmädchens im Drop Inn war. Mary. Ich hatte immer noch keine Gelegenheit gehabt, sie zu fragen, was mein Körper am Mittwochabend angestellt hatte.

Ich schloss die Tür auf und die Studenten folgten mir schweigend in die stille Halle. Durch ein Fenster auf der anderen Wand fiel das Sonnenlicht schräg herein und beleuchtete eine sich bewegende Menge von Staubpartikelchen. Irgend etwas, das ich über die Pythagoräer gelesen hatte, tauchte mir mit einem Mal aus der Erinnerung auf. Die Pythagoräer glaubten, dass es ebenso viele Geister um uns herum gibt wie Staubteilchen in einem Sonnenstrahl. Einen Augenblick lang konnte ich eine endlose Hierarchie von Geistern spüren, die um mich herumschwirrten.

«Mary sagt, Sie wär'n vorgestern ganz schön ausgestiegen gewesen», sprach jemand mit vertraulich verhaltener Stimme. Percino ging neben mir her. Er war ganz geil darauf, meine Antwort zu hören.

«Habe ein paar Bier getrunken», sagte ich mit versteinerter Miene.

Gott sei Dank erreichten wir den Unterrichtsraum, und ich konnte mir Percinos weitere Bemerkungen sparen. Ich sah förmlich, wie hinter seinen trüben Augen ein halbfertiges Schema durchsickerte, mit dem er mich für eine bessere Note erpressen wollte. Er war derjenige, der eine Semesterarbeit über UFOs schrieb. Ich hoffte nur, dass er mich mit einer guten Arbeit überraschte.

Die Studenten begaben sich an ihre Plätze und setzten sich. Langsam vor der Tafel auf und ab gehend, begann ich zu sprechen.

24 Lehren

«Das letzte Mal sprach ich, wie Sie sich bestimmt erinnern können, über die Schriften C. H. Hintons. Er hatte es sich zur Lebensaufgabe gemacht, die vierte Dimension zu etwas Wirklichem werden zu lassen. Ich finde mich heute in einer ähnlichen Situation. Ich möchte Sie davon überzeugen, dass Unendlichkeit etwas Reales ist.»

Einigen der Studenten schien dies gar nicht zu passen. Da war vor allem ein Mädchen, ein starrköpfiges Wesen mit blondem Haar, das noch kürzer als meins geschnitten war. Sie fragte mich regelmässig, was meine Vorlesungen mit Geometrie zu tun hätten, mit Geometrie, die sie eines Tages ihren Schülern einzuhämmern gedachte.

Mit einem Seitenblick auf sie log ich, «Das Begreifen der Unendlichkeit ist äusserst entscheidend für das richtige Verständnis der Grundlagen der Geometrie.» Ein paar Studenten kicherten. Diesen Vorwand hatte ich nun schon seit drei Wochen benutzt, nur um über die vierte Dimension sprechen zu können. «Geben Sie mir noch diese eine Stunde», sagte ich mit beschwichtigender Miene. «Ich muss heute über die Unendlichkeit sprechen.» Einige lächelten, andere seufzten, aber jedermann schien bereit, also fing ich an.

«Der Gedanke, den ich heute entwickeln möchte, beinhaltet, dass der menschliche Verstand unendlich ist. Und das meine ich im wahrsten Sinne des Wortes. Wenn diese Stunde erfolgreich abläuft, werden Sie dieses Zimmer mit der Fähigkeit verlassen, über unendliche Dinge nachzudenken.

Nun gibt es Leute, die immer wieder behaupten, es sei uns unmöglich, den Begriff ‹Unendlichkeit› vollständig zu erfassen, weil unser Gehirn endlich ist. Dagegen gibt es zwei Dinge einzuwenden. Zunächst einmal stellt sich die Frage, woher will man *wissen*, dass das Gehirn endlich ist? Es liegt schliesslich im Bereich des Möglichen, dass jedes winzigste Masseteilchen aus noch kleineren Teilchen besteht . . . so dass jeder Gegenstand praktisch aus unendlich vielen Teilchen besteht. Vorhin, in der Bibliothek, habe ich gerade eine Abhandlung von Georg Cantor gelesen. Darin stellt er die Behauptung auf, dass jedes Stück Masse Aleph-null unteilbare Teilchen enthält . . . welche er Masse-Monaden nennt.»

Die Studenten blickten mich mit ausdruckslosen Gesichtern an, und ich versuchte es einmal andersherum. «Die Sache ist doch die, dass das Gehirn *nicht* endlich ist. Vielleicht enthält es unendlich viele kleine Teilchen, so dass man wirklich unendlich komplizierte Strukturen im Kopf haben *kann.* Können Sie das nicht fühlen?»

Allmählich fing mir der Kopf an zu brausen. Ein dickes Mädchen in der letzten Reihe nickte mir aufmunternd zu und ich fuhr fort. «Das ist die erste Verteidigungslinie. Kommen wir nun zur zweiten.»

«Angenommen, das Gehirn *wäre* trotzdem endlich . . . wäre lediglich eine Art Netzwerk mit einer nur endlichen Anzahl möglicher Konfigurationen, *selbst dann* möchte ich die Behauptung aufstellen, dass es möglich wäre, unendliche Gedankengänge zu erproben.»

Tief Luft holend setzte ich meinen Diskurs fort. «Der Grund dafür liegt darin, dass wir nicht nur aus Masse, aus Fleisch und Blut geschneidert sind; wir haben Seelen, Geister, Astralkörper . . . es gibt eine andere Kategorie der Existenz. Und auf dieser Ebene sind wir tatsächlich unendlich.»

Einige der Studenten blickten sich mit vielsagendem Lächeln an. Einer von ihnen, ein Physikstudent namens Hawkins, meldete sich zu Wort. «Das ist *Ihre* Meinung, Doktor Rayman. Sie glauben, Sie hätten eine Seele. Ich glaube, man ist bloss eine komplizierte Maschine. Wir könnten den ganzen Tag, die ganze Nacht darüber diskutieren . . . wozu aber soviel Zeit verschwenden? Es wird eh keinen Gewinner geben.»

Grüne und rosa Punkte begannen, vor meinen Augen zu tanzen. Ich versuchte, meine Gedanken beieinander zu halten. Es musste einfach eine Möglichkeit geben, die Unendlichkeit auf die Erde zu bringen. «Das scheint mir ein sehr vernünftiger Punkt», sagte ich lächelnd. Ich mochte Hawkins, weil er mir stets widersprach. «Ich schätze, es geht um die Frage, es richtig hinzudrehen, oder es fallen zu lassen und zu gehen. Entweder führe ich Ihnen Unendlichkeiten an Ort und Stelle vor oder ich gebe zu, dass es sich um nützliche mathematische Fiktion handelt. Aber warten Sie mal ab . . .»

Gedankenverloren blickte ich einen Augenblick aus dem Fenster. Unsere Fussballmannschaft trainierte. Indem ich mich auf einen einzelnen Spieler konzentrierte, spürte ich eine momentane Verschiebung in meinem Bewusstsein. Ich konnte durch seine Augen sehen, den Ball an meiner Fussspitze spüren. Ich pendelte zwischen einfachem und zweifachem Bewusstsein hin und her, zwischen dem Einen und dem Vielen. Ich fühlte etwas. Auf einmal sah ich Bloogs vorm Fenster. Ich wandte meine Aufmerksamkeit wieder der Klasse zu.

Kathy sass in der ersten Reihe und lächelte mich unsicher an. Sie war aus grünlich schimmerndem Äther und unter der Decke wimmelte es nur so von rosafarbenen Bloogs. Kathys Lippen bewegten sich stumm. Ich konnte nur mein Herz schlagen hören. Sie war mir also tatsächlich zur Erde zurückgefolgt. Und der Satan hatte sie sich immer noch nicht geschnappt. Ich ging auf sie zu, und versuchte, sie zu berühren, aber meine Hand fuhr durch sie hindurch.

Dann bemerkte ich, wie die Studenten mich voller Neugier beobachteten. Sogleich setzte ich die Vorlesung fort und redete einfach drauflos.

«Nehmen Sie einmal das Selbstbewusstsein. Sie wissen, dass Sie existieren. Sie haben ein geistiges Bild von sich selbst. Insbesondere haben Sie ein Bild von Ihrem Bewusstseinszustand.» Ich zwängte eine kleine Gedankenblase in eine grössere hinein, füllte sie mit denselben Formen wie zuvor. Dann zeichnete ich eine noch kleinere Gedankenblase in die kleine Gedankenblase. Ein paar Studenten fingen an zu lachen.

«Sie sehen also das Problem», sagte ich und drehte mich zu ihnen um. Kathy hatte einen kleinen Beutel auf dem Schoss. Allzu lange konnte ich sie nicht ansehen, aus Angst, ich könne in ihre Augen stürzen. Ich nahm den Faden meiner Beweisführung wieder auf.

«Das heisst also, dass wenn Sie ein Bild Ihres Bewusstseinszustands entwerfen, dann hat dieses Bild wiederum ein Bild Ihres Bewusstseinszustands, welches wiederum ein Bild hat, dieses wiederum ... usw. Wir sind in der Lage, gedanklich unendliche Regressionen durchzuführen.»

Hawkins meldete sich. «Dieses Bild können Sie einfach nicht häufiger als etwa fünfmal verfolgen.»

«Aber *denken* kann ich weiter. Das ist es, was einen wirklich höheren Bewusstseinsstand ausmacht. Das ist ein erster Schritt auf dem Weg mit dem Absoluten zu verschmelzen.»

Für die kurzhaarige Blonde war das zuviel. Sie verlor die Geduld. «Soll das etwa noch was mit Geometrie zu tun haben?»

«Lassen Sie mir noch ein wenig Zeit», sagte ich zum zweiten Mal an diesem Tag. Kathy war inzwischen aufgestanden und hatte den Inhalt ihres Beutels auf mein Pult geleert. Rauschkraut! Ein kleines Häufchen Rauschkraut. Ich nickte ihr beifällig zu. Sie war gekommen, mir zu helfen.

«Ich habe in der letzten Zeit viel über Unendlichkeit nachgedacht», sagte meine Stimme. «Und Sie sollten sich in Erinnerung rufen, dass der Raum aus unendlich vielen Punkten besteht ... auch wenn niemand das genaue Mass der Unendlichkeit kennt.» Kathy zog ein Feuerzeug hervor und zündete das Häufchen Rauschkraut an. Es begann zu glimmen wie aufeinandergeschichtete Herbstblätter. Hellblaue Rauchfähnchen wehten auf die Studenten zu.

«Ich bin überzeugt, dass ein paar von Ihnen Gelegenheit haben werden, die Idee von der Unendlichkeit in eben diesem Augenblick voll zu erfassen.» Ich ging hinüber zum Fenster und schloss es sorgfältig. «Entspannen Sie sich und versuchen Sie sich ein Bild Ihres Bewusstseins zu machen.» Hier und da wurde gekichert, ich aber hob meine Stimme und fuhr fort. «Ich meine, was ich sage. Lassen Sie uns mal ein paar Minuten lang meditieren, anschliessend können wir dann nach Hause gehen. Ich verspreche Ihnen, dass meine Vorlesung am kommenden Montag zusammenhängender sein wird.»

Ich setzte mich an mein Pult und stützte den Kopf in die Hände. Einige Studenten folgten meinem Beispiel, andere blätterten in ihren Notizen, wieder andere blickten gedankenverloren aus dem Fenster. Aber das spielte keine Rolle. Ein bläulicher Schleiernebel aus Rauschkrautrauch hatte den Raum gefüllt.

Ich neigte mein Gesicht den Rauchschwaden zu und atmete tief ein. Dabei fühlte ich, wie mein ganzer Körper voll entspannte. Kathy inhalierte ein wenig Rauch, weisste aus, kam zurück. Wir lächelten uns zu.

Die Studenten fingen an, ein bisschen benommen dreinzuschauen. Percino gähnte und reckte die Arme. Nur waren das nicht seine richtigen Arme. Er bemerkte es und sprang überrascht auf. Sein Körper blieb auf dem Stuhl sitzen. Hastig stieg er wieder zurück.

Dann ging es allen anderen ebenso. Wir weissten nicht gleich aus, sondern verliessen nur mal unsere Körper, gerieten in einen ätherischen Bewusstseinszustand.

Es galt, keine Zeit zu verschwenden. Wenn man einmal in seinem ätherischen Körper ist, ist es möglich, Aleph-null grosse Anhäufungen zu erfassen . . . aber man braucht auch welche, die greifbar sind, die man sehen kann. Meine Aufgabe bestand jetzt darin, Unendlichkeiten zu generieren.

«La», sagte ich, «La, La, La . . .» Ich versuchte eine Beschleunigung, aber meine physikalische Zunge verhedderte sich mit meiner astralen. Stotternd brach ich ab. Ich musste es anders versuchen.

Ich schlüpfte aus meinem physischen Körper raus und begann, das Klassenzimmer zu umrunden. Nach Aleph-null Laufschritten nahm ich Kathy bei der Hand und machte noch Aleph-null mehr. In der nächsten Runde schloss Percino sich uns an. Und dann machten alle mit . . . sogar die kurzhaarige Blonde. Indem das Rauschkraut seinen Rauch zwischen die zwei Realitätsebenen schob, glitten wir schneller und schneller im Zimmer herum. Wir begannen, an den Wänden entlang zu rennen. Mein Astralkörper war zunächst wieder eine grünliche Kopie meines nackten Selbst gewesen, aber indem ich jetzt immer schneller lief, hatte er mehr und mehr Stromlinienform angenommen.

Die Studenten rannten über alle Wände verstreut . . . niemand hätte sagen können, wer der erste, wer der letzte war. Ein paar von ihnen hatten Stromlinienform angenommen wie ich, andere hatten ihren Körpern komplexere Formen gegeben. Da zischte ein Hummer vorbei, dann ein paar Greifvögel, dann ein paar Riesentauben wie sie eigentlich längst ausgestorben sind.

Die ganze Zeit über sassen unsere physikalischen Körper mit heruntergeklappten Unterkiefern schlaff an ihren Plätzen. Wir wischten durch eine weitere Runde von Aleph-null Laufschritten und purzelten in einer Ecke des Zimmers lachend auf einen Haufen, viel zu erregt, um noch etwas sagen zu können.

Ich blickte mich nach Kathy um, sie war aber verschwunden. Das Rauschkraut war ausgeglüht, ohne eine Spur Asche zu hinterlassen. Mein Bewusstsein zitterte zwischen meinem physischen und meinem astralen Körper hin und her. Die Kluft zwischen beiden war bestürzend.

Also ging ich zu meinem physischen Körper zurück, schlüpfte hinein und wartete auf das beengende Gefühl, welches signalisierte, dass ich wieder voll gefangen war. Die Studenten – Hummer, Schildkröten, Splitternackte – kehrten ebenfalls in ihre Körper zurück. Ich war neugierig, was passierte, wenn einer die Körper verwechselte.

Plötzlich verlor alles sein ätherisches Schimmern, die Bloogs zogen sich zurück und ich war erneut in mein Fleisch eingeschlossen. Ich wünschte, ich hätte gewusst wie man per Willenskraft aus dem Körper heraus und wieder in ihn hinein gehen konnte. Eine Minute lang versuchte ich, dieses lockere Körpergefühl zurückzuerlangen, welches das Fuzzweed mir verpasst hatte, aber irgendwie kriegte ich das nicht hin. Es gab etwas derart Einfaches und doch so . . . so schwer Fassbares um die Verwandlung.

«Was war das?» fragte ein Junge mit Brille und Schuppen. «Haben Sie uns hypnotisiert?»

«Das waren bestimmt Drogen», sagte die kurzhaarige Blonde völlig aufgebracht. «Er hat da irgendwas auf dem Tisch verbrannt.» Sie machte Anstalten zu gehen, wahrscheinlich zum Rektor.

«Siehst du was auf dem Tisch? Ich nicht», sagte Percino. «Das war eine unheimliche Begegnung der dritten Art. Hast du nicht das grünlich glühende Wesen gesehen?»

«Hauptsache ist, dass Sie die Unendlichkeit geschaut haben», sagte ich. «Ich hoffe, ich sehe sie alle am Montag wieder.» Ich musste unbedingt Nick DeLong sprechen.

Ein paar Studenten gingen, ein paar blieben noch ein wenig sitzen, ein oder zwei kamen zu mir, um mit mir zu sprechen. Jeder hatte seine eigene Auslegung zu dem, was geschehen war. Irgendwie war das verwirrend – denn es weckte Zweifel in mir, ob es einen Grund zur Annahme gäbe, dass meine Version die richtige war.

Die schönste Beschreibung gab dieses dicke Mädchen aus der letzten Reihe. Sie begriff immer alles und verfasste ausgezeichnete Prüfungsarbeiten, meldete sich praktisch aber nie zu Wort.

«Das war eine wilde Jagd», sagte sie leise zu mir. «Genau wie in *Alice im Wunderland.*»

Zum Schluss spazierte ich das College-Gelände hinauf, allein und gedankenverloren. Ich versuchte mit aller Macht, mir das Bild ins Gedächtnis zurückzurufen, welches ich gesehen hatte, bevor ich Kathy entdeckt hatte. Percino ging ungefähr fünfzig Schritte vor mir her. Indem ich ihn anschaute, überkam mich erneut dieses Gefühl, das ich vorher beim Betrachten des Fussballspielers verspürt hatte.

Ich konnte Percinos zu enge Schuhe fühlen, durch seine unerfahrenen Augen blicken. Ich war gleichermassen in seinem wie auch in meinem Körper. Hier und da liefen noch andere Leute herum und ich streckte meine Fühler auch nach ihnen aus. Ich fühlte mich wie ein gallertartiges Wesen mit Dutzenden von Augen, die alle gleich wichtig waren. Und plötzlich wusste ich wie ich meinen Körper verlassen konnte. Viele zu Einem.

Mit einem heftigen Ruck zog ich mich aus den anderen Körpern zurück. Etwa zwanzig Meter von meinem physischen Körper entfernt nahm ich in meinem astralen Körper feste Form an . . . ungefähr auf halbem Wege zwischen meiner irdischen Hülle und Percino. Auf einmal gab es mich zweimal . . . einen Rayman aus Äther und einen aus Masse.

Wir blickten uns an . . . das heisst, das astrale Ich guckte mein physisches Ich an; und das physische Ich starrte auf die Stelle, wo mein astrales Ich sich befand. «Ich hab's!» sagte das astrale Ich. Bloogs trieben vorbei.

Auch das Wiederverschmelzen verursachte kein Problem mehr. Ich brauchte nur beide Bewusstseinsformen auf das Eine zu konzentrieren und an derselben Stelle herauszukommen. Das probierte ich mehrere Male, bis es wie am Schnürchen klappte. Dann stieg ich weiter den Hügel hinauf. Ich musste unbedingt Nick sehen.

In der Nähe der Todd Hall traf ich Stuart Levin. Er vollführte eine perfekte Mandarinverbeugung und liess ein ironisches Lächeln aus seinem Vollbart blitzen. Seit Mittwochmorgen hatte ich ihn nicht weiter gesehen.

«Wie geht's, Felix? Hat der Teufel dich immer noch nicht?»

Ich lächelte zurück. «Ich denke, nicht. Ein paar mal war er mir schon ziemlich dicht auf den Fersen, aber erwischt hat er mich nicht. Auch war ich ziemlich weit weg.»

«Das kann ich mir denken», sagte Stuart lachend. «Warum setzen wir uns kommendes Wochenende nicht mal zusammen? Ich bin verdammt gespannt, von deinen neuesten Halluzinationen zu hören. Sowas ist besser als Fernsehen.»

«Ich muss arbeiten. Mit Nick DeLong. Warum kommst du morgen nachmittag nicht mal in seinem Labor vorbei? Könnte sein, dass wir etwas Interessantes zu zeigen haben.»

«Okay. Ich werde kommen.» Er winkte mir mit seinem toll eingebundenen Klassenbuch zu und schon war er weg.

25 Die Banach/Tarski-Zerlegung

Nicks Büro war nicht viel grösser als eine Besenkammer, aber er hatte Zugang zu einem hervorragend ausgerüsteten Labor. Die Regierung hatte dem College die bestmögliche Ausrüstung gekauft, hatte sich im Gegenzug aber alle Rechte an irgendwelchen bahnbrechenden Erfindungen vertraglich zusichern lassen. In der Regierung war man der Meinung, die Abteilung Physik in Bernco arbeite an der Entwicklung von Massnahmen gegen die Umweltverschmutzung. Die Abteilung Physik dachte, Nick arbeite an Forschungsprojekten, die sich gewinnbringend veröffentlichen liessen. Und Nick hatte all das Spielzeug, das er sich nur wünschen konnte.

Ich fand ihn in seine Arbeit vertieft. In seiner Experimentierstube herrschte gedämpftes Licht und er beobachtete den Schirm eines kleinen Oszillographen, während seine Arme bis zu den Ellenbogen in einem Behälter mit einer zähflüssigen Brühe steckten. Ich blickte in das Gefäss. Drähte führten hinein, ein System aus Glasröhren war drum herum arrangiert sowie ein paar gefährlich schimmernde kleine Pyramiden. Unten drunter arbeitete eine kleine Pumpe.

Ohne aufzublicken, sagte Nick, «Charles nennt das hier ‹Nicks Fondue Chinoise› . . .» Plötzlich stabilisierten sich die grünen Schnörkel auf dem Bildschirm zu einer regelmässig gezahnten Kurve. Nick gab einen Seufzer der Zufriedenheit von sich. «Das sollte jetzt eine halbe Stunde reichen.» Er zog die nackten, tropfenden Arme aus der Flüssigkeit und ging zum Waschbecken, um sich das Zeug abzuwaschen.

«Ist das Speiseöl?»

«Um Gotteswillen, nein. Das ist flüssiges Teflon. Das einzige Zeug mit der richtigen Dichte und Nicht-Leitfähigkeit.» Er trocknete sich Arme und Hände ab und rollte seine Hemdsärmel runter. «Du sagtest, du hättest eine Idee?»

Bevor ich antworten konnte, leuchtete am anderen Ende seines Arbeitstisches ein rotes Lämpchen auf. «Wart mal 'n Augenblick», sagte Nick. «Der Laser ist inzwischen angeheizt.»

Er ging hinüber und legte einen Hebel um. Ein Muster aus rubinroten Strahlen sprang an und schwebte über dem Tisch. Über ein System aus Spiegeln und Strahlenspaltern gelenkt, webte es ein Fadenspiel, dessen eines Ende auf einem dünnen Quarzglasfensterchen an Nicks Behälter zu ruhen kam.

Mit raschen, sicheren Schritten ging Nick auf die Wand zu und legte einen weiteren Hebel um. Jetzt begann es unter dem Tisch zu summen. Ein Geräusch wie von einem Ventilator. Ein seltsam prickelndes Gefühl überkam mich und meine Haare unternahmen den Versuch, sich auf die Spitzen zu stellen.

«Ein Luft-Ionisator», erklärte Nick. «Völlig harmlose Angelegenheit.» Das grüne Sägezahnmuster auf dem Oszillographen blieb unverändert stehen und das Gewirr der Laserstrahlen glühte gleichmässig über dem Tisch. Nick bewegte einen dritten Hebel und liess sich schwer auf einen Stuhl sinken.

«Das wird jetzt eine halbe Stunde ganz allein laufen; ist auf Automatik geschaltet.»

«Was machst du da eigentlich?»

«Wie du aus meinem Aufsatz weisst, arbeite ich an einer Hypermasse-Theorie.» Ich hatte Nicks Arbeit nicht sonderlich aufmerksam studiert, nickte aber trotzdem. «Ich glaube, dass es da noch eine andere Art Masse gibt ... Klumpen eines unsichtbaren ... ‹Schwabbelzeugs›, die überall herumfliegen. Mit diesem Netz aus Laserstrahlen denke ich, diese Klumpen in den Behälter zu treiben. Die kleine Pumpe, die so aussieht wie eine Dampfmaschine, soll sie kondensieren. Was dann noch an Geräten angeschlossen ist, dient dazu, die kondensierten Hypermasse-Teilchen aufzuspüren.»

«Bloogs», bemerkte ich.

«Was?»

«Denk dir schwarzes Wasser, denk dir den Himmel weiss. Denk dir eine Insel und Bloogs treiben vorbei», zitierte ich. «Das stammt aus der Feder von Dr. Seuss. Du suchst ganz einfach nach Bloogs!»

«So könnte man's wohl auch ausdrücken», sagte Nick. «Obwohl

ich das niemals publik machen würde . . .» Dann wurde ihm erst so richtig klar, wovon ich eigentlich gesprochen hatte. «Behauptetest du nicht, du hättest eine Menge Bloogs gesehen, als du aus deinem Körper heraus warst?»

Ich nickte. «Ich habe auch gelernt, den Vorgang zu kontrollieren.» Ich streckte einen Fühler aus, um Nicks Bewusstsein zu chekken, sein Wissen, seine Einsamkeit. Ich hielt das Viele und machte es zum Einen, schnappte dann mit einer raschen Wendung zurück und liess meinen astralen Körper aus meinem physischen Körper heraus. Ich blickte mich im Zimmer um. Eine kleine Schar Bloogs hatte sich um ein Schränkchen versammelt.

Ich trieb hinüber und versuchte, sie in Nicks Fondue zu scheuchen. Beim ersten Versuch fuhr meine Hand mitten durch sie hindurch. Ich verdichtete mich, machte mich kleiner und versuchte es noch einmal. Dieses Mal spürte ich einen leichten Widerstand, als ich durch die Bloogs glitt. Sie hatten sich kaum merklich bewegt. Wieder und wieder schob ich sie an, kämmte sie vor mir her.

Jetzt ging ich in eine Beschleunigung über und nach Aleph-null Schüben hatte ich sechs der kleinen grauen Bloogs durch das Fensterchen in Nicks Versuchsbehälter getrieben. Das dauerte mehrere Minuten. Als ich fertig war, liess ich meine beiden Körper wieder zu einem verschmelzen und berichtete Nick von meiner Aktion.

Der beugte sich über seine Versuchsanordnung, das Gesicht von den schwach beleuchteten Messskalen in unwirkliches Licht getaucht. Er drehte an einem Knopf, las erneut die Messwerte ab. Zufrieden grinsend sagte er, «Felix! Du hast es geschafft. Dies sind die besten Werte, die ich bisher erreicht habe!»

Lächelnd lehnte ich mich auf meinem Stuhl zurück. «Wenn du willst, Nick, kann ich dir alle Bloogs, die du brauchst, besorgen.»

Mit einem Mal wich das Lächeln aus seinem Gesicht. «Aber wozu soll das eigentlich gut sein? Sollte irgendwer versuchen, meine Werte experimentell nachzuprüfen, wird's nicht funktionieren . . . es sei denn, du bist in der Nähe. Und wenn ich denen das erzähle, werden sie mich gleich als einen verrückten PSI-Forscher abschreiben.» Betroffen fuhr er sich mit den Fingern durch sein spärliches blondes Haar. «Dass ich deine Story ernst nehme, ist sowieso schon verrückt genug. Du kommst damit vielleicht durch, Felix, ich aber kann das nicht.»

Mein Verstand arbeitete hochtourig in die Zeit vor uns hinein und erkundete die verschiedenen Möglichkeiten. Was Nick brauchte, war der physikalische Beweis seiner Theorie. Einen physikalischen Beweis, der jedem verständlich war. Auch ich brauchte einen Beweis. Den physikalischen Beweis, dass die Unendlichkeit existiert. Vielleicht . . .

«Nick», sagte ich und beugte mich vor. «Wie gut ist dieser Kondensator? Ich meine, wenn ich genügend Bloogs herbeischaffe, wärst du dann in der Lage, einen Brocken Hypermasse . . . Äther . . . zu produzieren? Gross und fest genug, dass er für jedes Auge sichtbar wäre?»

Nick zuckte mit den Achseln. «Ich sehe keinen Grund, warum nicht. Obwohl das eine ziemliche grosse Menge . . . Bloogs benötigen würde. Und ich bin mir nicht sicher, ob die Hypermasse sich vom Anblick her von gewöhnlicher Masse besonders unterscheiden würde.»

«Natürlich würde sie das», erwiderte ich erregt. «Hypermasse würde aus Aleph-eins Partikeln bestehen, also würde es möglich sein, sie in Aleph-null Stücke zu schneiden, die gross genug wären, um sichtbar zu sein.» Ich sprang auf die Füsse. «Damit haben wir's, Nick! Wir fertigen einen Würfel aus dem Zeug und ich werde es in unendlich viele Scheiben schneiden. Soll mal jemand versuchen, *das* als wissenschaftliche Spinnerei abzutun!»

Wir arbeiteten den ganzen Nachmittag über. Nachdem es mir gelungen war, alle verfügbaren Bloogs im Labor zusammenzutreiben, schlug Nick vor, ich solle doch einmal im Heizungskeller nachsehen. Dort gab es jede Menge dicker Bloogs und ich schaffte sie, einen nach dem andern, durch Fussböden und Zimmerdecken nach oben. Als sich die Essenszeit näherte, riefen wir unsere Frauen an und verabredeten uns in Berncos einzigem Pizza-Restaurant.

Während des Essens übernahm Nick die Unterhaltung. Er stellte sich vor, wie wir zwei den Nobelpreis erhalten würden. «*Dann* könnten sie mich nicht feuern», frohlockte er und bestellte sich noch ein Bier.

April und Jessie ging es gut; sie waren zufrieden und glücklich, an einem Freitagabend einmal auszugehen. Sie liessen Nicks optimistische Voraussagen über sich ergehen, waren aber auch froh, dass wir unsere Energie in Arbeit steckten. Iris fummelte fröhlich an ihrem Stück Pizza herum, ab und zu knabberte sie ein Stück von der Kruste ab.

Ich war irgendwie ziemlich müde. Mehrere Male war es mir, als hörte ich Kathys Stimme . . . irgendwo in mir drin. Es bereitete schon ein wenig Mühe, meine beiden Körper zusammenzuhalten. Zwischendurch vergass ich immer wieder, welche Person am Tisch eigentlich mein Ich war.

Eine Stunde lang tafelten wir, anschliessend gingen wir gemeinsam zu uns nach Hause und hörten Schallplatten. Es gab noch ein paar Flaschen Bier und ein wenig Gras. Der Abend endete in einem angenehm konfusen Durcheinander. Und sobald ich mich ins Bett gelegt hatte, schlief ich ein.

Diese Nacht hatte ich denselben Traum noch einmal, oder besser, eine neue Folge. Diesmal hört der Teufel auf zu lachen und beisst in das Päckchen, das er in seinen Klauen hält, herzhaft hinein. Das Styropor macht ein knackendes Geräusch und das Fleisch zuckt. Er springt in die Erdspalte hinein. Ich lehne mich vor, um ihm nachzusehen, und Jesus schubst mich hinterher.

Zwischen verfestigten Träumen und krächzendem Licht hindurch taumelnd stürze ich in die Tiefe nach unten. Irgendwie ist das der Mund des Teufels. Seine Kehle. Kathy ist da, sie fällt ebenfalls. Sie lächelt ein wahnsinniges Lächeln und verschränkt ihre Beine um meinen Hals, reitet mich wie einen Alptraum.

Vor uns ist irgendwas, das so aussieht wie das Negativ eines Feuers. Die ganze Hitze, das ganze Licht strömen in es hinein . . . es fliesst aus allem heraus und in jenen absolut schwarzen Plexus in Satans Bauch.

Zum ersten Mal erinnere ich mich wie es war, bei Nichts in das Weisse Licht zu stürzen. Aber die Erinnerung blendet sich aus. Aus meinen Fingerspitzen schlagen Flammen, schwarze Flammen, und wir ziehen spiralenförmige Bahnen um das Herz der Finsternis.

Wir sind nicht allein. Es gibt andere, sie sind umgekrempelt – Girlanden aus Adern und Organen dekorieren sie wie schauerliche Weihnachtsbäume. Kathy klammert sich noch immer an meinen Rücken, ich kann meinen Kopf nicht weit genug nach hinten drehen, um sie zu sehen.

Mir kommt es so vor, als spiele mir die Perspektive einen Schabernack, irgendeine vierdimensionale Umkehrung mit der ich alles an seinen rechten Platz rücken kann . . . das Innere der Leute wieder nach aussen kehren, das Licht heraus anstatt hineinfliessen zu lassen, aus Schwarz Weiss zu machen. Ich mühe mich ab, weiss ich doch, dass wenn ich's zu versuchen aufhöre, es nie wieder anfangen werde.

Als ich aufwachte, war ich so zerschlagen, als hätte ich überhaupt nicht geschlafen. April und Jessie hatten sich zum Einkaufen verabredet und ich sollte mich den Tag über um Iris kümmern.

Nachdem die Frauen aus dem Haus waren, kam Nick herüber, und zu dritt machten wir uns auf ins Labor. Heute hatten wir das ganze Gebäude für uns. Wir legten ein paar Bänke auf die Seite und schoben sie zu einem Laufställchen für Iris zusammen. Zunächst wollte ihr das gar nicht gefallen, aber wir warfen ihr so lange alle möglichen Gegenstände zu, bis sie sich allmählich beruhigte. Schliesslich kriegte sie ein Kästchen mit kleinen Messinggewichten und damit war sie dann vollends zufrieden.

Als Nick seine Apparaturen wieder eingeschaltet hatte, machten wir uns erneut an die Arbeit. Im ganzen Laboratorium wimmelte es nur so von frischen Bloogs . . . vor allem in der Ecke, wo die radioaktiven Stoffe aufbewahrt wurden. Als wir diese eingesammelt hatten, öffneten wir alle Fenster und stellten das Thermostat auf die höchste Stufe, um den Heizkessel ordentlich in Gang zu halten.

Den ganzen Morgen über stopfte ich Bloogs in Nicks Kondensator. Mein physischer Körper kletterte in Iris' Ställchen und legte sich schlafen . . . und das Kind war zufrieden. Gegen Mittag meinte Nick, jetzt hätten wir genug.

Irgendwas schien mir im Wege, als ich in meinen Körper zurück wollte. Es gab da ein paar sehr komische, ungewöhnliche Gedanken in meinem Kopf, die ich beiseite schieben musste, um Platz für mich selbst zu schaffen. Dann war ich wieder zurück, schnappte mir Iris und begab mich an den Teflonkessel, um zu sehen wie die Dinge standen. Vorher war die Flüssigkeit klar gewesen, jetzt war sie trübe, von Tausenden kleinen Pünktchen durchsetzt. Wir hofften, es handelte sich um geronnenen Äther.

Wir rührten das Zeug gut um und saugten es in eine leere Plastikwanne, damit es sich setzte. In der Zwischenzeit beschlossen wir, zu Sammy rüberzugehen und ein paar Hamburger zu essen. Dieselbe fette Tante stand hinterm Tresen. Sie tat so als füttere sie Iris, stopfte sich Iris' Pommes frites aber ins eigene Maul. Wir taten alle so als sähen wir das nicht. Iris hatte keinen grossen Hunger und sie legte mir ihren Hamburger in den Schoss, um ein Schläfchen zu halten.

Zurück im Labor fanden wir einen hübschen Film eines Sediments, welcher den Boden der weissen Plastikwanne bedeckte. Wir saugten das flüssige Teflon von oben ab und füllten das Sediment in ein kleines Becherglas. Das Zeug fühlte sich unglaublich schlüpfrig an. Nick besorgte einen wassergetriebenen Saugfilter aus Prozellan aus dem Chemielabor und wir trennten das restliche Teflon vom Sediment.

Dann schütteten wir es auf ein Stück Papier. Es sah wie Graphit aus . . . ein graues, glattes Pulver, so fein wie man es sich kaum vorstellen konnte.

«Ich bin gespannt, was das ist», sagte Nick, indem er ein wenig zwischen Daumen und Zeigefinger verrieb.

«Äther», sagte ich. «Hypermasse. Konzentrierte Bloogs.»

Er nahm nochmals ein wenig in die Finger und schnüffelte daran. «Ich weiss nicht», zweifelte er. «Ich hab' so ein komisches Gefühl, dass das nur Kohlenstoff oder sowas ähnliches ist.»

«Lass es uns mal erhitzen», schlug ich vor. «Vielleicht können wir es schmelzen.»

Nick fand einen kleinen Tiegel. Wir füllten ihn mit dem grauen Pulver und erhitzten es über einem Bunsenbrenner bis zur Weissglut. Nach ein paar Minuten nahmen wir den Deckel vom Porzellantiegel und stülpten ihn vorsichtig um.

Eine perfekte, glänzende Kugel rollte über den Tisch. Iris sah von der anderen Zimmerseite aus zu. Sie streckte beide Hände aus und rief, «Meins!»

Die Kugel war viel zu heiss zum Anfassen, und wir wendeten sie abwechselnd mit Laborzangen. Während des Schmelzprozesses hatte sich das graue Pulver zu einer, wie es schien, geometrisch perfekten Kugel zusammengezogen.

Von der Eingangstür des Laborgebäudes her hörte man es eindringlich klopfen. Ich ging runter, um nachzusehen. Es war Stuart. Ich hatte ganz vergessen, dass ich ihn für heute ins Labor gebeten hatte. Ich öffnete ihm und führte ihn nach oben.

«Die besessenen Alchimisten», bemerkte Stuart, als er sich im spärlich beleuchteten Labor umblickte.

«Sieh dir das mal an», sagte Nick und brachte unsere glänzende neue Kugel. Seine Stimme bebte vor Erregung. «Wir nehmen an, dass dies eine ganz neue Substanz sein könnte.»

Stuart und ich griffen zur gleichen Zeit zu, um sie Nick aus der Hand zu nehmen. Unsere Hände tapsten tolpatschig zusammen und die wertvolle Kugel entwischte. Aber sie fiel nicht zu Boden.

Sie blieb einfach in der Luft hängen. Sie war gegen die Schwerkraft immun. Sie besass Massenträgheit . . . Gewicht . . . aber die Schwerkraft konnte ihr nichts anhaben.

Nick geriet in Ekstase. «Mein Gott!» rief er aus. «Bleibt einfach in der Luft hängen! Diese kleine Kugel räumt mit einem Mal mit Einsteins Allgemeiner Relativitätstheorie auf. Und denkt bloss mal an die Anwendungsmöglichkeiten!»

Stuart legte einen Finger auf die Kugel und sie sank leicht abwärts. «Naja, also tragen tut sie deshalb noch nichts», klagte er.

«Aber stell dir doch nur mal ein Flugzeug ohne Schwerkraftmasse vor», plapperte Nick drauflos. «Denk bloss mal an den Treibstoff, den man einsparen kann!»

Iris zeigte auf den Ball und machte sich lautstark bemerkbar. Also ging ich hin und hob sie aus ihrem Laufställchen. Aber bevor ich ihr die kleine Kugel aus Hypermasse noch geben konnte, schnappte Nick sie sich und lief zur anderen Seite des Labors.

«Ich hab's ja gewusst», rief er einen Augenblick später. «Das Ding ist ausserdem ein Superleiter!»

Stuart hob fragend die Augenbrauen und sah mich an. Er hatte sein Leben lang Physik sorgfältig vermieden. «Er meint, dass es keinerlei elektrischen Widerstand besitzt», erklärte ich ihm. «So könnte man beispielsweise einen elektrischen Strom in eine Schlaufe aus diesem Material schicken und er würde ewig fliessen. Gibt 'n guten Magneten ab.»

Iris plärrte so laut, dass man sein eigenes Wort nicht mehr verstehen konnte. «Nun gib das Ding mal her, Nick», sagte ich. «Gib Iris mal die Kugel.»

Widerwillig löste Nick das Messgerät von unserem kleinen glänzenden Juwel und brachte es her. Iris schnappte es behende und drückte es in ihren dicken kleinen Händchen.

«Ball!» jauchzte sie und wedelte wild mit den Armen. Plötzlich öffnete sich ihre Hand und die Kugel flog durchs Zimmer. Es schlug gegen die Wand und schien zu zerbrechen.

«Oh nein!» kreischte Nick mit brüchiger Stimme. Er war schon ein wenig übererregt.

«Take it easy, Nick. Wir können sie doch wieder einschmelzen.»

Der Ball war in zwei Stücke zerbrochen, die von der Wand abgeprallt waren und durchs Zimmer zurücktrieben.

«Autsch!» machte Stuart, als er ein Stück erwischte. «Das prikkelt.» Er legte es auf den Tisch und ich beugte mich drüber, um es zu untersuchen.

Das Stück war wie vorher eine Kugel, aber ein paar Teile fehlten. Es sah so ähnlich aus wie eine Klette oder wie die Frucht einer Platane. Eine Sammlung von Strahlen, die von einem Mittelpunkt aus strahlten. Die Struktur war nicht vollkommen gleichmässig. Hier und da waren die Strahlenstränge dichter gepackt und die Oberfläche wurde von einem schattigen Muster überzogen, so wie der Globus einer fremden Welt.

Nick fing das andere Stück auf und brachte es zu uns an den Tisch. Es sah ähnlich aus . . . eine luftige Kugel derselben Grösse mit dichteren Stellen dort, wo die andere locker strukturiert war. Diese Kugel sah irgendwie wie das Negativ der ersten aus.

«Vielleicht können wir sie einfach zusammendrücken», schlug Stuart vor.

Da fiel mir etwas ein und ich hielt seine Hand zurück. «Wie wär's mit ein wenig Banach/Tarski-Action, Stuart? Zwei für den Preis von einem!»

Stuart wusste, was ich meinte und grinste zustimmend. «Stück A und Stück B», sagte er, indem er erst die eine, dann die andere Kugel berührte.

Ich zog einen Schuh aus und schlug damit so fest ich konnte auf die beiden kleinen Bälle.

Nick entliess ein heiseres «NEIN!» und warf sich auf den Tisch, um die kleinen Stückchen zu retten, die herumflogen. Vier Stück.

«Seid ihr verrückt geworden?» schrie er, indem er die vier Stücke nebeneinander aufreihte und die Hände schützend über sie legte.

«Nun hör schon auf, Nick», sagte Stuart. «Lass mal sehen.»

Nick nahm die Hände vorsichtig beiseite und wir beugten uns über die vier Stücke. Jetzt lagen vier stachlige Kugeln da, alle von derselben Grösse wie die erste. Zwei sahen genauso aus wie Stück A und zwei sahen genauso aus wie Stück B.

«Bittä vahren Sie ford mit ihrär Demonsztratzion, Brofessor Rrrayman», sagte Stuart mit bestem polnischem Akzent.

Iris zupfte an meinem Hosenbein, also hob ich sie hoch und setzte sie auf den Tisch, damit sie uns zusehen konnte. «Mach dir keine Sorgen, Nick», sagte ich und langte nach den vier Kugeln. «Ich werde sie jetzt zusammenfügen.»

«Glaubst du wirklich, du kannst wieder eine Kugel daraus machen?» fragte Nick mit besorgter Stimme.

«Ssogar nock bässer», meinte Stuart.

«Ball, Ball, Ball, Ball», sang Iris.

Ich nahm einen A und einen B, drehte sie so, dass die dichteren Stellen des einen in derselben relativen Position wie die leichteren Stellen des anderen kamen. Dann begann ich, sie fest aneinander zu drücken.

Die Stacheln griffen ineinander und einen Augenblick lang kriegte ich sie nicht dichter zusammen. Aber ich fuhr fort, zu drükken, sie ein wenig gegeneinander zu drehen. Und mit einem Mal funktionierte es. Die beiden Stücken glitten ineinander und bildeten eine genauso solide, glänzende Kugel wie zuvor.

Ich gab sie Iris, die ein helles «Nanke!» zirpte. Dann fügte ich die beiden anderen Stücke zusammen und hatte schon bald eine zweite perfekte Kugel. Ich gab sie Nick. Die ursprüngliche Kugel hatten wir in vier Teile zerbrochen. Die vier Teile hatten wir zu zwei Kugeln zusammengefügt, die identisch mit der ersten waren.

«Warum weiht ihr Mathematiker mich nicht endlich mal in euer Geheimnis ein?» fragte Nick und hängte seine Kugel voller Verwunderung in die Luft.

«Das funktioniert, weil die Hypermasse-Kugel unzählig viele Punkte besitzt», sagte ich. «Gewöhnliche Masse-Gegenstände haben nur Aleph-null Punkte, aber Äther-Objekte haben Aleph-eins Punkte. 1924 erbrachten Banach und Tarski den Beweis, dass eine jede solcher Kugeln in eine endliche Anzahl von Stücken zerlegt werden kann . . . die dann wieder zusammengesetzt werden können, um *zwei* Kugeln zu ergeben, die identisch mit der ursprünglichen Kugel sind. Raphael Robinson erweiterte 1947 diesen Beweis, seither wissen wir, dass nur vier Stücke nötig sind.»

«Das meint ihr doch wirklich ernst?» erkundigte sich Stuart und vergass dabei seinen polnischen Akzent. «Warum klärt ihr mich nicht über die Details auf?»

«OK», sagte ich. «Warum gehen wir nicht ins Drop Inn?»

«Ich bin einverstanden», rief Nick aus. «Jesus Christus! Vielleicht brauchen wir nie wieder zu arbeiten.»

26 Blutige Chiclets

Das Drop Inn besteht aus einem quadratischen Raum . . . sagen wir, neun Meter auf einer Seite . . . mit einer Bar an einer Wand. Der Fussboden ist mit schmutzig-grauen Asphaltfliesen ausgelegt, bis auf einen breiten Streifen nackten Zements, den der Besitzer nie geschafft hat, auszulegen. Zur Strasse hin gibt es ein grosses Fenster. Wenn man will, kann man dort sitzen und für die Leute von Bernco ein Schauspiel abgeben.

Die Barhocker waren zum grössten Teil besetzt, so setzten wir vier uns an einen Tisch am Fenster. Nick holte einen Krug Bier am Tresen und ein Glas Orangenlimonade für Iris. Ich war mir nicht ganz sicher, ob sie überhaupt hier sein durfte . . . im Staat New York weiss man nie so genau, ob man ein Gesetz bricht oder nicht. Ich fühlte mich reichlich schlaff von meinem Kater von gestern, dem schlechten Schlaf und all den Beschleunigungen mit denen ich die notwendigen Bloogs in Nicks Kondensator getrieben hatte. Schlaff, aber glücklich.

Es war ungefähr vier Uhr. Bald würde April nach Hause kommen. Ich beschloss, nach dem ersten Krug Bier ebenfalls nach Hause zu gehen. Stuart hatte Iris den Äther-Ball abgeluchst und splitterte ihn in Stücke, um ihn zu multiplizieren. Jedes beliebige Stück A kann in zwei identische Stücke A gespalten werden . . . und dasselbe gilt für die B's. Stuart bastelte so lange daran herum, bis er sieben identische Bälle aus dem Bloog-Zeug gemacht hatte.

Einen steckte er in die Tasche, zwei gab er Iris, mir gab er vier. Ich amüsierte mich damit, dass ich meine vier Bälle vor mir in die Luft setzte. Es machte unheimlich Spass, zu sehen, wie sie dort blieben, wo man sie hintat. Um auf Luftzug zu reagieren waren sie zu massiv. Ich arrangierte sie so, dass sie die vier Eckpunkte eines Tetrahedrons abgaben . . . einer Pyramide mit dreieckiger Grundfläche.

Die Nachmittagssonne floss wie Honig über die Strasse draussen. Mit einem zufriedenen Seufzer schaute ich mir die wohlvertraute Szenerie an. Es konnte gar nicht besser sein. In diesem Augenblick brachte Nick den Krug Bier und die Limonade für Iris. Das Barmädchen Mary folgte ihm mit Gläsern.

Als sie mich entdeckte, lächelte sie ein wissendes Lächeln. «Ich bin überrascht, dass deine Frau dich überhaupt noch aus dem Haus lässt.»

«Fat Willie sagte, du wärst hier gewesen, als ich am Mittwoch zurückkam?» fragte ich sie.

«Wer könnte das vergessen . . .» gab sie zur Antwort und schüttelte den Kopf. «Du hattest zwei zerknitterte Zwanzig-Dollarnoten in der Hand. Es war wie Janis Joplins Todesszene.» Stuart hatte von dem Geschehenen keine blasse Ahnung und lauschte interessiert. Jetzt wandte sie sich an ihn. «Felix kommt hier rein wie ein Zombie», sie macht zwei, drei schleppende Schritte, «legt das Geld auf die Bar und bleibt einfach so sitzen.»

«Haben Sie ihm zu trinken gegeben?» erkundigte sich Stuart.

«Klar. Und er sagte nicht einen einzigen Ton. Er war voll, als ich mit der Arbeit fertig war. Willie sagte, sie mussten ihn dann raustragen in die Müllecke.» Dies schien sie besonders lustig zu finden.

«Ich wollte dich noch was fragen, Mary», fiel ich ihr ins Wort. «Ich werd' mich nicht aufregen, wenn du mir's sagst, also sag' bitte die Wahrheit. Hast du mir irgendwas ins Bier getan, als ich Mittwoch am frühen Nachmittag hierher kam?»

«April glaubt, du hättest ihn gedopt», fügte Nick hinzu.

«Als ob er sowas gebraucht hätte», schob Stuart hinterher.

«Warum sollte ich?» fragte Mary und schien dabei echt überrascht. «Hätte ich Acid, würde ich es lieber selbst nehmen.»

Also immer noch keine Erklärung, was die ganze Geschichte ausgelöst hatte. Das schimmernde Tetrahedron schwebte über unserem Tisch. Dies war wirklich vorhanden, wenigstens da bestand kein Zweifel mehr. Aber warum gerade ich? Vielleicht wäre das alles nicht passiert, hätte ich nicht jene Broschüre, CIMÖN und WIE MAN DORT HINGELANGT, F. R., gefunden. Aber wo war das Büchlein jetzt überhaupt? Wer hatte es mir in die Finger gespielt?

Ein Kunde rief nach Bedienung und Mary wandte sich zum Gehen. «Wart einen Moment», rief ich hinterher. Sie kam noch einmal zurück. «Eine Frage noch . . .» sagte ich. Der Typ an der Theke brüllte immer noch, «Bier, Mary!» Ich stand also auf und ging mit ihr an die Bar. «War irgendjemand dabei, als ich hier reinkam?»

Sie überlegte einen Augenblick, abgelenkt von dem Besoffenen, der ihren Namen lallte. «Ja . . . Da war so ein Typ, der dich hierher geschleppt haben mag. Ein alter Hippie mit so einem Umhang. Der ging aber gleich wieder weg.» Ich konnte sie kaum verstehen, weil der Kerl an der Bar immer noch lärmte.

Ich drehte mich um, um die Quelle der Brüllerei in Augenschein zu nehmen – ein untersetzter blonder Typ in Jeans, einem Khakihemd und einer Jägerweste. «Könntest du vielleicht mal zehn Sekunden lang die Luft anhalten?» fuhr ich ihn an.

Seine dicken Backen röteten sich vor Zorn. «Meinst wohl, der Laden gehört dir, was?»

Der Streit kam mir gerade recht, aber ganz plötzlich brach irgend etwas in mir zusammen. Ich klopfte ihm sachte, fast zärtlich auf die Schulter. «Nun gut, ist ja alles okay, und trink du mal dein Bier.»

Ich kehrte an unseren Tisch zurück und setzte mich. Ein wenig schämte ich mich schon, dass ich vor diesem fetten, kurzhaarigen Typen so rasch einen Rückzieher gemacht hatte. Aber da war irgendwas an seinem Gesicht, dass mich berührt hatte. Er war zwar der Typ eines Menschen, den ich auf den ersten Blick hasste. Doch hatte ich dieses plötzliche Gefühl gehabt, ihm zu gefallen, ihn zu trösten. Arrgh!

«Ich habe gerade versucht, herauszufinden, wer mich hier reingeschleppt hat», sagte ich zu Nick. «Ich glaube, es war Jesus.»

«Kommst ganz schön weit rum, Felix», meldete sich Stuart zu Wort. «Mal triffst du den Satan, mal unsern Herrn . . .»

«Du kennst ja nur den Anfang», sagte Nick. Er betrachtete sein Spiegelbild in einer der Kugeln, die über dem Tisch schwebten. «Und ich fange langsam an zu glauben, dass alles stimmt.»

«Gut. Hören wir's uns mal an», sagte Stuart.

«Zuerst stossen wir an.» Nick erhob sein Glas. «Auf die grösste wissenschaftliche Entdeckung des Jahrhunderts.»

Beide nahmen wir einen tiefen Zug, Stuart trank etwas vorsichtiger. «Sieht ganz so aus, als wärt ihr zwei auf dem besten Weg zu Ruhm und Reichtum.» Vergeblich versuchte er, den Neid aus seiner Stimme zu verbannen.

Stuarts Gefühle konnte ich ebenso klar sehen wie meine eigenen. «Warum beteiligen wir ihn nicht?» schlug ich vor.

Nick schien von meinem Vorschlag nicht im geringsten begeistert. Er wollte etwas entgegnen, Stuart schnitt ihm aber das Wort ab.

«Mal sachte», sagte er. «Mir ist gerade etwas eingefallen. Ich *bin* ja schon dabei.» Er zog seine Ätherkugel aus der Tasche. «Jedermann, der so ein Ding besitzt, hat die Möglichkeit, unendlich darauflos zu produzieren. Während ihr euch vorhin um den Krug Bier gekümmert habt, habe ich sieben Stück hergestellt.»

Nick zuckte zusammen. Ich versuchte, ihn bei guter Laune zu halten. «Sieh mal, Nick. Wir können uns das doch patentieren lassen. Das wird sowieso eine geraume Weile dauern, bis jemand darauf kommt, die Banach/Tarski-Zerlegung in Anwendung zu bringen. In der Zwischenzeit bewahren wir Stillschweigen und verscherbeln das Zeug zu Höchstpreisen. Stuart könnte unser Anwalt werden.»

«Hat er ein Diplom?» fragte Nick misstrauisch.

«Praktisch schon», sagte Stuart und füllte unsere Gläser auf, wobei er darauf bedacht war, dass sie eine besonders schöne Schaumkrone trugen. «Und ausserdem, ich bin mit zwanzig Prozent zufrieden. Ihr könnt jeder vierzig kriegen. Trinken wir drauf.»

«Zum Teufel nochmal», meinte Nick, indem er sein Glas erhob. «Warum eigentlich nicht.»

Iris hatte ihre zwei Kugeln in ihre Orangenlimonade gesteckt. Sie trug einen dicken orangefarbenen Schnurrbart. Ich lächelte sie an und sie lächelte zurück.

Ich leerte mein zweites Bier und öffnete den Mund, um was zu sagen. Ganz plötzlich wurde mir komisch, so als hätte ich keinerlei Kontrolle über das, was ich sagte. *«So wie der Schein eines Funken sich im Bauch ausbreitet, Kraft spendet und die Welt aus zähneknirschend-ernster Absorption in ein gigantisches Fest der Därme verwandelt»,* zitierte ich spielerisch. «Das ist Jack Kerouac.»

«Ich habe gar nicht gewusst, dass du Kerouac gelesen hast», sagte Stuart. «An sich hatte ich immer den Eindruck, Felix, dass dein Geschmack, was anregende Literatur angeht, eher auf Walt Disney-Comics und dergleichen beruht.»

«Ich . . . ich auch», antwortete ich stockend. Woher war dieses Kerouac-Stück gekommen? Ich kannte eine einzige Person, die . . .

«Ach du lieber Gott!» rief Nick aus und sprang mit einem Satz auf die Füsse. «Ich glaube, ich habe die Maschine laufen lassen. Die brennt mir ja durch.» Panik im Gesicht, bei dem blossen Gedanken daran. «Dafür werden sie mir ganz schön an den Arsch gehen.»

«Entspann erstmal, Nick, du wirst so berühmt werden, dass keiner dir an den Arsch kann.» Ein unerwarteter Gedanke kreuzte durch meinen Kopf. «Schau her, alles was passieren wird, ist, du rennst ins Labor, nur um herauszufinden, dass die Maschine abgeschaltet ist. Ich werd' dir diese Mühe abnehmen. Ich werde aus mir aussteigen und in meinem Astralkörper mal kurz rüberzischen.»

«OK», sagte Nick und setzte sich wieder hin. «Ich werde solange auf Iris achten.» Stuart betrachtete die ganze Sache mit grossem Interesse. Ich liess mein Bewusstsein ausfliessen, um jeden in der Kneipe kurz zu berühren. Die kleine Iris, Nick, Stuart, Mary, den blonden Typen an der Bar. Der Kerl steckte so voller Traurigkeit . . . er hatte jemanden verloren, jemanden, der ihm sehr nahe gestanden hatte.

Irgendwo rührte sich etwas in mir und fragte sich flüchtig, ob es wirklich sicher wäre, erneut so weit von meinem physischen Körper wegzugehen, aber da war ich schon aus ihm heraus. Mein Körper hing mehr auf seinem Stuhl als dass er drauf sass, das sah schon ganz schön dämlich aus; im selben Augenblick war ich mit meinem Astralkörper schon zum Fenster raus.

Bis zum Physik-Institut dauerte es nur wenige Sekunden. Schnell fand ich das Laboratorium und kontrollierte Nicks Maschine. Natürlich war sie abgeschaltet. Nick machte sich einfach viel zuviel Sorgen. Ich trieb zurück zum Drop Inn. Die Sonne stand bereits tief, jede Menge Bloogs strömten aus ihr hervor. Zwei Blocks weiter vermeinte ich unser Auto zu erkennen, welches von der Main Street abbog. Langsam war's an der Zeit, dass Iris und ich nach Hause gingen. Dann stieg ich durchs Dach wieder ins Drop Inn ein.

Irgendwas stimmte da nicht. Ich konnte es an Nicks Augen ablesen. Mein Körper befand sich nicht mehr auf dem Stuhl, auf dem ich ihn zurückgelassen hatte. Völlig panisch blickte ich mich in der Bar um. Zu meiner Erleichterung stellte ich fest, dass er am Bartresen stand. Aber warum?

Ich weitete mein Bewusstsein bis zum Absoluten aus und flippte zu meinem Körper zurück, und meinte, ich könne einfach so wieder einsteigen. Aber irgendwas stiess mich zurück und ich kam einfach nicht rein. Mein Körper sprach schon wieder mal mit dem dicken Blonden, merkte ich jetzt. Aber wie konnte er bloss sprechen, wenn ich gar nicht drin war?

Ohne mir die Mühe zu machen, dem Geschwätz zuzuhören, dass er zweifellos von sich gab, versuchte ich noch einmal, einzusteigen. Wieder dasselbe, erst einen Stoss und dann prallte ich erneut ab. Nochmal dasselbe. Mir schien es, als habe jemand anderes meinen physischen Körper übernommen . . . irgendein anderer Geist.

Schliesslich pausierte ich lange genug, dass ich verstehen konnte, was mein Mund schwätzte.

«Frank . . . du musst mir einfach glauben. Ich bin immer noch dieselbe Kathy . . . nur, dass ich in einem anderen Körper zurückgekehrt bin. Ich kann es dir beweisen.»

Franks Gesicht war eine Mischung aus Zorn und Kummer. «Du hast eine ganz schön komische Auffassung von Humor, Freundchen. Und jetzt hau ab, bevor hier einer krankenhausreif geschlagen wird.»

Nick ging mit sorgenvoller Miene auf die beiden zu.

Mit einem Mal warf mein Körper seine Arme um Frank. «Oh, Liebling, ich habe dich so vermisst. Ich . . . ich könnte dir wie eine Frau sein.»

Frank brüllte auf wie ein zu Tode getroffener Elephant. «Du schwule SAU», trompetete er und versetzte meinem Körper einen mächtigen Stoss. «Du kranker, verkommener Perverser!» Er landete einen Faustschlag in der Magengrube, einen zweiten an der Schläfe. Meine besessene Hülle ging zu Boden.

Frank war so aufgebracht, dass er mir meinen ehemaligen Kopf jede Sekunde eintreten konnte, aber Nick ging rechtzeitig dazwischen. Iris weinte. Mein Körper stand auf und versuchte, sich aus Nicks Griff zu lösen, der hielt aber fest.

«Hilf mal mit, Stuart», rief er. «Wir müssen ihn nach Hause schaffen.»

Und dann führten sie meinen Körper die Strasse entlang, auf jeder Seite einer, der mich am Arm hielt. Nick trug die schluchzende kleine Iris auf dem anderen Arm. Stuart hatte unsere Ätherkugeln genommen und hatte sie sich ins Hemd gesteckt. Ich selbst trieb hinter dem Grüppchen her, hörte ihnen zu, sah ihnen zu.

«Was hast du zu diesem Typen gesagt?» fragte Stuart meinen Körper. Er antwortete nicht und Nick schubste ihn leicht an.

«Komm schon, Felix. Was ist da gelaufen?»

Die Lippen bewegten sich ein paarmal, dann begannen sie, zu sprechen. «Ich bin nicht Felix. Mein Name ist Kathy. Kathy Scott.»

Als April Nick und Stuart den Körper ihres Ehegemahls nach Hause schleifen sah, kam sie hurtig aus dem Haus gerannt. Der Körper wiegte sich inzwischen in einem unvertrauten, wiegenden Schwulenschritt daher und seine Gesichtszüge hatten sich in einer Weise verzerrt wie ich's nie zuvor gesehen hatte.

«Guten Tag, April», sagte es. «Ich weiss nicht, ob du dich noch an mich erinnern kannst. Ich bin Kathy Scott, die Frau, die vorigen Monat zu Grabe getragen wurde.»

April nickte benommen und glaubte es anscheinend. «Felix hat von dir erzählt. Er sagte, er . . .»

« . . .würde mich nicht allein lassen», fuhr Kathy fort und hob die Stimme. «Zuerst hat er mich von der Erde verschleppt und dann versuchte er, mich in ein entsetzliches weisses Nichts zu stürzen. Als er aber zur Erde zurückkehrte, folgte ich ihm.»

Irgendwie schienen ihr alle zu glauben. «Wie . . . wie bist du aber in Felix' Körper hineingekommen?» fragte April.

Kathy lächelte, ohne die Lippen zu öffnen. «Er hat ihn ohne Aufsicht gelassen. Na, und da habe ich beschlossen, ihn zu übernehmen. Er kann jetzt zu seinem weissen Licht zurückkehren. Das ist sowieso das einzige, was er im Sinn hat.»

«Nein», schrie ich. Das ist nicht alles, was ich will. Ich will meine Familie, mein Leben auf der Erde!» Aber keiner konnte mich hören.

«Wo glaubt ihr, dass er jetzt steckt?» fragte Nick und blickte sich nach allen Seiten um. Sie standen in unserem winzigen Vorgarten. Iris zerrte ihr Wägelchen aus der Garage. Die Erwachsenen blickten auf Kathy und warteten auf eine Antwort.

«*Ich* weiss das doch nicht», sagte sie. «Um das rauszufinden, müsste ich diesen Körper verlassen. Aber ich werde ihn *nicht* verlassen. Niemals.»

Sie hatten sie losgelassen und sie wandte sich um, als wolle sie gehen. «Warte», sagte Stuart und hielt sie fest. «Dies ist ja wohl verrückt. Das ist Felix, der an einem seelischen Tiefpunkt steckengeblieben ist. Wir können ihn nicht einfach so laufen lassen. Nick! Ruf du doch mal eine Ambulanz!»

Stuarts plötzliche Überzeugung, dass da etwas wirklich nicht stimmte, brach den Bann. Nick rannte zu uns ins Haus. April machte einen zaghaften Schritt auf meinen Körper zu. «Felix?» fragte sie leise.

In diesem Augenblick knallte Kathy Stuart eins zwischen die Beine und machte sich los. Sie rannte mit weitausholenden Armbewegungen die Strasse hinab.

Stuart richtete sich auf und rannte hinter ihr her. Nick kam atemlos aus dem Haus gestürzt. «Sie kommen», rief er April zu. «Stuart hat ganz recht. Wir müssen . . .» Da bemerkte er Aprils Gesichtsausdruck, sah die beiden Gestalten die Tuna Street runter rennen und schloss sich der Verfolgungsjagd an.

Mir war völlig klar, dass sie meinen mir durchgebrannten Körper einholen würden. Er lief dahin wie ein Mädchen. Es war schon deprimierend zu sehen wie Kathy mich umher schleuderte, und ich beschloss, mich der Jagd nicht anzuschliessen. Auch war mir kaum danach zumute, überhaupt auf der Erde zu bleiben. Meinen Körper würde man in eine Zwangsjacke stecken und abführen, ihn irgendwo einsperren, ihn mit Elektroschocks behandeln, ihn vollstopfen mit Tranquilizern . . . und dann?

Ich hatte so ein Gefühl, dass Kathy mein Fleisch nicht hergeben würde, bis es einmal tot wäre. Ich erinnerte mich, wie sie sich aufgeführt hatte, als ich sie das erste Mal auf dem Friedhof traf; auch wie sie gewesen war, kurz bevor wir das Weisse Licht bei Nichts erreichten. Was Kathy anging, so war *alles* besser als in Vergessenheit zu geraten ... und selbst, wenn es vierzig Jahre Irrenhaus bedeutete.

Nicht, dass sie so lange da drin bleiben müsste. Früher oder später würde sie schon darauf kommen, dass alles, was sie zu tun hatte, das war, zu sagen, sie sei Felix Rayman. Sie hätte dann zwar keine meiner Erinnerungen, aber das würde man Amnäsie nennen und sie auf freien Fuss setzen.

Jetzt vernahm ich eine Sirene, die sich näherte. Ein oder zwei Häuserblocks weiter waren schwache Rufe zu hören. Auch April hörte sie. Angespannt stand sie da auf unserem Rasen, ihr Gesicht eine einzige Maske aus Schmerz. Iris packte Laub in ihren kleinen Wagen, ein Blatt ums andere. Nie würde ich aufhören, über meine beiden zu wachen – sie waren so wirklich, mir so teuer.

Ein lautes Kreischen durchschnitt die Luft. Herbstblätter. Aprils Gesicht waberte und löste sich auf. Zwei Gesichter, angstverzerrte Ovale, auf dem Kopf stehend. Geruch von verbranntem Gummi, Benzin, füllte meine Kehle. Eine Autohupe lärmte, steckengeblieben. Ausgefallene Zähne, herumrutschende Metallteile, keine Luft. Benommenheit übernimmt. Der Lärm verliert sich in der Ferne. Keine Beine mehr, Arme, Augen im Nebel verloren, rot zu schwarz. Nur noch Herzklopfen, Zucken, noch einmal, still. Ruhe.

27 (Es ist niemals wirklich zu) Ende

«Tut mir leid», sagte Nick. «Jedenfalls habe ich mir niemals die Mühe gemacht, das Kleingedruckte zu lesen.»

«Zehntausend *Dollar?*» sagte Stuart wieder. «Nur zehn Riesen und sonst nichts?»

«Das ist nicht einmal alles», sagte Nick und zupfte nervös an seinem Bart. «Sollten wir jemals etwas über Hypermasse veröffentlichen, werden wir des Hochverrats angeklagt werden.»

«Das ist eine Todesfalle», warf ich ein. Es fiel mir schwer, mehr als ein Flüstern loszulassen.

«Du kannst immer noch deinen Roman schreiben», sagte April und drückte meine Hand. «Brauchst nur zu sagen, du hättest dir alles bloss ausgedacht.»

«Oder für die Regierung arbeiten», sagte Nick. «Mir haben sie schon einen Job in Los Alamos angeboten. Die wären auch scharf auf Felix, und wenn du, Stuart, es einrichten könntest ...»

«Also ich nicht», sagte Stuart lachend. «Gebt mir meine zweitausend Dollar und ich verschwinde von der Bildfläche.» Sein verschlagenes Lächeln zeigte die Lüge in seinen Worten an.

«Versuch bloss nicht, diese Bloog-Bälle an den ersten russischen Spion zu verkaufen, der dir über'n Weg läuft», warnte Nick. «Weil er wahrscheinlich sowieso vom CIA ist.»

«Teufel, nein! Das würde ich niemals tun, Nick. Ich will mich einfach zurückziehen und mein eigenes UFO bauen. Vielleicht hätte sogar Felix Lust, mir zu helfen.»

Ich versuchte, den Kopf zu schütteln, aber meine Gipsschale liess das kaum zu. «Ich werde mich Nick anschliessen», flüsterte ich. Die Zahnkronen meiner Vorderzähne fühlten sich komisch an – taub und glatter als richtige Zähne. «Ich würde gern ein wenig mehr Forschungsarbeit leisten. Auch müsste es eine dritte Substanz-Ebene geben. Unendlich viele. Die Anzahl von Punkten im Raum ist absolut unendlich. Es geht da nur um . . .»

«Felix», mahnte April. «Du hast mir versprochen, deinen Körper nie wieder zu verlassen.»

«Bis dass der Tod uns scheidet», murmelte ich und meinte es auch.

«Siehst du immer noch . . . Dinge?» fragte Stuart.

«Jetzt nicht. Aber nach dem Unfall. Ich dachte, ich wäre tot.»

«Das haben wir alle gedacht», sagte Nick. «Das Auto fuhr mit sechzig Sachen und du . . . ich meine Kathy . . . ist genau davor gerannt. Zum Glück hatte ich schon die Ambulanz gerufen.»

«Wer sass denn am Steuer?» wollte ich wissen.

«Es war Fahrerflucht», antwortete Nick. «Den Wagen fand man später verlassen auf dem College-Gelände. Die Hupe ging immer noch. Nachdem man die Nummernschilder kontrolliert hatte, stellte man fest, dass das Auto eine halbe Stunde vorher vor McDonald's gestohlen worden war.»

Stuart unterbrach und sagte, «Ich würde gern hören, was Felix sah, als er sich im Koma befand.»

Nick und April schauten ihn missbilligend an, ich aber fing an zu erzählen. «Ich war in einer grossen Fabrik mit jeder Menge der seltsamsten Maschinen um mich herum. Eigentlich waren es keine richtigen Maschinen. Ich meine, manche waren blosse elektronische Schaltmuster. Aber sie bedeckten alle Wände dieses riesengrossen Raums. Dann war da dieser wirklich mächtige weiss-haarige Bursche . . .»

«Gott?» fragte Stuart lächelnd.

«Klar. Er zeigte mir die Maschinen. Manche von ihnen waren Ideen . . . wie zum Beispiel die eine, die Zenos Paradox darstellte, die andere war das Kontinuumproblem. Andere bezeichneten Orte . . . da war unser Universum, dann Cimön. Und dann waren da auch kleine Maschinen, die höchstens eine Person waren oder nur ein Atom. Eines von allen Dingen, die es gibt.» Das war das erste Mal, dass ich irgendjemandem erzählte, was ich während des Komas gesehen hatte. Ohne sich zu rühren, hörten mir alle besonders aufmerksam zu, um mein Wispern überhaupt verstehen zu können.

«Mir fiel auf, dass aus jeder Maschine ein Draht rauskam. Wie eine Elektroschnur. Also fragte ich Gott, mit was sie liefen. Er sagte, ‹Willst du's sehen?›

Alle Drähte schienen in einen Schacht in der Mitte des Raums zu führen. Wir gingen gemeinsam hinüber. Während wir so dahin spazierten, bemerkte ich, dass Gott und ich ebenfalls Drähte hatten, die aus uns heraus in den Schacht führten.» Ich unterbrach und schlürfte einen Schluck Wasser. Meine Rippen waren angeknackst und verursachten mir beim Reden Schmerzen.

Eine Krankenschwester steckte den Kopf zur Tür herein. «Die beiden Herren werden jetzt gehen müssen. Frau Rayman darf noch eine halbe Stunde bleiben.» Die Unterbrechung kam gerade willkommen, ich war einfach zu müde, um die Geschichte zu beenden.

Stuart und Nick erhoben sich. «Meinst du das mit Los Alamos wirklich ernst?» fragte Nick, indem er sich an der Tür noch einmal umwandte.

«Hast du's nicht gehört?» fragte ihn Stuart.

Nick blickte sprachlos drein und April sagte, «Wir *müssen* sogar gehen; und zwar Weihnachten. Felix wurde gefeuert, weil er sich in seiner Grundlagen-der-Geometrie-Klasse nicht an den Lehrplan gehalten hat.»

«Er ist ja auch nicht mal bis zum Winkelmesser gekommen», sagte Stuart vorwurfsvoll.

Nick gab einen Freudenschrei von sich. «Jessie und ich werden ebenfalls im Dezember fahren. Dort unten ist das Wetter wahnsinnig schön. Nie wieder den trüben Himmel von New York State! Warum fahren wir nicht zusammen?»

Die Krankenschwester kam noch einmal und da gingen die zwei. Nick rief noch, «Ich werde schon mal durchgeben, dass du kommst.»

April und ich sagten minutenlang gar nichts. Heute war erst der zweite Tag, an dem ich wieder bei Bewusstsein war und das erste Mal, dass ich Nick und Stuart gesehen hatte. Bernco den Rücken zu kehren, war eine gute Sache; auch der neue Start würde gut für uns sein.

April sass den Rest ihrer halben Stunde bei mir am Bett, streichelte mir die Hand, erzählte von Iris, machte Pläne für unser neues Leben in Neu-Mexiko. Was in jenem Schacht verborgen war, wollte sie überhaupt nicht wissen.